"海岸线" 美文典藏

等等灵魂

杨健民　著

海峡出版发行集团
海峡文艺出版社

图书在版编目(CIP)数据

等等灵魂/杨健民著. 一福州:海峡文艺出版社,
2023.7
("海岸线"美文典藏)
ISBN 978-7-5550-3383-7

Ⅰ.①等… Ⅱ.①杨… Ⅲ.①散文集-中国
-当代 Ⅳ.①I267

中国国家版本馆 CIP 数据核字(2023)第 138804 号

等等灵魂

杨健民 著

出 版 人	林 滨
责任编辑	莫 茜
出版发行	海峡文艺出版社
经 销	福建新华发行(集团)有限责任公司
社 址	福州市东水路 76 号 14 层
发 行 部	0591－87536797
印 刷	福州力人彩印有限公司
厂 址	福州市晋安区新店镇健康村西庄 580 号 9 栋
开 本	720 毫米×1010 毫米 1/16
字 数	270 千字
印 张	21
版 次	2023 年 7 月第 1 版
印 次	2023 年 7 月第 1 次印刷
书 号	ISBN 978-7-5550-3383-7
定 价	78.00 元

如发现印装质量问题,请寄承印厂调换

老爸和他的短语

杨 扬

在我刚刚体会到为人母的喜悦和不易的时候，一通越洋电话给本就忙碌的生活平添了一笔慌乱。

是老爸的一堆短语要出书了，他让我写个序。老爸显然有些兴奋，我却已经很困了。

印象中老爸是个学究，都是写长篇大论，连专著都是体系性的那种。在我很小的时候，他就在那副"酒瓶底"后面幽幽地释放出"艺术感觉论"来。其实，他对我的养育整个地就是"杨家有女'粗'长成"，哪有什么"艺术感觉"？记得我上幼儿园那阵，妈妈出差，是他为我扎了一只在耳际一只在头顶看起来很"艺术"的小辫子，弄得老师和小伙伴们一直冲我笑。

这些年来，老爸突然就写了一堆短语，有些显然还很心血来潮的样子。其实他并不放浪形骸，也不晦暗。也许是血缘的关系，我隐隐感觉到他体内有一种激情随时都在迸发，虽然他早已过了那种纯粹的诗的年龄。

我能为老爸做些什么呢？

顶着初为人母熬出来的一双熊猫眼，抱起怀孕以后就不怎么敢用的笔记本，赶紧恶补了一遍老爸写下的数量惊人的短语。我甚至觉得这样消费他的短语可能有些奢侈，并且以为这许久不用的笔头和汉语就要卡在我头脑的瓶颈中了，却没想到竟然感触良多。认真想了下，这其实也不是什么天大的秘密，因为要写的是我最最亲爱的老爸。

　　"父爱如山"这个词，从来不只是我对自己成长路上一直义无反顾护佑着我的浓浓父爱的描述。于我而言，老爸的爱总是宠溺的、细致的、包容的，有时甚至有些任性，带着文科男特有的文艺范，却又那样纯净和恳切，一如他写下的那么多短语，饱含着对人生的体悟以及对生活的哲思。都说女儿是父亲最好的作品，作为女儿，便如同他所有的短语一样，思想品行、为人处世，乃至写作的字里行间，无不显示着"健民制造"。

　　已经记不太清楚，老爸这数量可观的短语是从什么时候开始写的，大约是有了手机短信就开始吧。老爸一直是个挺新潮的人，新科技新产品的拥趸，放到今天绝对是各种公司寻找用户体验的第一人选。可就是这样一个"时髦"的人，一直很纯粹地写着，从文艺青年写成了文艺中年；从论文写到了短语；从短信写到博客又写到了微信；从幽默的小段子、生活中的小感触，写出了诗、写出了画、写出了生活的种种感悟。他的每一则短语都是一个鲜活的存在，都是一个别样的文本，或细腻精粹或气势磅礴，有时带着悟道带着感怀带着忧郁，带着人生的点点滴滴。本来，这些短语就是闲来无事发发朋友圈，没想到却有人关注有人点赞，甚至有人期待。

　　如何会有这众多粉丝呢？应该说老爸的短语思想是敏锐的，文字也有点好玩。不过，仅仅文笔好似乎是不够的，他的短语带着"思想的快乐"。我想起读中学时最喜欢的一本小书——菲利普·德莱姆的《第一口啤酒》，这不过是一本口袋大小的书，却被我翻阅了无数遍。我不仅仅是被那些细腻传神的文笔打动了，更重要的是，它让我深深体味到"快乐就在细微之处"。老爸的这些短语便是如此，如同人生的一面镜子，你总能在其中找到自己的影子，不曾消失也不会穿越，从而引起心灵的共鸣。

　　经过这么些年的创作，老爸有了将这些短语出一本书的想法。我相信，这一定是一本好看而又有趣的书，它不会被淹没。也许你不会每一则都喜欢，也许你觉得短语写的不过是生活中一些微不足道的小事，也许有些文字你还会觉得艰涩……但你总能于不经意间，在某则短语中品味出细微的快乐，找到那一刻最真实的意识流动，直至唤醒你对人生中无处不在的细小感触的领悟。我现在跟他远隔重洋，没有太多可以互相厮磨的时光了，但我依然可以从他的文字里寻找到哲学与诗，寻找到生命与爱，寻找到他思念女儿的那种心灵煎熬，因为有些短语本来就是为我而写的。

　　这可以算作序吗？

目 录

第三辑

附　录

第一辑

知无知

《艺术感觉论》再版，让我对"知无知"有了切身的亲证。"少年击剑更吹箫"（龚定庵），我应该是"不悔少作"，还是继续惶恐呢？时光陡然跃过了这么多年，一梦钧天，早已经没有了当年"次第春风到草庐"的心境，只是半生连续几次转换了题目，而不愿在一个领域穷尽半生。闻道既得而未得，逐物当能而不能，心想只要有一二孔见出于自家胸臆，也算是勉强"俯仰自得"了。那么，就如叶芝所说，"在阳光下抖掉我的枝叶和花朵；现在我可以枯萎而进入真理"。最近连续主持了厦门大学哲学系和中文系的博士生论文答辩，深深觉得一个基于纯粹学问基础上的知识共同体，必然有其情感共同体的支撑。导师们对莘莘学子的厚爱，透出一种无尽的关怀和温暖。学问除了高华深邃外，一定还有那种"依旧人间"的人性蕴藉。学问是一道窄门，穿过黑夜。穿过这道窄门，你见到的必定是"世界的光"。

2013. 6. 18

再读《小团圆》

　　台风之夜，再次捧读张爱玲的《小团圆》。风雨交加，我似乎在等待一种真知，守望一种诗意。《小团圆》是张爱玲看乱世和看自己的一个传奇，她把爱和等待出演为人生的一出戏。"雨声潺潺，像住在溪边。宁愿天天下雨，以为你是因为下雨不来。"这等待的唯美，源于一个女人的唯美之爱。女人的成长，同样需要等待，九莉终于在等待中发现，等待和爱上一个人都需要付出代价，就像历史也是在等待的伤痛中长出了牙齿。而在我们的等待中，《小团圆》发出了针扎一样的声音，然而那终究是一个无力的叹息。这是一场女儿和母亲的双重悲剧，是女儿和母亲经验的隔绝。《小团圆》因为太多的等待相加，带给我们的完全是等待的空白和紧张，是那种几乎没有颜色的心情。这部作品为什么一再拖延出版，为什么张爱玲曾经想销毁了它？现在看来，似乎是作者为了给那痛不欲生的时代一点传奇想象，所以她既批判了社会，也批判了自己。

标点符号

突然间对汉语的标点符号感兴趣了。其实，一个人平时喜欢用什么样的标点符号，大致是可以看出他的某些习性的。比如，喜欢用句号的人利落，喜欢用逗号的人拖拉，喜欢用感叹号的人浮躁，喜欢用问号的人狐疑，喜欢用冒号的人节制，喜欢用引号的人谨慎，喜欢用分号的人条理清楚，喜欢用破折号的人炫耀，喜欢用省略号的人好色……不承想，我还偏偏遇到一位喜欢用"。。。。。。"的家伙（注：他大概是在手机里找不到省略号了，只好用六个句号代替。）我只好对他说：你属于利落的好色之徒。（对上述鄙见，同意的请举手。）

2013.8.23

黑色的光

《塔木德》是一本流传了三千三百多年的犹太人至死研读的典籍，是犹太人口传律法的汇编，其流传的范围仅次于《圣经》。它里面有句话："人的眼睛是由黑白两部分组成的，可是神为什么要让人通过黑的部分去看呢？因为人生必须透过黑暗，才能见到光明。"这句话让我想起顾城的诗："黑夜给了我黑色的眼睛，我却用它寻找光明。"黑色是个终极。有个女孩总是盯住一位中年男人的眼睛，说那里面有一种黑色的光在流，那种黑色好像总在怀疑一切。其实，女孩透过黑色，看到的是一种男人的宗教。对于女性来说，男人的宗教不是如同清代学者田同之《西圃词说》说的"若词则男子而作闺音"，即以女性口吻代女性设辞。男人的宗教在于成熟，在于敢于叩问自己。一个成熟的男人，既要在女人中有所期许，也要对自我有所期许。睁眼看世界，闭眼观内心，以一种冷静的心绪去看待世间的一切。我想，一个男人能够做到这一点，也就修炼到家了。

6

斗 茶

斗茶是男人的本事，女性一般不斗茶。见过几次斗茶，基本上是男人。斗茶的玩法就是对比，有对比才有区别，才能斗出个胜负。然而，斗茶是按照同一茶叶种类来斗的，岩茶不跟铁观音斗，红茶不跟绿茶斗。有几次临场看斗铁观音，清香型、浓香型和陈香型轮番上阵。某日下午，几位好饮者想起来斗岩茶，有陈年铁罗汉、乾隆老茶、五星和六星曦瓜版大红袍、牛栏坑肉桂（简称"牛肉"），还有老极水仙等。岩茶种类多，比较丰富多彩，斗得也就有趣味，也算长了一些见识。岩茶底蕴深厚，饱满沉着，有一种被称为"岩韵"的意味在其中。只要你凑嘴抿上一口，咂出味来，便完全没有那种草本的微涩，只觉得岩韵里空间幽深，曲巷繁密，忽然就有了一种徜徉、探寻的余地。

那个下午，数巡过后，一泡号称乾隆老茶被撕开了，一团黑乎乎的茶块抖了出来，放到鼻子底下闻一闻，没有什么香气。泡在茶盅里，有浅棕色渐渐漾出，随后很快便荡出了深黄色。凑上闻香杯一闻，像是普洱的味道，还有些许药香；喝上一小口，竟然是木头的香味；等过了喉头，便有一种岩韵慢慢释出了。几通过去，口感逐渐细腻，越喝越甜，然而不腻。老茶在腹中蠕动，胸间顿时通畅，舌下生津。这是什么老茶呀？一看茶盏里的茶渣，都已碳化碎裂，没有了那种粗枝大叶的形状。如此陈配、透润的老茶，大家还是第一次品到，于是欣喜莫名，惊呼这才是今天斗茶的"终极版"。收藏者说，其实它不过是20世纪50年代的佛手。佛手不是铁观音吗？怎么也拿来跟岩茶斗呢？待喝够一大把了，众人才醒悟，不论是几十年前的什么茶，到这个时候骨子里的那种"老"的味道，释放出来的一定就是三分甘草、三分沉香、二分药香、二分草野霸气。这就是老茶的"茶格"。斗茶到如此境地，就不知如何来安顿自己的感觉了。过去的文人常以"好茶至淡""真茶无味"等句子来形容好茶，其实这是一种感觉的失落。不管怎么说，老茶是有"大味"的。有人说，老茶是老男人的茶。也许，只有男人特别是老男人才真正知道老茶的韵味。老茶的深厚，没有了绿茶的鲜活清芬，却把香气藏在里面，让喝的人觉得年岁陡长。在陈邪、透润的基调下，老茶变幻无穷，从药香、木香、虫味进入到普洱味，最后是甘甜，每一种重要的变换，都带来新的感觉和记忆，就像一个老男人一生的历程。

2013.9.4

放牛娃的向往

一个九岁的放牛娃在石板上歪歪扭扭写了三行字："太阳升起来了，太阳落下去了，我什么时候才能变好呢？"我看了之后非常喜欢，把它称为诗。这个农村孩子躲在岁月深处，他每天的生活极其简单，除了放牛，就是数着日出日落，他向往"变好"的梦，等待那个能够让他以后不断回望的日子。其实，生命本来无所谓意义，是向往"意义"的那颗心让生命变得有意义。一个少年用纯净的目光追踪太阳，追问自己，期许自己。那我们呢？

2013.9.11

慢生活

看到木心的诗里有这么三句："从前的锁也好看，钥匙精美有样子，你锁了，人家就懂了。"为什么如此怀念从前呢？从前大家说话一句是一句，从前买东西一分是一分，从前的黑白照片很真实，从前的日色很慢，从前的人一生只爱一个人。从前，曹雪芹看透了"色"，悟到了"空"，才写出了《红楼梦》。从前……今天，许多人却是悟到了"色"，看透了"空"。今天，我听着1960年录音的勃拉姆斯钢琴和小提琴二重奏，我能感受到鲁宾斯坦弹钢琴的指尖和谢霖拉小提琴的臂弯。今天我找不到今天了，只有从前在告诉我：等待一下灵魂吧，不沉的，永远是那种很慢很慢的生活。

2013. 9. 12

莫扎特的《魔笛》

那个周六早晨在家听音乐，忽然门铃响起。开门，是送快递的一小伙子。他说："你在听莫扎特的《魔笛》?"我愣了一下："你懂得?"他笑了："我听过。"说完转身就进了电梯，我一下子被这个小伙子给笼罩了。《魔笛》里有两句唱词："如果有个爱人多好"和"知道爱情的男人"，一直像风的手指划过我的记忆。《魔笛》叙述了古埃及一个叫作埃米诺的王子，与他所爱慕的少女帕米娜的爱情故事。这部午夜的咏叹调，在这样一个早晨听来，真是令我喘不上气来。然而，音乐是音乐人的风语，比什么都更有力量。即便一个普通的快递员，即便是愚笨如我者，也会在音乐里找到我的过去和我的遥远。因为是音乐，因为是音乐的力量让我赎回了一种生存的价值和生命的意义。

2013. 9. 13

"地坛在我"

写过《我与地坛》的史铁生又写了一篇《想念地坛》，开篇第一句就是："想念地坛，主要是想念它的安静。"最后一句是："我已不在地坛，地坛在我。"地坛的安静使人安静。命运无常，安静可能是人最需要学会的东西。人无论向生还是向死，都是两种宗教，只有神能给他们安静。我的朋友是我的所有的宗教，聚散依依，给我带来的都是心灵的安心、安全和安静。无论什么时候，我都会在静穆中记挂着他们，因为他们曾经给了我许多的美好。人的欲望是永恒的，由此也带来永恒的烦恼。当年苏格拉底把一群轻浮的年轻人聚拢在一起时，在闹哄哄之中有一老人悄然离开了，他意识到内心有一种基于自知的节制，在召唤他必须归于安静。生活每天都在继续，然而有些爱并不属于你；那么你可以坦然，而无须悲伤。有些相处就像流萤，甚至一开始便是结局。什么是"最后的晚餐"？就是那种柏拉图式的爱情，始终都是空的。

2013. 9. 14

缘于瞬间

有位演员说："那时候爱上他不是因为他有房有车，而是那天下午阳光很好，他穿了一件白衬衣。"我一直以为这不是演员的矫情，而是一种感觉。借用那句深蕴禅机的话，这种感觉就是"红炉一点雪"。一片雪花落在火炉上，顷刻便融为虚无，但它留下了一种感觉，一种存在过的痕迹。无论是忘情的沉溺，还是透骨的清醒，那些浮尘摆荡的过往，虽然只是那么一瞬间，就算立即融化了，却也是一片记忆或一泓难忘。对于一个人的刻骨铭心的感觉，有时的确就缘于瞬间。

2013. 9. 16

一个世界疼漏的收获

　　前年底，在法国访学二十来天，其中在巴黎待了有一半的时间。那天傍晚时分，暗红的夕阳在塞纳河上奔流，我独自走上米拉波桥。当时我还不知道那个二十世纪德语诗歌代表人物保罗·策兰就是从这座桥上跳下去的。米拉波桥桥头的一块蓝得像巴黎的天空的铜铭上，刻着法国另一位诗人阿波里奈尔的一句诗："塞纳河在米拉波桥下扬波，我们的爱情，应当回忆吗？"回国后，我一直在寻找保罗·策兰的诗集。最近，上海的朋友终于在华东师范大学出版社买到了孟明的这个译本《一个世界疼痛的收获》，令我兴奋莫名。策兰说：诗是阴性的，她有指甲，有手上的风。他还说：这个秋天将意味深长。策兰是一位流亡法国的德语诗人，没有祖国使他生活在他的母语里，写作只是成为他个人的事，也成为他的命运。策兰的诗其实是很艰涩的，然而却有那么多的研究者，包括伽达默尔、波格勒、德里达等一批哲学家，都在阐释策兰的几乎每一首诗。这不是什么普通的学问兴趣，而是因为策兰是我们这个时代最具人格力量的诗人。他不仅以犀利的诗歌之刃剖开人类历史中离我们不远的一个时代出现的最暴力、最残酷的事件，而且以他独特的语言方式创造了最优美的德语诗。策兰是无止境的，他的诗是从黑暗的时间里浮出来的"呼吸的结晶"。阅读策兰也是无止境的，所以无论如何我得把我的阅读变成一种精神历险。

2013. 9. 21

每个人都应该有一匹狼

数年前买了本《狼界》，妻子一天就把它读完了。我对狼有一种天生的畏惧，却时常在梦中遇到它。梦往往象征着被神所应允的某种向往或牵挂。狼，怀有野性般绝望无言的美，它几乎是不能被揭示的，就像玉，是可以被人戴活的，但不能被揭示，至多在你的记忆里留下一道美丽的擦痕。《狼界》告诉我们，每个人的身体里，都应该有一匹狼。其实，从《狼图腾》《藏獒》到《狼界》，狼的影子一直潜藏在我们的生命里。那种充满勇敢、灵活、机智和执着的狼性，那种孤独和骄傲并存的生命图腾，就像那些远走夷方的男人们，百舍重茧，总会默默注视着远在另一方的女人。所以，狼的形象容易被女人盯住，甚至暗恋。狼，会时不时从女人的心灵僻隅中跳出来，牵引着她们。也许，狼表达了一种异质的情感或异乡的力量。它攫住女人的，不仅是那种不苟且的刚性，而且是那种月光长桨般的柔性。那曲流传多年的《我是一只来自北方的狼》，对于那些追求精神恋情的女人来说，犹如枕靠在最沉稳的心灵彼岸。大概没有哪个女人，内心里不需要这样一座野性的狼的图腾和狼的城堡。

私 奔

我一直想就私奔这个话题说点什么，但总是欲言又止。多年前的一个夜晚，海德格尔与他的女弟子准备私奔，然而就在从家门口到马车之间、在这即将展开的浪漫时刻，海氏的私奔的念头立即被一种犹疑的独白解构了，他想到私奔意味着否定现有所有的一切，包括他的哲学。肉体本是已经拥有过的东西，再要为它而私奔，付出更大的代价，那就没有任何价值，私奔也就变得毫无意义了。在这种犹疑的拆卸下，海氏的脚步越来越慢，终于停在马车前不动了。他做了个优雅的姿势，搀扶着女弟子上了马车，让她随着辚辚的车辘辘声消逝在视线之外。其实，私奔的目标远不止于感情。当年托尔斯泰的私奔，他所寻觅的也是一种新的生命状态。而施特劳斯携歌手私奔未成，一直徘徊在多瑙河之滨，才有了那首著名的《蓝色多瑙河》。所以，私奔不是一个简单的话题，它是一道富于文化内涵和生命意味的人生风景线。在生命的终极意义上，私奔不能被看作是两个私人之间的事。人类有一种本能的"弹性心理结构"这种心理结构常常使人产生某种特殊的心境：太平静了，一个人就往往无法靠近另一个人；而太冲动了，却又无法读懂人的内心。私奔的情形有时就是如此，当你下了决心准备付诸行动的时候，你突然会改变主意，而选择另外一条道路。也许，人类常常就是这样捉弄自己。

妖娆罪

女性是因为美丽而美，还是因为苦难而美呢？数年前，海男写了一篇小说《妖娆罪》，以忧伤的口吻叙述了一个女孩的肉体忏悔录。这部作品告诉我们，女性本来就是妖娆的一部分，她们所负载的有两种东西：妖娆之绚丽和妖娆之原罪。这个结论是相当深刻的。女性往往用身体和灵魂呼喊现实，呼喊生活；但无论是呼喊，还是私语，女性的言语最终将出卖思想，甚至可能打开幽秘的情感通道。即使是最疼痛和最隐秘的呼喊，那种苦难是要彻底地被藏入时间的，因为潜藏在女性故事里的只能是时间。只有时间能够吞咽和改变女性难以言喻并为之挣扎的历史，这大概就是女性最妖娆的部分。到了她们化为灰烬之后，那一袭灵魂依然会在妖娆中飘曳而出，忏悔着生命里的妖娆之原罪。林徽因是个占尽天地之灵气的女性，被誉为天也生妒的大美之形。然而正是无奈成就了她的美丽。她与徐志摩的"倏忽人间四月天"，与梁思成、金岳霖的爱的"金三角"，是煎熬，是隐忍，还是那种原罪般的无奈？大美之形所承受的大痛之实使得她熬到了"不难过不在乎"的境界，最后是"没有一句话"。所以，女性的所谓完美，是美在对待苦难的态度，美在忍受美的背后那巨大的精神担当。血泪暗洒，落地无声，这就是女性的妖娆之绚丽。只有承受了妖娆之原罪的女性，才是具有真正之大美的女性。

谁是最可怜的人

数年前，刘再复在《读书》上发表了一篇文章《谁是最可怜的人》，说是当年鲁迅说孔夫子"可怜"，因为他被人抬到吓人的高度。时至今日，孔子还在被任意揉捏，成为"最可怜的人"。整个20世纪乃至现今，那个"半部就可治天下"的《论语》，像面团一样，一会儿被揉捏成"秕糠"，一会儿又被揉捏成"经典"；一会儿是"精神鸦片"，一会儿又是"心灵鸡汤"。李零说孔子是丧家狗，因为他毕生找不到自己的精神家园；刘再复说孔子是面团，因为他被放了不少的发酵剂，于是格外膨胀。

"五四"时期，孔子被当作"吃人"文化的总代表，如今，他又成了"被吃"文化的总代表。"吃人"时他被打到了谷底，是一团"封建糟粕"；"被吃"时他又被捧上了天，成了"摩登圣人"。其实，孔子就是孔子，无论怎么"吃"，他本身还是一个巨大的思想存在。孔子本身没有错，也没有问题。问题是他的后人对待他以及他的思想时有问题，世界各地设立孔子学院，究竟有多少人真正懂得了孔子呢？孔子的"可怜"，说白了就是人们对他的理解上的问题，同时是个我们是否真正尊重他的问题。孔子要重新赢得思想家的尊严，我们后人对待孔子和儒家经典，应当冷读，不应热炒。二十年前我写过一篇小文《热书冷读》，现在看起来，确乎还并不过时。

乡村哲学

刘亮程的散文有一种"乡村哲学"。他笔下的世界并非是单纯的乡村，它同时记录了关于乡村生存的记忆和焦虑。这种焦虑实际上是村庄的尴尬与艰辛。就像他所注意到的那两片榆树叶："当时在刮东风，我们家榆树上的　片叶了，和李家杨树上一片叶子，在空中遇到一起，脸贴脸，背碰背，像一对恋人和兄弟，在风中欢舞着朝远处飞走了。它们不知道我父亲和李家有仇。"这个震撼人心的细节会是我们曾经注意到的吗？我因此常常向朋友们介绍这个细节描写。其实，乡村的苦难正是我经历过的，但在我的记忆里并没有提纯过它们。有人说，记忆生存与提纯苦难是一种被诗化了的"恶声"。在我看来，刘亮程在对于乡村记忆和人生意义的焦虑的同时，保持了他的从容和优雅。哲学解释到最后，主要的不是关于哲学体系的内容，而是对哲学的态度。哲学在和生活态度相近的时候，生活态度本身也就更能清晰地对哲学做出解释。这就是刘亮程，是对那两片榆树叶子作出"乡村哲学"的解释的刘亮程。

真　相

　　"真相"是什么？"真相"其实是个相当沉重而残酷的字眼，在真相面前，人往往要承受巨大的精神担当，甚至付出生命。20 世纪20 年代，苏联的索洛维茨岛劳改营有个叫马尔扎夫的犯人成功地从岛上逃走以后，在英国出版了一本自传式的书——《在地狱岛上》，披露了大量虐待劳改人员的事实，在欧洲引起极大的反响。为了消除影响，苏联当局派了在国际上享有盛誉的高尔基上岛考察，试图用他的证言驳斥"那本卑鄙的国外伪造出版物"。高尔基上岛后，看到所有的东西都被精心布置或伪装过，他什么也没说。这时有个 14 岁的小男孩走到高尔基面前说："你看见的都是假的，想知道真相吗？"高尔基听小男孩讲了整整一个半小时，泪流满面。然而谁也没想到，高尔基回到莫斯科后，在苏联和世界各大报刊发表文章，宣称"犯人们在索洛维茨岛生活得非常之好"。不久，那个勇敢的小男孩就被枪毙了。面对确凿而残酷的事实，高尔基为什么要说谎呢？在一代人眼里，高尔基是一个纯粹的、坚定的革命者，而他的这段经历的确使我们对人性的复杂有了一种新的认识。黑格尔在《法哲学原理》一书中说，人既是高贵的，同时又是完全低微的。人"包含着无限的东西和完全有限的东西的统一，以及一定界限和完全无界限的东西的统一。人的高贵之处，就在于能保持这种矛盾"。对于当时被称之为"革命的海燕"的高尔基来说，这种矛盾也许就是知道了真相而又难以忠于真相的矛盾。

2013.9.27

"飘然" 和 "飘飘然"

　　突然就想到"飘然"和"飘飘然"这两个词，它们的含义俨然是不同的。"飘然"显现的是洒脱、磊落，"飘飘然"则有些轻浮、失真。葛兆光教授曾经在一篇文章里提到，2001 年，清华大学想为著译等身的人学者何兆武教授举办一个八十寿辰庆祝会。那天早上，何的学生彭刚去接他时，他却早已把家门锁上，"一人飘然离开"。我觉得，这个"飘然"就极有学者的风度，是吴宓当年所坚信的那个"内心生活之真理"，是人生的大进境。而"飘飘然"则是一种心绪的自我撒野，甚至是无节制的撒野。在这种撒野的背后，究竟还有多少"内心生活之真理"被掌握了呢？借用老加尔布雷斯的话说，当今世界上有两类人："一类人知道自己其实什么都不知道，还有一类人根本不知道自己什么都不知道。"我想，它刚好可以用作"飘然"和"飘飘然"这两类人的注脚。

2013. 9. 28

超脱与缺憾

数年前听过一次演讲，主旨是"以儒处事，以道养心，以佛养身"。说的是人的脸上本来就写了个"苦"字：眉宇是"艹"，鼻梁是"十"，嘴巴就是"口"了。人一生下来就会"哭"，注定人是要进入"苦海"的。这种解释令我震撼不已，那里面的确带着某些神秘的期许。我不由得想起了顾随，他对佛的见解往往具有禅外的哲思，能够看到其内在的清寂与冲淡。他说："大疑，大悟；小疑，小悟。学佛要信；须疑。"可谓悟道之语。张中行与杨沫婚姻失败后写了篇《度苦》，述说他在绝境里与佛学的一次意外相逢，读了《心经》，从此理解了"度一切苦厄"，打破烦恼障。他由此提出"顺生"，意即知其无可奈何而安之若命，保持一种自然的心态，从容设计自己，清醒地顺着人生的路走。

二十多年前，在一场人生的逆难之后，我写了篇文章《超脱》，谈到弘一法师。弘一在享尽人间该享受到的快乐之后，那一尊醨波的"浓酒"终究淡了，终于悟入"别来沧海事，语罢暮天钟"的另一番境界，从此斩断世情尘缘，青鞋布衲，托钵空门。他从瑜亮一时的风流才子，到一心系佛的云水高僧，这一极具戏剧性的转换，当然不仅仅是说人生的消极或积极，大抵是一样的意思。问题在于李叔同之所以成为弘一，正由于他有着与别种消极完全不同的"看透"，索性求个彻底。"往生之我"的蹉跎、业障、无明、烦恼、劣根，全在自我的究诘中被怀疑、被遗弃，从而获得了超脱。其实，真正意义上的超脱，无非是一种超验，一种由一而多、由多而一的心理轮回；然而它实际上是一种指向内在超越的人生定位，一种追求真实生命和终极意义的情怀。超脱需要静默，只要不执着于掌声，一切都将是美丽的。记得有人说过："真正的美除了静默之外，不可能有别的效果……每当你看到落日的灿烂景色时，你可曾想到过鼓掌?"人生难免有缺憾。活到现在，我算是稍稍明白有缺憾的人生才是享受的人生、真实的人生。龚自珍有诗云："万事都从缺憾好。"我想这种"缺憾"大概是要支配我的余生的。

2013.9.29

心　航

　　法国女权主义作家贝诺尔特·克鲁尔的小说《心航》，叙述一个持续了一生的婚外恋故事。一位历史学女教授，把她的钱都花在了机票上，为的就是跟一个水手约会。她每年要飞越数万里行程，这种生活最终形成了习惯。从 18 岁到 65 岁，这个女人走过了属于她的完整岁月和生命时光。中国的读者也许看不惯这种东西，也许不熟悉这里的"持续"和"一生"究竟意味着什么。我看了中国的电视连续剧《激情燃烧的岁月》和《金婚》，看到的女人总是那样几近绝望地对着男人吼叫：你毁了我的一生！这个"一生"又是什么呢？

　　说起来，中国女人跟外国女人的确有很大的不同，前者只是有抱怨的能力，后者却具有行动的能力。《心航》里那位历史学女教授，跟她的"国王"——那个粗野而敏锐的水手，他们对彼此的身体保持了一生的迷恋，甚至是毫无理由的迷恋。他们根本就不问将去向何方，只是欣然前往。相比之下，中国的女人就十分地怕老，才 30 岁、40 岁，往往就心灰意懒，甚至筋疲力尽。尤其是那些单身女人，丈夫缺席，家庭不在场，她们最终要把自己的生命委托给谁呢？她们不清楚。所以就怨恨，所以就后悔，所以就要么不断地点燃自己，要么不断地冷却自己。结果，她们就独自老去，松弛、衰弱，不断拉长像毒蛇一样蔓延的皱纹。这种女人实际上是一个遭遇情感和理智双重讹诈的拉辛式女人，她们的自由清单上，明显地写着传统的价值。生活从四面八方袭来，女人老在经验层面上徘徊不已，随时检验她们以及男人们的日常经验。所以，有时我在想，女人在某个特定的时候总是在关注男人，严格说来，甚至是在俯瞰男人。那么，在我看来，这种俯瞰绝不可能是神的尺度，而只能是女人的尺度。被这个尺度最终丈量出来的，究竟是女人的自足，还是男人的悲哀呢？

2013. 9. 30

大道至简

　　我一直以为"大道至简"是一个大道理。无论简为美还是简最美，懂得简单生活肯定是至上的境界。当然简单不等于草率或粗疏，而是一种删繁就简的功夫，这的确需要一番历练生活提纯生活的能力。据说当年在延安时，毛泽东曾经问胡耀邦：什么叫作军事？胡耀邦讲了书本上的许多案例和道理。毛泽东说：没那么复杂，军事就是打得赢就打，打不赢就跑。毛泽东又问：什么叫作政治？胡耀邦又说了很多。毛泽东说：没这么复杂，政治就是把支持我们的人搞得多多的，把反对我们的人搞得少少的。毛泽东的政治历练和政治水平可算是炉火纯青了。进入现代社会，似乎所有的关系都变得复杂起来了，有时候的确觉得无所适从。其实认真地想了想，无论何时、无论何地记住这一句话是至关重要的："害人之心不可有，防人之心不可无。"这是极简然而丰富、至简然而普适的道理。有位证券行业人士告诉我，投资理财也没那么复杂，把握趋势，逢涨就追遇跌就跑。人类的很多烦恼都是人自身造成的，每天的快乐其实也没多复杂，一条短信或一个微信都可能给人带来快乐的。

2013. 10. 3

锁

　　锁肯定是一种哲学，开锁的是人，是主体；被锁的是物，是客体。连心锁是一种泪光盈盈的哲学，有爱和痛在其中，有缘与分在凝聚。当一条铁链被挂上一串又一串的连心锁之后，它的哲学也变得异常沉重起来。多年前，有位诗人写道："在中国，找的钥匙丢了。"这样，何必去打开呢？就挂在中国身上，就像这些连心锁，永远就挂在那里。锁的哲学，注定是否定之否定的哲学。

2013. 10. 4

精致和极致

一位作家在她的博客里说：这世界怎能没有我的诱惑。不免戚戚然焉。人可以自信，但不可以有过于沉迷的自恋；人可以感觉，但不可以有走不出的感性。由此，我想到"精致"和"极致"这两个词。

人生可以活得精致，但不可能活到极致。世间任何事物达到了极点就极易走向反面。所以，人生过程中那些不适意的段落都属于一种暂时的中断。每当我一个人静静地聆听巴赫时，我都会感到巴赫的音乐从来不一泄到底，而是如水流遇到礁石那样，稍有奔腾之意便立即碎开。这就是巴赫的诗意的中断。有人说巴赫的音乐是茶杯里的风暴，它让人想起"花怒"二字。其实，花的怒放就是一种美丽的中断和适时的碎开。这是心理的一种节制，一种节奏。没有节制的张扬是可怕的，而没有节奏的人生也是缺少趣味的。做人有时比做事难，在于做人需要节奏，需要一种心理的调适和"望断"。余秋雨为陈逸飞写的墓志铭的最后一句是："他以中国的美丽，感动过世界。"陈逸飞试图用他的作品，表达一种生命的节奏。他的《浔阳遗韵》在画面的刹那惊艳中，描绘了旧上海的风情。轻重适度，浓淡相宜，亦新亦旧，这就是历经四十年艺术生涯的陈逸飞的节奏，不疾不徐、不衫不履地被美的光芒照耀着。节奏的完美，是作品的极致。而作为生命的极致，只能去追求，是不可能去企及的。一位女孩这样说：果然我是个认真的人，连失眠这件事都干得这么漂亮！这是她所向往的"极致"，其实她照样是要失眠的。同样，陈逸飞太追求极致了，追求极致的人却留下一个极致的遗憾。因为他可以在艺术中追求极致，但他不可能在生命中追求那样的极致。有遗憾的人生，才是真实的人生。一代风流才子，尽管他已经成了这个世界上不能没有的诱惑，然而他终究也只能是精致地活过了这一生。

2013. 10. 6

长假之思

"菲特"台风风过耳，国庆长假忽忽就过去了。盘点七天的日子，下过四次楼，其余时间一直像猪一样宅在家里。外面的世界如何精彩，我大概是不得而知的。人生有许多种经验生命的方式，我想宅家也是一种方式，同样是为意义而生。这个假期，我读完了汉娜·阿伦特的《黑暗时代的人们》。这是一本"知人论事"的文集，记述了阿伦特的同时代人及朋友的故事，那些故事触碰的是"黑暗时代"的心灵。接着，我又读了《阿伦特与海德格尔——爱和思的故事》。这两本书让我这些天来一直保持着一种"静谧的激情"，反思性的自我意识突然萌醒：人，无论怎样活，无论向生还是向死，无论出世还是入世，都是这个世界的"生动的在场"。出世时想着如何生，入世时想着如何死；生和死，都会给我们一双尘世之上的眼睛，让我们看清生活，也看清自己。

阿伦特这样说："即使是在最黑暗的时代中，我们也有权去期待一种启明，这种启明或许并不来自理论和概念，而更多地来自一种不确定的、闪烁而又经常很微弱的光亮。"当年王尔德身临巨大的痛苦与孤独，领悟出"继续生存"的道理。他对纪德说，他之所以没有自杀，是因为"怜悯"。恰恰相反，我们今天就缺少这样一种"怜悯"，缺少怜悯就会缺少爱，就会缺少让身体和思想回到阳光之中的勇气。列夫·托尔斯泰说，人生在世，最重要的就是"弄明白生活的意义"。承担意义总是要承受负累和负重的，这也许就是我在这个长假里的"有所思"。在午夜的幽暗中，我的眼前总是浮现出一峰驮着一身忧伤的骆驼在艰难地前行，它让我体会到灵魂相望的感动。我同时也想到，有一种阳光一定是永远的。生活在继续，夜里，在这个没有黑暗的"黑暗时代"，有一个戴着草帽追赶太阳的人。那就是我。

2013. 10. 7

等等灵魂

看到这样一句话："人生如寄，多忧何为？"便一直在琢磨自己究竟寄在了哪里？我还能不能搬回我自己？想来想去，终于明白：人是搬不动自己的，即使你能搬动自己，却永搬不动自己的影子。"独秀"是我时常想到的一个词，它让我认识到：人生不过是个谁打错的电话，往往是你还没接起，对方就挂断了，就像窗帘动了一下复归于平静。人活着其实也没有什么理由，生命不过是灵魂租来的一间房子，身体不过是生命借来的一件衣裳。人能活多远，影子就会留多远。许多时候，我希望抬起头来只看到一个词：天空。然后站在那座码头上，对自己说：属于你自己的波纹终归是你的。然而，生活和心灵的相望，有时就隔着一层纸的距离，即便是再简单的生活，也是值得品味、回味乃至敬畏的。生活就在那里，只要安详自在，就会巧妙地达到正好，或者即将正好。说实在的，我不太喜欢快节奏的生活，我一直以为，世间任何的自在都来自适度的"慢"。一生骑着牛慢慢走的是老子，他在慢中领悟了那么多的人生哲理。慢，不只是一种信仰，更是一种生活能力。快，往往奴役了现代人的灵魂。俄国作家契诃夫有一次在西伯利亚遇到一位中国人，看见他一小口一小口地抿着酒，便感叹中国人懂得礼，也懂得生活。生活如流，我们虽然不能像浮士德有魔鬼帮助那样，要什么就有什么，但我们完全可以有一种慢生活，让肉体慢点走，等等灵魂……

2013. 10. 9

人心念语

昨天上午，一位出过几本书法集的退休老教授来访，对我办公室里挂着的一幅某书法家书写的欧阳修"西湖念语"表示赞赏。我突然对着心里未圆的那个残梦怅然不已。

年轻时我的确学过一点书法，后来不知何故就放弃了。我知道那个残梦最后是不可能色彩斑斓地返回，然而对于书法作品的喜爱一直盘桓在我心里。我清楚地记得当年在厦门大学上一年级时，某个夜晚我披着一身月光信步踱到一位老师宿舍里，进门就看到因明学教授虞愚手书送给他的一副对联。虞愚先生的字骨架平稳，却在笔画的内里藏着许多曲折变化。大学毕业若干年以后，我又见到了弘一法师的字，尤其是那幅临终绝笔——"悲欣交集"，干枯冷寂，敛尽了人间烟火。生而何欣，去有何悲？尘埃落定，悲欣交集。记得在一个学术会议上，一位先生评价这几个字堪称小"祭侄稿"，我恍恍然顿悟。等到人生经历多了，我才意识到人应该怎样才能做到不骄矜、不张狂，就像宋人描绘的那轮明月："素月分辉，明河共影，表里俱澄澈。"

多少年了，弘一法师的字一直在告诉我，人要活得自如、自在和自为，并且从容不迫，在随意之中有几丝活气泛出。人如果能够活得奇峭，当然也是一种活法，犹如书法中若续若断的枯墨。世事纷攘，我喜欢自由自在地活着，并且带点可能的优雅和几分趣味。其实，人活得精致不精致并不重要，重要的是活得自然。自然本质上是一种内心之学，为了内心的生长，我们往往需要寂寞，甚至需要独处。奥地利诗人里尔克说："你要爱你的寂寞。"寂寞能让人发现内心那些看不见的东西。陈寅恪说："不采苹花即自由。"一个"不"字，就是像凡·高、克尔凯郭尔、梁漱溟和顾准那样，"成功地做了他自己"。这些人在那个年代都是寂寞的。鲁迅当年在厦门大学也是寂寞的，但是他袒露了生命中最柔软的心性。我们内心世界的丰满和充盈，我们抵抗一切苦难的力量，都需要我们在寂寞中审视内心。此时此刻，我不禁在心底浮起邵康节的一首诗："天听寂无音，苍苍何处寻；非高亦非远，都只在人心。"

2013. 10. 11

风　流

　　什么人可称作风流之人？20世纪40年代，冯友兰在《南渡集》里说，真风流有四：一曰玄心；二曰洞见；三曰妙赏；四曰深情。按照冯先生的解释，玄心是一种无我的超越感；洞见乃不借推理的直觉；妙赏是对美的深切感觉；深情则为有情而无我。李白当年说孟浩然"风流天下闻""迷花不事君"。实际上老孟到了晚年，备尝甘苦之后，有了顿悟，才有了一点玄心、一点风流。人活在世上，总是在一点一点地领悟和雕塑自己，最后才达到闻一多所说的那种境界："淡到看不见诗。"这才是真风流。

　　记得年轻时看电影《罗马假日》，觉得那是一种至高境界的风流，却对最后的结局怅惘不已，深怨导演没有让一对有情人终成眷属。一直到了中年以后，确乎才意识到人生之美在于一种领悟，只有悟道之人方可称作风流之人。已故散文家郭风曾经在一篇散文里写到，某日他在居所附近的巷口，看见一群孩子在玩一种抢东西的游戏，突然间有位老头子撞了进来参加孩子们的嬉戏，并且居然把抢到的东西直往自己口袋里装。郭风断言这位老人还会活很久，因为他有一种永恒的占有欲。郭风的这个悟道令我惊讶不已，这是一位经过人生历练的老作家的玄心和洞见，是一种真风流。不要以为有了珍爱或者浪漫就是风流，有的珍爱只能轻抱，比如猫；有的浪漫只能想象，比如私奔。它们都不能说是风流。

　　最风流其实也是最平淡的，平淡到看不见诗，甚至看不见时间。因为时间最终是懦弱的，它只能滴答成河。真风流是一种不沉的声音，就像人生中的某个邂逅或偶遇，哪怕极其短暂，在烦琐的生命中只占很小的部分，却是命定的"罗马假日"或命定的风流，足以充实我们的一生。

2013. 10. 12

名　字

　　每个人的什么东西是会被擦亮的呢？名字。刘亮程在《虚土》里说：人的名字是一块生铁，别人叫一声，就会擦亮一次。其实，名字不只是名字而已，它常常是被想象的，就像看到苏曼殊这个名字，我就会想起纳兰，想起弘一。最近一段时间一直在微信上晃悠着，倒是把博客冷落了很长时间。我似乎都忘记了自己在博客上的名字，只好重新打开它，看到"不会是你"这四个字。博客熙熙攘攘，有一堆真实的名字，也有一堆不真实的名字。我用"不会是你"这个名字，其实不过是想告诉大家我是这一个博主。那时想，博客上久了，说不定哪天就有人把我的真实姓名给忘了。可是现在我意识到，这个博客名字也快要被我遗忘了。无论博客还是微信，它们被擦亮的不只是那些文章，还有名字。上了博客和微信，我的感觉就像开始了箫剑平生。朋友在上面的留言，有温柔的审美，也有强暴般的审美。但不管怎样，我总是喜欢。"不会是你"本来就不是我的什么狂名，即使到了哪一天，我像坐残了一个黄昏那样坐残了这个博客，或者坐残了自己的微信，我也不会像苏曼殊那样看轻了自己——"破钵芒鞋无人识，踏过樱花第几桥？"我想，倘若果真那样，人家只记得我的博客上"不会是你"这个名字，我也许就被擦亮了。那时，我可能就像个晚明或魏晋时期的人物，酒杯里写诗，美人背上题字，有一股残忍的孩子气。然后告诉朋友：这名字，破了好，不破也好。

2013. 10. 13

往　事

　　曾经，我对"往事"这两个字怀有某种程度的迟疑。往事，究竟是可以回首，还是不堪回首呢？正如有太阳当然是好天气，那么刮风下雨是不是好天气一样。我看到一首诗写道："有太阳是好天气，有风有雨也是好天气"，待我细细读下去，才知道这是一首歌颂母亲的诗，"在母亲眼里，没有什么不是生命"。的确，从母亲的视角出发，什么样的天气都可能是美好的。然而，对待往事是否可以这样呢？许多回忆录都提到往事，但真正美好的回忆又有多少呢？毛彦文的《往事》记录了当年吴宓追求她以及她表兄最终抛弃了她的往事，正所谓"情何以堪"。半个世纪以来，毛彦文备受误解。在毛彦文看来，吴宓苦爱着自己的不幸就在于"吴脑中似乎有一幻想的女子"；而毛彦文当时正与表兄朱君毅订立婚约。后来朱君毅移情别恋，使得毛彦文对所有的追求者一概拒绝，其理由是："以你我从小相爱，又在同一环境中长大，你尚见异思迁，中途变心，偶然认识的人，何能可靠。"往事如此痛彻心扉，"恍惚而来，不思而至"，究竟是忏悔了一代风流，还是感叹了一种爱的幻想，其实谁也说不清楚。由此我想，往事一旦触动了人的内心最敏感最柔软的部分，那就是一片无法被忘却的叹息和心的倒影了。

如　昨

秋天来了，微信上关于秋的话题多了起来。伤春悲秋，几乎是中年女性的唯美心态。北京大学有位教授曾经写了篇《哀高丘之无女》，感叹中国的美学哪儿去了。是的，今天那么多曾经唯美并且现在还想唯美的女性哪儿去了？唯美不一定就是虚无。当美成为一种首要选择时，它就是唯美。唯美之上有大美，大美无言，就像屈原带着不屈服的完美自沉汨罗，留下芳草美行。九十高龄的季羡林那时孤居北大，每逢中秋，则自赏朗润园之荷塘月色。有人问他想不想远在国外的孙子，他笑而摇头："农民就不会这样。"他神清气定，灵魂遨游于文化的大美和恢宏之中，于是进入了一种大满足。数年前，我读刘再复的《红楼梦悟》一书，觉得他读《红楼梦》不为别的什么，不过是喜欢而已。读书能有如此心态，就是大美、大满足。如此，你还会去无尽地去伤春悲秋吗？你还会去追回过去那些已然失去了的东西吗？既然失去了，就不要去追回，也不可能追回。受伤不受伤其实不重要，重要的是诗不能受伤，诗性不能受伤。生活在这个世上，每个人都可能没有错，但每个人都可能错过。因为每个人都是文化的载体、灵魂的载体、意义的载体，甚至是悲剧的载体。有悲剧才有真正的深刻。海德格尔说得多好：人类已经不能与本身相逢，即不能与原初的本真自我相逢。人类的可悲之处就在于不认识自己，在于不懂得有所求就要有所伤。我们有时被卷入世俗的惯性和习性之中，从而导致了对什么都不相信，包括像林黛玉那样不相信爱情，像张爱玲写《倾城之恋》那样，表明了对爱情的不信任。其实，秋天是一定要渐渐老去的，不老的是我们的信念。秋天的月亮再美，都是一樽被李白煮熟了的乡愁，都会成为一个简单的过去，也都将成为滑过我的童年根部的深深浅浅的记忆，叫作"如昨"。

2013.10.18

蓝　色

　　我夫人的一幅作品，画面上的蓝色攫住了我。蓝色是忧郁和孤独的猎手，然而只有孤独是从不退场的，它徜徉于一片静谧的深蓝之海。蓝色也许是这一个秋天的全部真实，带着梦的温度和声响，带着无法逃离的救赎。就像寂寞的爱，承受着生命的轻盈。里尔克说得多好：要居于寂寞。寂寞所绵延的，也许并不都是孤独和忧郁。当多数事物在我们童年记忆般的寂寞中无声地飘去，我们也许就拥有了那些少数的珍贵和美好。因为里尔克还说："在少数的事物里绵延着我们所爱的永恒和我们轻轻分担着的寂寞。"

　　蓝色，最终能够被我们轻易地忽略了吗？对于蓝色的拂逆不去的情怀，就像一个人喜欢海洋那样，因为大海是蓝色的。对于这种关系，我一直将其悬浮于某种现实之上。我甚至觉得这是一种异质精神在画面上跳跃，继而在这块土地上激烈地燃烧。什么是异质精神呢？阿根廷作家胡利奥·科塔萨尔的小说《跳房子》中，描述奥利维拉在巴黎生活时，曾尾随一位女艺人，在雨中将其送回住所。女艺人自我癫狂，充满神经质，甚至厮打着奥利维拉。就因为奥氏是南美人，她一定要用最欧洲的方式，鞭挞着拉美的心灵。女艺人的所作所为，象征着欧洲价值的衰落。而奥氏的行为则表明了一种拉美的异质精神在燃烧，在发生着某种陡峭般的力量。这两个人的一举一动，显示了穿透异乡的一种道德抽搐，因为他们是两个互相寻找慰藉的人。

　　如今，当我用一种奔放的眼神，注视着这个画面的蓝色时，我一直在想我还能够穿透那种属于亚洲气质的情感氛围吗？其实，蓝色在我眼里，也许毫无命运，而只有情感的向度和慰藉，只有一种经典式的精神支撑。画面永远是一块最有张力的土地，当那些蓝色不住地包围着它拍打着它时，一种无法抽离的蓝色诉说，一种跃动的陡峭的异质精神，无疑使得眼前这个现实显得膨胀然而充实，颠覆然而流畅，复杂然而简约，丰富然而单纯。这样的蓝色，还会是忧郁、寂寞和孤独吗？还会是这一个秋天的最后的救赎吗？

2013. 10. 19

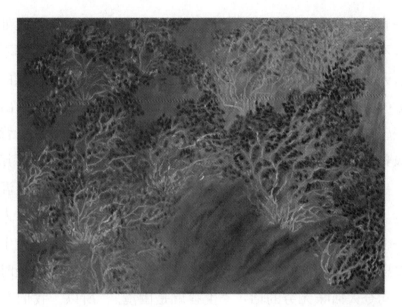

刘敏漆画

背　影

一直很欣赏朱自清的《背影》。其实，人没有什么特别之处，秋水伊人不过一种感觉而已。无论秋水寒，还是秋水易，似乎都不太重要。有人说秋天是个怀人的季节，我由此想到水墨画家曾贤谋的那幅《紫薇·小院·怀人》，简洁的画面让人揪心。我在那里面读出人的背影，于是就想跟这个背影说说话，仅仅是一个熟悉的背影。背影是人的风景，那里藏的往往是沉默。沉默是风景的语言，就像肖邦的玛祖卡，一串一串地在空气中燃烧，那种弹性的节奏让我感觉很温暖也很遥远。一瞬或一眼的背影，可能留给人一世的回忆和想象。人，始终是一个大命题。人除了是一根会思想的脆弱的苇草之外，人生来就具有悲剧性。两天前的那个晚上，我在泉州和刘再复先生交谈时，他说了一句令人回味无穷的话："生存就是困境。"所以，我们有什么理由不能理解那些日日夜夜承受着生存困境的弱势的人，以及那些愿意独守安宁生活的脆弱的人。

在这方面，动物似乎比人要洒脱得多。我的一条爱犬，时常在我聆听蔡琴的《机遇》时，仰起脖子对着天花板嘶喊着，不禁让我唏嘘不已，似乎它也在为人寻找某种"机遇"而呼号着。我想起苏芮唱的《酒干倘卖无》，那条忠诚的老狗在歌词里被这样演绎了：虽然你不能开口说一句话，却更能明白人世间的黑白与真假。是啊，动物是最懂得心理平衡的，平衡的能力就是健康的能力、成熟的能力。我有时候想，如果我们也不思索地生活着，只有忠诚，只有信任，只有理解，那该多好！可是，我这种似乎是有点"失态"的想法，是不是过于天真了呢？其实，我最愿意呼吸的，还是那些绿树和草坪的原始、坚韧而粗糙的气息；甚至我最愿意欣赏的，是人的背影，它会让我感到安心和愉悦。即便是一个安静而沉默的背影，我也会想借着所有的沉默，去面对所有的大道理。有一位曾经对外面的世界寄予过美丽幻想的农村孩子，当他来到一座大城市，不得不领受着种种欺压和屈辱后，他对社会的公平和正义感到了深深的困惑。他在日记里写道："究竟是什么原因，让一个对人生充满理想的孩子，逐渐变为庸庸碌碌的成年人？"这个孩子的心态真是让我感到惊讶。有时候我在街上走着走着，当眼前不断浮现出一重又一重的背影时，我甚至想把那位农村孩子的背影寻觅出来，然后告诉我的朋友：成熟的往往不是人的年龄，而是人的经历。

2013. 10. 23

红　色

　　这是我太太即将出版的《刘敏漆画》的封面画。我以为，她的经纪公司选取这幅作品是很有眼光的，那种浮雕似的红色简直就是一丛又一丛深深浅浅的漆语，是永远不会屏息的发光的昙。在这样一种东方式的绚烂中，我看到了一席漆的风暴从潜渊里迸出幻想和激情。2006 年的诺贝尔文学奖得主、土耳其作家帕慕克的成名作《我的名字叫红》，讲述了波斯的细密画艺术。这是一种采用真主全知观望角度的艺术，所有色彩都具有幻想性，比如小说主人公之一的姨父在被凶手杀害后，灵魂升空，看到的马竟然是蓝色的，而天是绿色的。这使我想起《静静的顿河》里的葛里高利抱着阿克西尼亚的尸体时，看到的太阳是黑色的。

　　这些年来，我的目光时常在太太的漆画世界逡巡、徜徉着，那种在画作前驻足的愉快，让我感受到一种前所未有的视觉冲击力和幻想性。漆画是被某种神性魔化了的艺术。漆无语，然而漆的色彩不是被画家所看见的，而是被感知的；不是被表现的，而是被想象的。正如真正的忏悔并不是用语言来表示的，这种感知的悟性来自真主先天的赐予。一个画家要获得真主的视角，一定是泯灭了自己肉眼的视觉。只有内心纯粹的画家，才具有这样的神性。神性远比描绘更具有震撼力，因为它使人心怀紧张和快乐。这使我想起思想家韦伯。韦伯在 33 岁那年，某日躺在康斯坦茨湖畔一家医院的病床上，竟从墙纸上的抽象图案看出世界的逻辑。这实际上是思想家内心深处莫名的紧张，与画家为我们所制造的快乐的紧张大概是不能相提并论的。思想家往往是枯萎地进入真理，因为太理性；而画家大多是眩晕般地感觉

到 "灵魂转向"，因为有神性。我有过读了一夜凡·高的经历。凡·高的向日葵静止在阳光的夜里，向日葵成了凡·高的代名词。凡·高是被灼烫的太阳燃烧出来的，他一共画了 10 多幅向日葵，用生命撞击出了原始的悲怆。在光耀和绚丽中，凡·高不断地渴望光明的灵魂。时间流逝在凡·高的画面上，它不曾停留；而被留下来的，是不凋的花瓣。因为画家，时间获得了永恒。所以，每一次看到凡·高的向日葵，我总在想：不要惊动了时间。

今天，当我用眼神一遍又一遍擦亮《刘敏漆画》这幅封面画时，我觉得自己的幻想视界逐渐被抬高了。有时候想，这样的作品是不能轻易用目光去触碰的，可是我忍不住。忍不住的我只能用文字去分享这种感动，因为有一种神赐予的 "红" 是永恒的，无始无终。

2013. 10. 24

刘敏漆画

美是自由的象征

深秋之夜，已有了阵阵凉气。倚在床头重读高尔泰《美是自由的象征》，不禁血脉鼓胀，眼睛干涩。这是我所钦佩的一位学者。一个人，不随俗已经不易，而不从雅更是不易，这就是真实的高尔泰。有人这样评价他：他控诉，却不止于个人的悲苦；他倨傲，却也有怜悯；他敏感，但不脆弱；他唯美，但并不苛刻。的确，我喜欢这样的思想者。在大半生的漂泊中，他点燃绝望为自己照明，点燃希望为别人铺路。这个"绕树三匝，无枝可依"的人，儿时曾耽于幻想而被父亲戏称为"野狗耕地"，到了现在这把年纪则自嘲不是"正路牲口"，只好自己为自己点燃心头的那一点绝望，再一次漂泊上路。

一个人内心最美好的地方，是他第一次走出来的那片土地。数年前，我在布拉格的伏尔塔瓦河边瞻仰德沃夏克雕像时，耳边隐隐响起他的第九交响曲的"念故乡"一节，它总让我想起那一去不复返的年少时光。当年，米兰·昆德拉离开家乡布拉格去巴黎时，他付出的痛苦和悲伤便成为他的心灵的祭坛。昆德拉的小说是一部怀旧的诗，为了发现人类存在的隐秘之处，他的内心不断地在流亡。然而往昔已然逝去，重返不再可能。被遗忘遮蔽的世界，将是心灵返乡的起点。无论是阅读米兰·昆德拉，还是聆听德沃夏克，我想我们都可能回到第一次走出来的土地。高尔泰把美看作自由的象征，其实他的内心是痛苦的，他无法回到"野狗耕地"的孩儿时代，然而他也走不出故乡和父亲的目光。对于一个思想者来说，世俗生活的孤苦并不可怕，可怕的是精神上的绝对孤独。所以，人本质上是艰难的，漂泊了大半生的人，虽然有着"风萧萧兮易水寒"的豪情，最终却依然觉得自己还是"毫无用处的不合时宜"。这难道不是当代中国知识分子的悲哀吗？

2013. 10. 25

当　下

　　极少看动画片的我，几年前在女儿的怂恿下，观赏了一部风靡全球的好莱坞动画电影《功夫熊猫》。它里面所包含的中国元素曾经引起了广泛的争议。然而，我清楚地记住龟大师这样告诉熊猫阿宝："昨天是历史，明日是个谜，而今日是份礼物，所以它被称作当下与馈赠。"把今日当作"馈赠"，这种"当下"其实积淀着社会与历史叙述的集体记忆。两年前的一个冬日，我第二次来到巴黎，在一条古旧的拱廊街漫无目的地走过，突然就感觉到了它的钝重和衰老。仿佛是人间依旧，一梦钧天只惘然。那时，我不由想起2008年北京奥运会闭幕式上，伦敦市政府用一辆观光巴士向全世界展示了一个后殖民的多元文化主义景观。从巴黎拱廊街所显影的昨日，到伦敦观光巴士所预示的明天，我确乎对本雅明所说的伟大的19世纪是一个"神童们的养老院"，有一种本能的警醒。于是，问题也就随之成形：不断发展的现代性，同时也是不断创造过时或过期的现代性。所以，我们迫切需要记忆。因为有记忆，我们才可能依旧去阐述，依旧去诉说。还记得吗？《奥德赛》中的佩涅洛佩曾经做了一个悲伤的梦：二十只鹅被一一射死。释梦者这样对她说，这二十只被射死的鹅，要么代表二十位恼人的求婚者，要么喻示着必须在等待中度过二十年。佩涅洛佩最终决定"弯弓招亲"，开始一场真正意义上的重建。最后，那张只有奥德修斯才能拉开的强弓，便成了重建的标准。面对"当下"多元、复合的文化景观，我们该怎样"在阳光下抖掉我的枝叶和花朵"（叶芝语），拉开一张具有稳固的确定性的"强弓"呢？

2013. 10. 28

50

年华已过

昨日下午上班，在办公室楼下遇到一位"80后"女同事，问我咋穿了这么多衣服——其实也就多了一件外套。不过我还是觉得自己突然间就老了。河水潺潺流，青春早已不再；秋来枫叶飘，我的逍遥悄然来临。忽忽五十多年的蹉跎岁月，我有被感动的充盈，也有被误读的惆怅。我的生存都在我的感觉里。我非魏晋逸士，所以没有归隐山林；亦非东方不败，所以不能常操胜券；更非太极高手，所以不会自我保护。直到今天，我依然像一叶扁舟那样驾驭我的渺小人生，如一钩残月那样追寻落到海里的太阳。诗酒趁年华，我的生命极致也许就是傻气盎然，也许就是无邪行板，也许就是平湖秋月。

多少年前，我一直认为，无论男人还是女人，活得有点任性有点性情甚至有点狂野，一定是可爱的。笑的时候可以云遮雾罩天昏地暗，哭的时候可以坐在洗手间里抱着马桶大嚷"狗日的爱情"。这种景象很有些竹林之气，一路清风醉拳，飞檐走壁，出其不意地搞定一些什么东西。到了如今这等年纪，就好像失却了许多的"火气"。冯友兰先生说："坐密室如通衢，驭寸心如六马。"究竟怎样才能做个有如此内力之人？是闭关自修，还是脚不沾尘？其实，一个真正的凡人是不会刻意去惊动什么的，只是不露端倪而已，甚至安静得像一尊瓷器。这种内心的"气象"是最让人神往的。青山不墨千秋画，绿水无弦万古琴。我当然没有如此之大的内力，但我的身后总有神明在亘古地挂着，只要它的光斑一跳，我的感觉就一定抵达。这种感觉可以将我内心的轰鸣敛入我的骨骼，从而留下一丝敬畏和感恩。所有这些，也许你不会相信。然而无论如何，这样的风景都是一种神迹。记得有首西北民歌花儿唱道："不是真人不显圣，只怕你是半信半疑的人。"于是，从现在开始出发，我将一路静默，萧然前行了。哦，朋友，在路上，你还会像过去那样问候我吗？

2013. 10. 29

拯救灵魂

数年前，在报纸上受到一位大学生的启发，我读了南非作家、2003 年诺贝尔文学奖获得者库切的《耻》。这是一部让我竟然有些激动的小说。一位 52 岁的心至绝境的男人，被裹挟在一个汹涌的故事里。这个男人的寂寞和心虚，对自身的不断怀疑和重新审视，使得作品哀绝绵绵。读完小说，我才明白，上帝和撒旦为什么选择人类的心灵作为永远的战场？他们在考验人类究竟有谁能够在情感、理智和精神三者之间的痛苦挣扎中得到完全的解脱。人都是有原罪的。我出生了，我就是原罪；原罪意识使我安心，对于灵魂的拷问将使得任何的心虚和虚伪都无处遁形。这也就是《圣经》里所说的："我已经说了，我已经做了，我已经拯救了自己的灵魂。"西方文化讲罪感，中国文化讲乐感，中国人恰恰就缺少了一种原罪意识。莫言在获得了诺贝尔文学奖后说了这么一段话：我的写作有几个阶段，最初是把好人当坏人写，然后是把坏人当好人写，现在是把自己当罪人写。如果一个作家不能进行深深的自我反思，他肯定不是一个宽容的作家。我们不必把一切问题的根源都归罪于外界，当历史上有一场巨大的灾难发生时，无论是施害者还是受害者都负有责任。这就是莫言，这就是一位有责任的能够在世界文坛上站立的中国作家的原罪意识。这，难道不正是我们所缺少的吗？

影 子

　　早晨的影子长了，你就沾沾自喜？中午的影子短了，你就耿耿于怀？那么，没有影子的夜晚，你该怎么过？几年前，90多岁的钱伟长就说，岁月留给他不会有太多的日子，死了，就算是一次完成吧。开始时，我对这句话感到震惊，后来认真一想，既然命是有定数的，即所谓的"命定"，那么就是人对生命的一种完成。辛弃疾唱道："惜春常怕花开早。"为什么要怕呢？不是还有句话："花开自有花落时。"上帝总是让人一截一截地成熟，然后一截一截地老去。也许你会问：上帝这样做公平吗？2003年圣诞节，美国加州塞西尔孤儿院里的孤儿汤姆给上帝写了封信，说上帝太不公平了，竟然没有送给他父亲和母亲。这封信被转到《基督教科学箴言报》负责替上帝回信的特约编辑邦尼博士手里，他给汤姆回了封信："上帝永远是公平的。我想告诉你，上帝的公平在于免费向人类提供三样东西：生命、信念和目标。到目前为止，上帝没有让任何一个人在生前为他的生命支付过一分钱。"这封信发表后，成了上帝最著名的公平独白，同时也使得许多人第一次真正认识了上帝。我由此想到，生命、信念和目标，作为上帝恩赐给人类的礼物，不仅是上帝最大的智慧，而且是我们认识人生、认识世界的最高境界。上帝有两只手，一只手可以让你在年轻时就赢得世界，而另一只手则要慢慢琢磨你的心智，同时让你感到有一些甜。人生获得某种解脱也许并不难，难的是心智的完全释放。诺贝尔奖对于人的心量有时就是一个严峻的考验，把百来万美金递给一些再也花不动钱的老人，也许就在于这种缓慢的奖赏本身是一种心智的历练。我想，这就是上帝的两只手赋予人的两种可能性。接下来的，才有真正属于你自己的选择。

　　　　　　　　　　　　　　　　　　2013. 11. 1

忘　记

　　若干年前的一个年底，某日上午我正在办公室埋头给朋友们写新年贺卡，一位多时未见的退休老头踱了进来。他说："能不能也写一张给我？"我心里咯噔了一下，我是把他给忘了，一位孤身的老头。当我把写好的贺卡递到他手里时，他掉泪了。他要了我的笔，颤巍巍地在那上面改了几笔："你把我的名字写错了。"我说我可以再写一个，他说不必了，那样很浪费的。他不说记错，而是说写错，这令我非常感慨。看着他拿起贺卡一遍又一遍地摩挲着，我想，日常生活无论多么平凡和微不足道，但我们千万不要忘记了什么，特别是不要忘记那些可能渐渐从人群中消失的人。俄罗斯思想家弗兰克在他的《生命的意义》中说过："生命的意义不是被给予的，而是被提出的。"一个人，无论是伟大还是渺小，都有属于他自己的生命的意义，不管这种意义是向外寻取还是向内建立，都应该由精神去实现，都应该由我们主动去提出。所以，尊重一个人，哪怕是极其微小的一样东西，比如贺卡之类，都会给他们情感上的温暖和心灵上的慰藉，都会给他们一片美丽的缘分的天空。

55

2013. 11. 2

秋　雨

终于在深秋季节听到一阵一阵的淅淅沥沥了。秋雨无言地下着，轻轻地落着，耐心地洗刷着这个尘世。这一场秋雨来得不易，连续了许多天的晴好，仿佛神的微笑，在这座城市持续地滑过一道道清朗的光泽。城市其实是一堆碎片，无论是流动的还是流不动的，一切的生活经验都被销蚀尽了，最后只留下沉静。沉静是一种原始的声音和呼吸，秋雨终于带来这么一种沉静。喜欢秋雨，因为它带给了我许多回忆。我突然意识到，雨中的世界其实是悄然无声的，有声的是天地间的对话。记得有人说过：细雨宜在剑门，骤雨宜在云梦；春雨宜伴杏花，秋雨宜打梧桐；暮雨宜客舟红烛，夜雨宜阡陌田间；雨珠宜泄蕉叶，雨声宜奏屋瓦。这是雨的大境界，它是如此滋养着我的心情，以至于我的思绪总是湿的，连我的所有诗句都是湿的。雨中对于童年的回忆竟会是那样的唯美、唯情和唯性。我有时想，童年、少年和青年一过，人生大概就空了。不然，戴望舒笔下那个丁香一般芳馨的姑娘哪里去了？空留下一座悠长而悄无人迹的雨巷。不过，我以为秋雨是可以听的，因为听雨是一种状态。如同某些音乐，令人期待的诠释总是有的，但只能去聆听，而不能去言说。比如巴赫的赋格、莫扎特的安魂曲、肖邦的夜曲、贝多芬的月光，聆听它们时就需要一种状态，不能轻浮，不能夸张，不能冷血，也不能热血。

我曾经听过三个版本的肖邦夜曲，总体上说，鲁宾斯坦属于欧洲贵族式的优雅，节奏处理得非常质朴；李云迪的音色相当优美，但节奏控制不如鲁宾斯坦；皮尔斯有一种特有的细腻，这种细腻之中蕴涵着某种大开大合的气势。要是说标准，我还是会选择鲁宾斯坦。所有这些，都是在聆听中感受出来的。听雨和听音乐一样，在许多时候是一种状态，它常常使我恍惚，就像在读着一部远年的回忆录。耳朵可以炼，而状态是不可以炼的。作家陈村说过，阅读需要一个凝固的姿势。那么，听听这秋雨，是不是也需要这么一个姿势呢?

2013.11.4

独　语

"岁不我与，时若奔驷。"转瞬之间，忽忽几十年就过去，已经不是那种遇事遇人遇情会感动得花枝乱颤的时候。我生来愚钝，知道自己只有几分底气，只好学着自己去"懂得"自己了。帕斯卡尔特把人定义为"无穷小和无穷大之间的一个中项"，美貌和丑陋都不是人的过错，只不过是向无穷大或无穷小的两极各自倾斜过去一点而已。苏格拉底有一张丑陋的脸，但他的神情却难掩超然的高贵气质。苏格拉底的底气就在于"懂得"，他不仅懂得哲学，而且懂得自己。在人生场里，"懂得"二字实在是比什么都重要的。当年二十出头的张爱玲见了胡兰成，她说看重胡是"因为懂得"。最后，也是因为这个"懂得"，她宁可坐回到尘埃之中，不当假花，也不热衷结果，才能够以尘埃作底，一生不虚。

一段时间以来我写了不少短语，都是自由状态下的自我言说，也可以说是一种独语。我读过刘再复的《独语天涯》，觉得他在回归童心的心路历程中，"懂得"并找回了自己。画家赵奇也有一本独语式的随笔集《最后，眼睛总是湿的》，通篇没有一个哪怕是虚设的谈话对象，但他的倾诉却能引起人们的共鸣，就因为"那是一种没有疑惑状态"的"独语"。在人生孤独的时候等你的，是风的独语；在生命拐弯的地方等你的，是雨的独语。读懂你的，始终是风雨；你读不懂的，始终也是风雨。什么都是可以被岁月带走的，带不走的只有岁月的呢喃。宋代罗大经说："成人不自在，自在不成人。"自在是心灵的一种平衡状态，即所谓心能作佛，心能作众生，心能作天堂，心能作地狱，这正是我们要历练之处。人生其实是无所谓漫长或短暂的，只要有敬畏，只要有真诚，只要有感恩，哪怕只留下几行简单的脚印或几句独语，我们的眼睛就总会是湿的。因为这种独语绝不多余，这种"懂得"也绝不多余。米开朗琪罗谈到雕塑时说，任何雕塑作品如果从山上滚下来，掉落的一定是多余的部分。不过回过头来想一想，我的独语是我心灵的图腾，是我的"懂得"，它们究竟还有没有那些多余的该掉落的部分呢？

2013. 11. 5

爱上对方过后就哭了

　　一个女孩在电脑键盘的第二行，按照汉语拼音的声母读出了"爱上对方过后就哭了"九个字，令人惊讶不已。为什么哭泣？是爱得太狠，还是爱没有被接受？我只好回到了那个母题：女人。

　　张贤亮在一篇小说里写道："在咸水里泡过三次，在苦水里泡过三次的女人，是最可珍惜的女人。"无论咸水还是苦水，对女人来说，泡都意味着一种无奈、悲哀甚至残忍。水做的女人也许很容易"爱上对方过后就哭了"，那么她还会是水吗？拥有八个格莱美奖的爵士精灵、"小天后"诺拉·琼斯却是如此自傲："我的音乐很甜美，但是我却是一种盐。"她的独特气质打动了王家卫，从而为她度身定做了《蓝莓之夜》。女人的"盐"，究竟是男人之痒，还是男人之痛？我一直没有弄明白。记得杜拉斯在《电影花粉》一书里描述芭铎的时候，说了这样的话："她美得如同任何一个女人，但却像个孩子一般灵活柔软。她的目光是那么简单、直接，她首先唤醒了男人的自恋情结。"也许，男人的自恋情结有时的确需要女人的"盐"的触动，然而实际上，女人冲入这个包括男人的世界里，几乎是毫无保留的，并且极其愿意被这个世界所裹挟。杜拉斯还写了一本《外面的世界》，她从来不以冷静的态度观照这个世界，只是狂热地爱着，激烈地恨着。直至最后，她也羡慕所有自己所不具备的品性：宽容和独立。她只能这样说：必须喝酒，只有喝酒才能真正体验到爱情的结束。她认为女人的所有绝望，是你爱的那个男人永远在用你听不懂的语言和你说话。也许这就是那个"爱上对方过后就哭了"的女人的情结，也许这就是女人的"盐"。这点，诺拉·琼斯能感觉到吗？我想，她终究还是"盐"，而且是渗入到像王家卫那样的男人精神和感觉里的"盐"。

2013.11.6

园　子

　　女儿小的时候，我让她读一个人和一篇散文。如今她在异国他乡，仍然被这一个重量级的名词震撼着，并且继续把这种震撼传导给她的学生。这个名词其实就是一座废弃的园子，是一位作家的心灵私宅，他用他的时针，用他心里的荒凉和寂寞喂养了它。他在那里看到自己的时间和自己的身影，看到一张被宿命吞噬的轮椅。那个在灿烂之年猝然倒下的青年，在这个废弃的园子里待了三十年，终于从轮椅上起身走了。园子空了，对他来说不是突然，而是如期而至，是如约到来，是准时出发。他的从容、淡定和平静，让人想到精神的博大能够容纳任何一副重量级的身躯，而那样一张轮椅完全可以把一个世界折叠在其中。这个人精神的博大在于他经历了人生极其难熬的岁月后，既看清了这个世界，也看清了他自己。加缪曾经在《鼠疫》里批评世界许多人不认识自己，自己都已经是个鼠疫患者了，还满心以为自己正在理直气壮地与鼠疫做斗争。人来到这个世上是一种偶然，但人在这个世上如何活，却是每个人的存在意义的必然。即便是再伟大的人物，留给他的生命也只有一次。爱因斯坦去世之后，他的墓志铭上只有一句话："爱因斯坦到过地球一趟。"仅此而已。对于上面提到的那个人，我想可以作如是观。这个人叫史铁生，那篇散文叫《我与地坛》。

活在当下

电视剧《心术》里有句台词："人是活在当下的，没发生的事就别去想。"活在当下，其实就是禅宗说的"吃饭时吃饭，睡觉时睡觉"，就是截断"过去"和"未来"，一心一境地做事。看到过一个故事：一对古稀老人打开电视，出现了选美直播，老头转身进屋，老太太笑他封建。一会儿老头出来了，端坐在那里，脸上多了副老花镜。老太太说："老不死的。"老头笑了："当下没死。"我一直觉得这位老头一定有一种奇峭的活法，他认真却又不乏诙谐，他滑稽却又不落油滑。这使我想起不知在哪里看到的寺院里弟子与师父的一席对话。弟子问师父："您能谈谈人类的奇怪之处吗?"师父答道："他们急于成长，又哀叹失去的童年；他们以健康换取金钱，不久又想用金钱恢复健康；他们对未来焦虑不已，却又无视现在的幸福。因此，他们既不活在当下，也不活在未来。他们活着仿佛从来不会死亡；临死前又仿佛他们从未活过。"师父的话是彻底的悟道。人生在世，不是忙活就是忙死，这是谁都知道的。然而我们更需要明白的，就是不管怎样，只要是活，只要活在当下就好。

62

光棍节

今天 11 月 11 日，光棍节。一个似乎有些苍凉和伤感的日子。其实，世界哲人和作家中不乏伟大的光棍：柏拉图、叔本华、卡夫卡、梭罗、牛顿、诺贝尔、贝多芬、凡·高、伏尔泰、达·芬奇、米开朗琪罗等等。柏拉图活到 81 岁，创造了举世闻名的柏拉图式恋情，自己却是终生未娶。还有一个极有意思的伟大的光棍康德。1802 年 1 月，年近 80 岁的康德突然辞退了伺候他三四十年之久的老仆人马丁朗普。康德一生独身，他的日常生活离不开这个仆人，连他每天起床后披着睡衣坐在书房里喝两杯淡茶，抽一支烟，这些常年不变的生活习惯都是朗普照应的。晚年的康德却要把他辞掉。是朗普太老了吗？曼弗雷德·库恩写的《康德传》引用康德自己的话说："朗普对我做出了恶事，我耻于说出是什么事。"有人猜测是仆人爱上了主人。而英国的麦克尔·格利高里奥在他的小说《康德的诅咒——纯粹理性杀人事件》里说，朗普长期伺候康德，发生了人格重叠，使他觉得"仿佛他才是康德教授"，他是康德"井里的水"，"如果没有他，就没有康德哲学"。就连朗普的太太也说："我的丈夫离不开康德，为康德服务是他的需要。"一旦离开了康德，朗普就会消失在所有人的视线之外。康德受不了这样的人格重叠。《康德的诅咒》讲了一件非理性谋杀案，主人公想借助康德的理性来证实他的推断，康德却不相信可以用逻辑来解释这个案件。康德一生都在努力用逻辑的方法定义人类精神和道德的方方面面，却在最后面对那个案件时，他否认了这条重要原则。小说毕竟是小说，它不是哲学。这个故事发生在康德风烛残年之时，而不是在他的思维最活跃的中年。这给了我们一个追问：为什么一代哲人的哲学与他的光棍生活一直是相悖的呢？的确，许多光棍哲人的性格是怪异的。叔本华脾气火爆，曾经有一次因为受不了吵闹把一个女裁缝推下楼梯，造成对方终身残疾，他为此按季度付给她终生补偿。直至女裁缝去世后，他写道："老妇死，重负释。"叔本华的生活因此备受人们诟病。与康德无法承受朗普的人格重叠一样，叔本华也忍受不了女裁缝的吵闹。然而他们仅仅是无法承受或忍受吗？其实，这些伟大的光棍，他们有时在生活之内，有时又在生活之外，就像镜子里面的他们和镜子外面的他们。

2013. 11. 11

本　能

　　开会一直是让我深感恐惧的一种事件，尤其是被开会的那种。我的耳朵多半属于会议，眼睛却多半属于书本。这并非我有什么特异功能，而是一种本能。我知道我的这种做法也许太对不住开会的人，但在此时我只能听从了本能。本能是什么？本能是尼采的酒神形式，是弗洛伊德的本我形式，也是苏格拉底的良知形式。说得近一点，就是《色·戒》里王佳芝提醒易先生"快走"之前和之后都认为"太晚了"的那种本能。有人说王佳芝是被道德本能触发了，即使她不仅知道不该这么做，而且认为做了也无济于事。本能常常让人处在一种两难的抉择中，从而在心里潜生出一种关于道德意识的困惑和艰难。我究竟是要听会，还是读我的书呢？这个问题就像《原野》里的金子问仇虎：我和你妈都掉入水里，你先救谁？我为什么突然对"本能"二字感兴趣？我想了很久，终于明白，人其实有一种极易扑向自由的心性，有一种不由自主的本然意识，有一种使思想和话语获得生命气息的追问方式。想到这里，我的目光毫不迟疑地落在眼前的书本上；而耳朵，依然本能地支向会议的主席台。这个时候，我接到了一条短信："开会又开会，不开怎么会；本来有点会，开了变不会；除了会开会，什么都不会。"呜呼！朋友，你在干啥呢？开会。

读　史

过去读历史，常常读出一堆糊涂账。比如南明的历史，几个小朝廷旋起旋落，时而金戈铁马，英雄自夸击断；时而银笙玉笛，丽人空怀国恨。这些，从明清笔记小说和《上下五千年》中只能略窥一斑。唯顾诚先生所著《南明史》，以其丰富翔实的史料和严谨细致的考证开阔了学人的眼界。对这段历史，有一个词概括得极为恰当：血色残阳。明末秦淮八艳之一的柳如是，写过"垂杨小院绣帘东，莺阁残枝未相逢。大抵西泠寒食路，桃花得气美人中"的诗句。这不禁令人想到自古以来，桃花在文人墨客的笔下多象征风尘轻薄。"颠狂柳絮随风去，轻薄桃花逐水流"，老杜对桃花也是没有什么好感的。当年远嫁鲁国的文姜唱着"桃有英，烨烨其灵。今兹不折，诅无来春？叮咛兮复叮咛"，向她的老哥齐襄公暗送秋波。后来两人日臻情好，使得齐襄公竟设计杀了自己的妹夫鲁桓公。看来由桃花引出来的意象，大都是一场血色残阳。唯独柳如是信手挥洒，以花托人竟浑如天成，既是怜花，亦是自况自恋，傲气一时无两。她嫁给钱谦益后，老才子又赠她河东君的雅号。钱氏所喻，乃引《玉台新咏》中"河东之水向东流，洛阳女儿名莫愁"之意，以莫愁比如是，又暗喻柳姓的郡正好望着河东，实乃用心良苦。没想到后来钱谦益大节有亏，被柳如是所瞧不起，河东君雅号，竟然一语成谶了。

66

年轻没错

2007 年 4 月，来华演出的伦敦交响乐团已经 103 岁了，首席指挥丹尼尔·哈丁却只有 32 岁。这位曾经受过乐团的不少气，也被乐评人多次发难的指挥，就是因为他太年轻了，红得太早。哈丁 17 岁时就召集一群同学组成乐团，亲自指挥排演了勋伯格的《月迷彼埃罗》，从而被伯明翰市立交响乐团老牌指挥西蒙·拉特称赞道，"比他一星期前在柏林指挥的还要精确"。后来，不到 19 岁的哈丁被拉特请去伯明翰执棒。对于哈丁的指挥艺术，用伦敦交响乐团当家人凯瑟琳·麦克道尔的话说，是"想象力异常活跃，色彩感极强"。哈丁因此获得了法国政府颁发的"艺术及文学骑士勋章"。音乐史上许多大指挥家首演时都很年轻，富特文格勒 20 岁就首演了，祖宾·梅塔头一回指挥维也纳爱乐乐团时也才 23 岁，当年还在伦敦皇家音乐学院读书的西蒙·拉特，19 岁就获得约翰普列尔国际指挥大赛第一名。自信的哈丁用信心和力量席卷了整个乐团，他说：站在一支交响乐团跟前，要是你自己都不相信自己想要的东西，他们就更不可能相信了。音乐是哈丁的无人之境，尽管他意识到人们一直在议论他的年龄，但是他只依靠指挥棒说话。年轻的他有什么错呢？那一年《南方周末》用这样一个标题赞赏了哈丁的指挥艺术："伦敦交响，年轻没错"。这个标题令我久久不能释怀。哈丁的指挥自由如风、澎湃如海，常常在乐曲的最后一个音节，将指挥棒潇洒地扔进乐池，年轻的指挥自有年轻的心态。年轻，的确没有错。

2013. 11. 15

莱　辛

　　11 月 17 日凌晨，英国国宝级女作家、2007 年诺贝尔文学奖获得者多丽丝·莱辛平静地离世，享年 94 岁。当年莱辛获奖引起了世界性的轰动，诺贝尔文学奖评委会对莱辛的颁奖词说："这是一个女性经验的叙事者，她用怀疑的精神、激情和想象力，审视一个分裂的文明，表达了她的史诗性的女性经历。"多年前诺贝尔文学奖有个别评委评价莱辛的小说反传统，永远不可能获得诺贝尔文学奖，所以此次获奖完全出乎莱辛的意料。莱辛获奖后接受简短的采访时戏称："他们可能觉得我太老了，现在就颁奖给我吧，否则我可能会死。"莱辛获奖时已经 88 岁，是历史上年龄最高的获奖者，因此被尊为英国文坛老祖母。

　　1949 年，莱辛带着自己的处女作《野草在歌唱》来到伦敦。这部小说以一名黑人男仆杀死白人女主妇的案件为中心，揭示了非洲英殖民地复杂交错而尖锐对立的种族关系。小说出版后得到了批评家与读者的好评，莱辛一举成名。1962 年，莱辛又出版了《金色笔记》，被视为"新女性"的标志，她的作品影响了不止一代人。瑞典汉学家陈安娜译介过莫言、余华、苏童、王安忆等中国作家的小说，她说："只有女人更懂莱辛。在瑞典五十岁以上的女人都读过她的书，她对那些独立思考、独立生活的女人如何面对困境是有启发的。她的书对于 20 世纪六七十年代的女人来说几乎是必读书。"如果说，当年那位诺贝尔奖评委坦言莱辛永远不可能获得诺贝尔文学奖是一次莫大的误会，那么，这位娇小并且有点驼背的祖母级作家，她最终无可置疑地以自身的作品，显露出一位诺贝尔文学奖得主的精神气质。莱辛的历程表明，写作的确是一条艰难而寂寞的路，需要有惊人的毅力和沉着的气度。

2013. 11. 19

爱的天才

世上究竟有没有爱的天才？为情所困是天才吗？不是。暗恋和殉情是天才吗？也不是。爱的天才注定要为他所独具的爱的天赋和才能而献身，只有这种人，才可能将俗世中的爱情改造成为宗教，改造成为需要一生隐忍的坚持。比如安徒生笔下的小美人鱼，比如巴黎圣母院的敲钟人卡西莫多，甚至那个把少女的美视为世界的终极意义和终极理想的贾宝玉。世界也许太新，故事也许太旧，但没有任何一个"新"的大师或"新"的故事，能够覆盖雨果和曹雪芹，能够遮蔽他们笔下那些爱的天才。从历史深处投射出来的光芒，永远是珍贵和美的。博尔赫斯读了荷马史诗后说了一句这样的话："古人就在眼前，并没有死去。"只要世界还在，只要人类尚存，爱的天才就不会熄灭。许多年前在报纸上读到一句诗："只要目光能够相吻，就让它永远沉默。"这是非常年代的非常爱情，这种爱情需要认定位置，并且只能是吞吞吐吐和遮遮掩掩的。那个年代忌讳谈论爱情，爱的天才是被时间封存的。但是那时的感情是淳朴的，爱不需要什么理由，只需要一个简单的眼神，就能够分泌出一幽缠绵，或是一丝叹息。即便爱被悄悄捏碎了，那种声音也会让人感受到一阵沉默的绵长。

陌上花开

我的朋友 Y 君是一位女性问题研究专家，他的心目中一直有一座他所熟稔的芙蓉湖和情人谷。他可以一个人坐在湖边草坪上弄弦，可以在情人谷漫无目的地眴睸。某日他发了条短信给我，说自己正在海边用海水煮茶。我虽然不会相信，但我却相信这是他的一种感觉。一个人，他在等谁呢？海风一掬，洒在那一片被记忆打开的叶片上，点一盏清茗搁在灵魂旁边，独饮着一丛一丛深深浅浅的往事，轻聆夏日里最后一朵玫瑰的吟唱。遥想远方美人依旧，情怀如斯，心里堆满了郁达夫的诗句："曾因酒醉鞭名马，生怕情多累美人。"越来越近的月影，给了他一个随心往来的天空。可以想见，一阵风过眼，不动声色地把一种叫作泪的东西，滴进了他的心里。他为自己取了个笔名"海文"，试图用大海的胸襟拥抱所有的美好。这让我想起安意如的《陌上花开缓缓归》，该书名取自吴越国开国帝王钱镠写给王妃戴氏的信中之句。有一年春天，王妃没有像往年那样按时回到临安，直至春色渐老，陌上花发，钱镠写信给她："陌上花开，可缓缓归矣。""缓缓"二字，道出了铁汉的似水柔情。

钱镠虽然比不上大唐皇帝有后宫佳丽三千，但作为一方之主，身边自然少不了婉转承欢之人。他竟然能够如此诚挚地告诉王妃：田间阡陌上的花已发了，你可以慢慢看花，不必急着回来。此处无一字提及思念，却总让人每每忍不住要羡慕王妃一番。爱，原来可以是如此宽大的寂寞：并不是不想念你呀，只要你喜欢，我何妨在这里耐心等待。一百年以后，苏东坡写下了《陌上花》三绝，在序中对"陌上花开，可缓缓归矣"称赞道："含思婉转，听之凄然。"的确，渴爱之心，有时只要得此一语，便艳称千古。恋恋蜿漫，古今皆然矣，Y君的等待和守望，同样如此美哉！

2013.11.22

历史和艺术

读张鸣的《历史的底稿》，读到一段晚清军队"不瞄准就乱放枪"的史实，不禁惊骇。晚清年间的洋枪队，从买来第一杆洋枪到一板一眼地练习瞄准射击，竟然延宕了 60 年。从庚子年攻打使馆区，到甲午年中日对阵，再到驱逐张勋的辫子军，都是"天空中弹飞如雨，阵前弹孔全无"，士兵们样子摆足，争先恐后地放枪，子弹打完了，便撒腿就跑。于是，历史书留下了"每战必败"的耻辱。一位在场的美国记者曾戏言：建议中国军队恢复使用弓箭，朝天射击可以作为造势的仪仗。晚清中国军队的笑话，演绎了 60 年，中国军队也根本不可能恢复使用弓箭，因为历史是不可能颠倒的。然而艺术却可以倒过来"做"。克里斯托弗·诺兰执导的影片《记忆碎片》，开头的一段镜头，一张立拍的照片随着手的甩动变得越来越模糊：人先死了才拔出枪。一组倒放的镜头，以及接下来按照通常时间顺序相反的方向进行的情节，把人们带进了一种记忆追溯之旅。历史就是历史，历史还原出来的应该是真相。艺术则可以做逆向的叙述，从而帮助我们随着碎片记忆，去寻找我们需要寻找的过去，或许是生活，或许是生命，或许是更多未知的东西。这种情形正如博尔赫斯在《循环的夜》里说的："我不知道我们会不会在第二次循环中回来，就像循环小数那样重复；可我知道一个毕达哥拉斯的黑暗轮回，一夜一夜地把我们留在世界的一个什么地方。"因此，历史和艺术，一个是镜子之外的真实，一个是镜子之内的"真实"。

2013.11.25

花　草

　　家里是花草的世界，天台、露台、阳台上皆是。客厅种了棵富贵树，叶子绿得流油。常有朋友来访，惊叹室内的树居然长得如此之好。一位画家朋友坐在客厅端详了许久，还以为那是棵假树。数年前，妻子在我书桌上的一个空茶壶里用清水养了一丛金线莲，长得绰约可人，竟从壶嘴里探出一枝，令我不时忍不住偏过头去，望它一眼。我并不是一个很会侍弄花草的人，只是一种喜欢。曾经读过《幽梦影》，里面有这样的句子：梅令人高，兰令人幽，菊令人野，莲令人淡，春海棠令人艳，牡丹令人豪，蕉与竹令人韵，秋海棠令人媚……古人的花语，竟是如此地多彩。过去看吕克·贝松导演的那部著名电影《这个杀手不太冷》时，杀手莱昂在城市里把一个家搬来搬去，不管搬到哪里，他手里总是捧着一盆花。当时我心里就敬佩导演刻画人物性格的手法，只这一盆花儿，就足以把杀手的冷血给温暖了。前年在巴黎与法国电影导演协会的一群电影人交谈时谈到杀手莱昂，他们也对这部电影深有同感。后来，我又看了也是描绘杀手的韩国电影《皱菊》，同样被那个爱花的杀手所感动。那里面的郁金香被用作杀人信号，不仅点燃了潜藏在人的灵魂深处的爱和恨，而且成为艺术的一个极好的反讽。其实花草是无所谓美丑贵贱的，哪怕路边一棵不起眼的野草花，也是大自然给予人类的馈赠。在许多个寂静的夜晚，我喝着很慢很慢的茶等待着花开，静静地倾听花语，倾听花事的呢喃，心想那一定是生命的花瓣所开启的天籁之音。

2013.11.26

佛

突然想起来谈佛。其实，我对佛经佛法佛理几无钻研，不过是对佛怀有一种敬仰。当年陈晓旭剃度出家，成了一大新闻。在许多人看来，"林妹妹"的妖娆与才情，并非归于寂灭，她也没有满心的不舍。她的举动倒是应了日本宗教哲学家矶部忠正的解释：在日常身边的一切事态和自然现象中，人都能感受到神秘的生命以及宗教的存在。东方的民族被称作是有佛性的民族，任何一个东方人，只要会心领略，必能开显佛性。在那样的凝神静虑中，坐看蝶来花开，静听云飞风吟，你可以听到内心的声音。所以在日本，常常会有女性花 80 美元到京都龙源寺去做一日尼姑，身披袈裟，借冥思坐禅以平息内心。或许是一念已逝，世缘渐去，或许是万虑未生，天机涵养，这些选择无论是出于自觉还是力量耗尽后的放弃，都被看作是一种有缘的接引。人世间劫难常有，累为柔肠，究竟有什么东西能够对人的精神归宿有所承诺？又有哪种修炼能够让人重拾内心的平静？有人这样描述：福冈的一位老太婆费力地从路边捡起一片红叶谛视许久，如此懵懂多年，方始憬悟，也许在那一刻，她要珍藏的，只是抚弄落叶时所体悟到的禅意而已。佛意说：十丈软红，哪里不是积福处？"林妹妹"挥别花月世界，为自己内心留一泓静穆，她自有契心之处。看似无情，却成就了一种解脱。最终，"林妹妹"还是背弃这个世界拂袖而去。想到这里，不禁令人想起"忍看"二字。呜呼！

大地皆是蒲团，作为人，拥有一份佛性和一种敬仰就行，为什么一定要如此拘执呢？

2013.11.27

宽　恕

　　今天是感恩节。感恩的潮汐让我想起了"宽恕"二字。还记得2007年4月16日，美国弗吉尼亚理工大学枪击案惊动了世界。但另一个惊动的是，美国人甚至将杀人者赵承熙视为遇难者。在悼念场上，从最左边的星条旗开始往右数，第四个竟然就是赵承熙的位置，在那些鲜花中夹着一张便笺，上面写着："希望你知道我并没有太生你的气，不憎恨你。你没有得到任何帮助和安慰，对此我感到非常心痛。所有的爱都包含在这里。劳拉。"4天以后，在20日中午举行的悼念仪式上，敲响的丧钟是33声，放飞到空中的气球是33个，在21日安放在弗大中央广场上的花岗岩悼念碑也是33个，这里就包括32名遇难者和凶手赵承熙。这就是美国人的宽恕。用弗吉尼亚大学研究生克里斯·车巴克的话说："他也是我们学校的学生，一共有33名学生死亡，我们应该公平地为所有人的死亡哀悼。"当年，我在《文学报》上读到福建作家陈希我的《宽恕》，其中提到一句话："没有宽恕，就没有未来。"假如是我们，我们会做出如何反应？我们有这样的境界吗？在美国人看来，韩国人赵承熙虽然犯下残忍的罪行，但学校和社会却没能对精神有问题的他提供适当的治疗和心理咨询，对此我们都感到遗憾。而韩国人也不断地前往美国大使馆吊唁美国遇难者。陈希我说，这是出于他们的良知、人类普世的基本准则。一个不爱人类的人，能够爱自己吗？宽恕，原来是如此的博大！

2013.11.28

卢 梭

2005 年秋天的一个上午，在日内瓦，我久久地凝视着卢梭的雕像。来之前我正好重读了他的《忏悔录》。我记得过去曾经有评论道：作为 18 世纪四大启蒙大师之一的平民思想家，卢梭的阅历不及伏尔泰，才具不及狄德罗，见解不及孟德斯鸠。而且，他一生经常混迹在女人堆里，有些不太好的名声。然而，一本《忏悔录》，卢梭却敢于把自己那些见不得人的事赤裸裸地跃然于纸上，为众多的思想家所瞩目。其实，卢梭对 18 世纪的世界是存有芥蒂的，他觉得什么都不顺心。在那个民主制度并没有完全放开的小小的日内瓦，卢梭总是把眼球移到脑后，企图回到蛮荒时代的自然状态，至少，他想回到希腊城邦时代。卢梭的这些不切合实际的理想促使他写出了《社会契约论》，试图为小国寡民设计出一种政治蓝图。然而不管怎样，卢梭还是卢梭，他的感情是复杂的，他的理论也是复杂的。他有着属于他自己的精神"底色"和理论"起点"，这就是思想的真实和自由，以及个人的真实和自由。正因为有了这种真实和自由，才有了他的闻名于世的《忏悔录》。当我在卢梭雕像面前盘桓了许久之后，一直想释放心里的一个企图：我们还能不能把卢梭放回他所处的时代？因为对于思想史来说，卢梭是重要的；然而卢梭的复杂性又让人们意识到：上帝造人，给了人们一双眼睛看清外部世界，也给了人们一颗心审视内在灵魂。蒙田的散文和卢梭的《忏悔录》都是耐读的，读蒙田使人安详闲适，读卢梭则使人悲天悯人，所以曾经有英国学者称卢梭为思想界的希特勒。对于这样一位很不幸的复杂的思想家，我们该怎样面对他的精神遗产呢？

2013. 11. 29

小　草

　　那天写了一则关于家里是花草世界的短语，有位朋友评论说：任何有生之物，哪怕是一丛野草，也是一丛绿意，哪忍心连根拔掉，让她生长一段时间，到了自然枯萎的时节了结吧。他对于小草的怜惜令我感动。小草自有小草的情怀，照样释放着生命的风景。有一种草药叫"远志"，它还有一个名字就叫"小草"。南朝时，谢安到桓温那里，正巧有人给桓温送来了这种草药。桓温感到好奇：一种草怎么会有两个名字？这时他的参军郝隆解释道："这草药隐在山石中的部分叫'远志'，长在山石外的就叫'小草'。"谢安当时嫌官职太小，不足以施展才华，只好弃官归隐，走出乌衣巷到东山去韬光养晦，伺机再出。郝隆便借此草讥刺谢安隐居时名满天下，好比"远志"；而出山后也就当个小司马，不过"小草"一棵。这个比喻，连不愿伤及谢安面子的桓温也认为说得绝妙。倨傲的谢安对此比喻倒是态度从容，没有发作。其实，我们本来就是落草而来，是真正的草根一族。草，乃天赐之美，它终究是时间的证明，没有谁能够说清，我们眼前的这一片草已经繁茂了多少年。然而，小草又总是以一种神秘的力量将你逼进怀抱。生活中的一切，除了辛碌的奔忙和创造，也还有草根给予的装饰和情趣。"江南草长，群莺乱飞"，在草色的映照下和草蔓的缠绕中，我们来之于草、存之于草、终之于草。

　　忽然间，我们发现路边的或是长在自家花园里的小草，原来是这般有魅力，迎风而立，悄然绽开，内敛而含蓄。尤其是落霞时分，看着一丛小草，仿佛有一种寂静在不经意间叩响它的和弦。多年前那首《小草》，不就这样唱尽了人们的某种心灵寄托吗？

2013.12.2

成　熟

　　初冬夜晚9点，寒意袭人。一个小女孩站在树底下，静悄悄地盯着不远处的报亭。一位年轻人从这里走过，小女孩递给他一枚硬币，请他帮买一份报纸。年轻人问她为什么不自己去买，小女孩摇了摇头。当年轻人把报纸送到她手里时，小女孩告诉他："报亭里那位是我妈妈，她只剩一份报纸还没卖出去，我在等她回家。"说完，她把报纸塞给年轻人："你自己看吧。"然后一溜烟跑了。小女孩的举动让这位年轻人十分惊讶，他紧紧攥住那份报纸，站在那里愣了许久。我是在一份杂志上看到这则故事的，当时我的心情极为复杂。记得曾经读到一位国外小女孩写的一首诗《为什么我爱妈妈》，其中有一句写道："我爱你，妈妈！因为，我是你繁忙日子里的最重要的部分。"极其平实的一句话，照亮的何止一个母爱的世界！一直以来，我们都认为自己已经很成熟了，其实，"有一种成熟，是在成熟之外"。这是多年前我在一篇散文中写过的一句话。在前不久的一则短语里，我还写过这么一句：成熟，不在于年龄，而在于经历。那位小女孩的心智，完全是被生活逼出来的。它表明了一个孩子的成年礼，不是被时间所追逐的，而是完全有可能走在时间前面的。

2013. 12. 3

爸　爸

　　一位男子走在路上，接到一个女孩的电话："爸爸，你快回来吧，我好想你！"他以为这是个打错的电话，就挂断了。可是接下来几天里，这个电话不断地打来。终于有一天他耐着性子接了，还是那个女孩有气无力的声音："爸爸，我好想你，妈妈说这个电话没有打错。我好疼啊，爸爸，我知道你来不了，就在电话里亲我一次好吗？"他愣了一下，但是孩子天真的要求不容男子拒绝，他只好对着手机响响地吻了几下，就听到女孩断断续续的声音："谢谢……爸爸，我好……高兴……"当他后来对这个电话感兴趣时，有一次来电话的是个低沉的女声："对不起，先生，这段时间一定给你添了不少麻烦。这孩子命苦，生下来就得了骨癌，她爸爸不久前又被一场车祸夺去了生命，我不敢把这个噩耗告诉她。每天的化疗，她痛苦得一直呼唤爸爸，我不忍心看她那样，就随便编了个手机号码……""孩子现在怎么样了？""她已经走了，你一定是在电话里吻了她，她是带着微笑走的，临走时小手里还紧紧拽着那个能让她听到'爸爸'的声音的手机。"不知什么时候，男子眼前已经模糊一片。我是在网上看到这则故事的，我的双眼已经走不出这个感动了。对我们活着的人来说，自从踏入这个茫茫的人海世界，我们心灵的这一张白纸，不知不觉慢慢地被红尘教会了世故，甚至教会了冷漠。在那些尔虞我诈、明争暗斗的背后，我们是不是少了那样一种真正的感动呢？

2013. 12. 4

艺术感觉

曾经写过一本《艺术感觉论》，其实是源于对作家感觉世界的好奇。一直以为，艺术感觉是作家必经的成年礼。于是，我四处寻找作家对于艺术感觉的那种适时的"望断"。随便举出福建几位诗人的作品，他们最近在微信上发的一些诗句表达出来的艺术感觉的确令人惊异。年微漾有句诗这样描写："路灯像失眠的昆虫，唱给夜归的人听。"这种感觉在夜晚一定是对星星的勾引。萧然写百叶窗外的阳光："我不拒绝你，我只是把自己藏得更深。"他在等待自己内心的语言，却是什么都不等，静观阳光其变。庄文登上安溪八马山，"愿做一位饮者拨云见月，我的舌蕾是有备而来的探子，它醒着它醉了，它有一些悲伤这一夜的奢华"。无疑，这是对铁观音的一次强烈的示爱。有人说，好诗人都有点痞子习气。其实，痞子的语感在许多时候会碾碎无数个青涩和娇媚。生活有时苍白得比生命还快，于是徐志摩和王朔就出现了。他们笔下的月亮困了，留下一双迷死人的眼睛，其实那是一片落叶。王朔曾经这样批评韩寒："别人夸你没见你出面鸣谢，骂你几句你倒是随叫随到，还傻乎乎地拿些手稿去证明。你需要证明什么？赶明儿人家说你××小，你是不是还要拍个勃起的裸照放上来？信任你的人那么多，没见你客气几句。诋毁你的人才那么几个，你就蹦出来给人家脸，说你什么好？"这种痞子的习气镇住了韩寒，与其说是王朔的老辣，不如说这是他的痞子语言的特有的感觉。莫言获得诺贝尔文学奖之后，记者纷纷采访一批中国作家，唯有刘震云的回答语惊四座。有人问刘震云：莫言获奖，你有什么感觉？他说：莫言得了诺贝尔文学奖，就好比我的哥哥新婚进了洞房。我哥哥进了洞房，你问我的感觉，你这是什么意思？我有什么感觉。我也不知道我该怎么感觉。刘震云的这种"感觉"，不是胜过一千句话吗？

2013. 12. 5

自以为灯

一位 20 岁的姑娘在短暂的恋爱失败后，记起小时候被妈妈逼着苦练钢琴。妈妈这样教育她："学好一技之长，将来老公不要你了，你还可以教钢琴养活自己。""老公为什么不要我呢?"妈妈说："那不重要。"一位 30 岁的刚离过婚的女人给追求她的男人发去短信："如果每个人都有死穴，我的死穴就是爱情吧。"一位 40 岁的离婚女人对她的新恋人说："爱情是我最不勇敢的事，我可以暗恋一个人很久很久就是不告诉他，还会不停地计算：他是好人吗?"一位 50 岁的女人离婚了，在酒吧里听陈升唱"把我的悲伤留给自己，你的美丽让你带走"。另一位陪伴着她的男人动情地问道："听这首歌会不会觉得伤感?"她说："我已经没有时间伤感了，我只觉得他唱得很好。活到现在，正是活得最自然的年纪，懂得什么叫退一步海阔天空，明白太固执未必是件好事。"

一个女人，从 20 岁活到 50 岁，红颜渐去，青春不再，就越觉得自己能够把握的东西越来越少。其实爱情不只是那些女人的死穴，它几乎是所有女人的死穴。失去一个男人，有人就选择另一个男人来填补；但男人是否就是女人的最后归宿呢? 劳伦斯说：虹有两只脚，一只是男人的心，一只是女人的心，它们永远并不到一起。爱情没有什么永恒的，永恒的不是两个异性永世绑在一起，而是生长着的生命之焰，是一种相遇。所谓爱情，只能是那条两只脚的虹，只有相遇，而没有绝对意义上的撞击。所以，女人还有一个属于自己的天理——靠自己生存，为自己的天理而活。自以为灯，自以为靠，懂得天理的女人才是一个自知自为而后自足的女人。这个世界的确有着太多无法掌握的梦，因为不是所有的终点都有人守候；不是所有的距离都能够丈量爱的深远。

2013. 12. 6

抵　达

我一直认为"抵达"是一个艰难的词语。人生总像一座迷宫，有时候绕来绕去就是找不到出口。即便你来到一片光亮之地，却发现那完全不是你想抵达的地方。格非的小说《隐身衣》描写一位玩电子管音响的家伙，觉得社会上没有人意识到他的存在，他只好过着自得其乐的隐身人生活，结果为情所迫，不明就里地和一个被利刃毁容的女人生活在一起。小说结尾提出了这样一个问题："事若求全何所乐？"隐藏在故事背后的精神黑洞似乎在诱惑我们走进去，去寻找那一个抵达。然而，我们身处的世界永远是个深不可测的谜底，抵达终究是艰难的。记得徐星有本小说叫《剩下的都属于你》，我对这个书名一直存有一种莫名的好奇。事物的确是不能求全的，该抵达的抵达了，没有抵达的就是剩下的。那么，剩下的又是些什么呢？我们内心的冲突，往往是抵达和未能抵达的冲突。我们向往抵达的目标究竟在哪里呢？也许就在我们脚下的每一个缝隙里；也许就在人的生前和身后，在心灵的皱褶里，在面容的镂痕里。人的一生其实只有两样东西：一是"无"，一是"有"。因为"无"，人才会去追求；因为"有"，人才懂得舍弃。人生的烦恼不外乎"求不得"与"舍不得"，穷人与富人，一是"求不得"一是"舍不得"所以都脱不出"烦恼"二字。人总是笑自己"觉悟"得太迟，一旦觉悟了，就如普陀山法雨寺那副对联所写的那样："有感即应，如一月丽天，影现众水；无机不被，尤万卉敷荣，化育长春。"有位作家在游览了普陀山之后，悟出了三个字："茶会凉"。"茶会凉"三个字，实际上就是我们已经或者正在承担的人生自觉，它携带着一种翻越的甘苦。所以，我们只能告诉我们自己，这个世界没有什么不可以被我们审视，即使有些目标不能够抵达，但存在的这一切一定是合理的，因为走过来走过去，剩下的都属于你自己。

2013. 12. 10

一根骨头

几天前，我的朋友徐杰兄在微信中写了一句这样的评论："不读鲁迅，一样能写文章，但是肯定会少一根骨头。"此语一针见血，深得我心。我们这一代人，多多少少都在课堂和书本上与鲁迅相遇过，无论是鲁迅控，还是惊鸿一瞥，我们都是在茫茫书海中邂逅了一种精神。尽管鲁迅式的"铁屋中的呐喊"早已打破黑夜的沉寂，并已穿透了"无声的中国"，然而当今天四处在追逐着"中国好声音"时，我们是不是完全听不见鲁迅当年所说的"真的恶声"呢？在我们读过或未读到的许许多多文章里，究竟还有几根徐杰兄所说的"骨头"呢？1974年，我还在乡下一所中学读书时，"批林批孔"的声浪让我机缘巧合地读了一批鲁迅的杂文。那个时候与鲁迅相遇，心里渐渐地由寂静而至骚动，我于是想要出去，想要做点什么。可是，年轻时狮子般的雄心却没能找到对话和喷发的机会。我隐隐感到体内有几根骨头在嘎嘎作响，终于还是不能响到我那些年轻而幼稚的文章里去。这情形现在想起来，就像鲁迅所形容的那样：好像被刀刮过了的鱼鳞，有些还留在身体上，有些是掉在水里了，将水一搅，有几片还会翻腾，闪烁，然而中间混着血丝。我终于明白，有骨头的鲁迅才真正是一个旷代的全智者。正是那几根硬骨，让他敲碎了铁屋里的隐秘与幽微：你永远无法叫醒一个装睡的人。所以，他选择了倔强地反抗，反抗绝望。我们今天这个时代所需要的"正能量"，倘若没有几根骨头横在我们的文章里，倘若不能像鲁迅所说的，要敢说，敢笑，敢哭，敢怒，敢骂，敢打，在这可诅咒的地方，击退可诅咒的"小时代"怕是真的要沉沦下去的。当然，所有这些都需要付出代价，这同样是鲁迅所指出的："一认真，便容易趋于激烈，发扬则送掉自己的命，沉静着又啮碎自己的心。"想到这里，我似乎觉得身内的激情渐渐退了去，没有了焦躁。我甚至只看到屋里唯有窗帘在微微颤动着，我原本想插入文章里的那一根骨头，究竟哪里去了呢？呜呼！

2013. 12. 10

醒　来

一首《醒来》，这些天一直在触碰着我的心灵。终于忍不住，又读了一遍这首歌的歌词："从生到死有多远，呼吸之间；从迷到悟有多远，一念之间；从爱到恨有多远，无常之间；从古到今有多远，谈笑之间；从你到我有多远，善解之间；从心到心有多远，天地之间。当欢场变成荒台，当新欢笑着旧爱，当记忆飘落尘埃，当一切是不可得的空白，人生是多么无常的醒来，人生是无常的醒来。"这首歌词让我目击了"醒来"二字。都说人生无常，却没有想到这种无常原来就是一场"醒来"。生死之间，迷悟之间，爱恨之间，古今之间，你我之间，心与心之间，究竟相隔着多远的距离呢？只有醒来，才是依旧人间；一梦钧天，不过惘然而已。有时我也会扪心自问：你醒来了吗？虽然不是我执，亦非妄念，但是仍然在期待"次第春风到草庐"。我知道"心之忧矣，如匪浣衣"，我们的整个生命都嵌在一个框子里，框子之外没有世界，也没有人生。那么，我们又能走多远呢？多年前的一个初冬，我在一条没有干枯的河边坐着，眼前晃过石头和流水。石头是空间的象征，流水是时间的隐喻。因为草，水慢了下来；因为石头，风慢了下来。它们难道就不是一种"醒来"？《圣经》里所说的"火湖"已经在前，人总是活在存在的时间里，甚至是宿命般地陷于现世的泥淖。然而呼吸之间，一念之间，谈笑之间，善解之间，都是一个苦心孤诣的过程，无论怎样颠覆，怎样静止，都可以让无常化作一场意味深长的"醒来"。

2013. 12. 11

微　信

　　微信的异常活跃乃至于铺天盖地，是人们所意想不到的。写了几年的博客，玩了一阵的微博，似乎越弄越没劲了。尤其是微博，想看但都看得不全，闲言碎语，杂乱无序，索性就不看了。无论博客还是微博，都是很平面化的交流，少了人与人之间最直接的感性冲击。人其实是很懒的高级动物，当微信出现了之后，才发现能够真正沟通的应该是这样的网络工具。直接说话聊天，喜怒哀乐、长吁短叹、音容笑貌即可瞬间展现，这是一个全方位展现表达者才思和个性的舞台，任何人只要愿意，随时可以自由表现。据说现在的婚礼主持都有这么说的："你愿意做她的小火车，永远不出轨吗？""我愿意。""你愿意做他的美人鱼，永远不劈腿吗？""我愿意。""你愿意和他（她）共度一生，永远不找野草吗？""我愿意。""那么现在，请新郎新娘交换微信密码。"

　　我使用微信其实才半年时间，大多用来发表我的短语，因为微博发表的字数有限，微信则可以让我自由驰骋，信马由缰。记得张居正说过一句话："人情物理不悉，便是学问不透。"士大夫的通达识见是如我不才之辈所不能企及的，但我明白，活在当代，懂得当代的某些事理，实践当代的一些工具理性，想必是有好处的。人生某个阶段，开始"关怀自身"，触碰个人心灵的东西，我想是一种"灵魂转向"，或许可以借此分担一些生命的内容，穿越内心迷雾，看到光亮。语言是一座牢笼，对我来说，在每个语词的深处，我用微信参与了我的思想的诞生。语言的现实无疑就是活着的现实，我相信语言的降临无异于天使的降临。借助微信，对于人生、事物和现象的极度感觉，成为我的语言抵达我的内心的表达形式之一。于是，我的短语出现了，我在那里寻找我的语词，也寻找我的思想的诞生。

2013. 12. 12

命若琴弦

再一次读史铁生的《命若琴弦》，再一次经历了精神洗礼。老瞎子的师傅临终时告诉他有一张复明药方，但要弹断一千根琴弦，否则就不灵。这张药方支撑着老瞎子走过了七十多个春秋，他的人生目标就是将一千根琴弦弹断，以图看到世界一眼。结果，老瞎子发现复明药方不过白纸一张。他找到小瞎子，对他说："是我记错了，是一千二百根。"他们的生命就这样寄托在脆弱的琴弦上。一个并不高明的谎言，浸透了一种世间最深的智慧：既然已经了悟，结果终将归于虚无，还不如实实在在享受过程带来的快乐。

加缪认为，荒谬是人与世界之间的唯一纽带，它是不可能被消除的，人只能带着裂痕生活，但是人必须超越荒谬。几年前，一位朋友告诉我，他是如何坚决地把患病的岳母送进医院，而从未锁过一次眉头，因为他记住夫人对他说过的一句话："原来家里有五口人，现在只剩我们母女俩了。"就为了这句话，他意识到活着是生命最终的本意。琴弦虽然脆弱，但无论如何，琴弦是人活着的一个最终的也是最充分的理由。为了这个理由，人超越了荒谬，在荒谬的生活中获得了意义。余华说："活着就是为了活着。"这不是一种宿命，而是一种生存哲学。人一旦意识到生存的荒谬和苦难，他的行动就可能成为对于生存的追问和阐释。其实，我们每个人都是命若琴弦，不过是为了活着，为了那种更有意义地活着。茫茫宇宙，生命是偶然飞来的一翅孤鸿，生命的进程也注定必须充满着种种的不可预测和偶然。然而，人们总是执拗地找寻生命的必然，苦苦拷问生命存在的意义，企图在生之焦虑与死之绝望中获得精神的平衡，挣扎出一条心灵和肉体的活路。这正如《哈姆雷特》中王子的自问："生存还是死亡？这是个问题。"但问题的答案王子是不会找到的，因为答案其实就是没有答案，答案其实就是老瞎子手中的那一张白纸。

2013. 12. 13

感　动

　　冯骥才的《一百个人的十年》，其中写到翻译《静静的顿河》《复活》等作品的翻译家草婴先生。草婴读了以后打电话告诉冯骥才，说被他的文章感动了好几天。冯骥才对这位从未谋面的大翻译家说："我才感动你一两天，可我被你感动了几十年。"这仅仅是敬重吗？冯骥才说，在自己敬重的人身上发现新的值得敬重的东西，是一种收获，也是一种满足。当冯骥才后来在上海见到草婴时，万万没有想到这个静静地坐在眼前的南方文人，竟是那样的瘦小，举止的动作幅度也很小。他惊讶这位老人那种十分随和的说话口气，无论如何与托尔斯泰的浓重与恢宏，以及肖洛霍夫的野性联系不到一起。然而，就是这个瘦弱的老头，举起了一个时代不能承受之重，以至于冯骥才在跟他道别握手时，竟然觉得他的手突然间变得坚实有力了。由此我想到，什么叫作高处？这就是高处，一个瘦小文人的人格的高处。在这个高处，的确有着许多为世人感动了几十年并且还将继续感动下去的东西。

2013. 12. 16

94

道德地盘

时间和时间重叠形成了水，空间与空间重叠构成了山，而时间与空间的重叠，便是一种记忆，一种存在。这是我几年前写下的一句话。记得当时有一位朋友告诉我，他在某一天突然想起了某个人，那种感觉竟然变得相当的虔诚，让他觉得有些意外甚至奇怪。他问了自己无数遍，以为是不是出于同情。我想了半天不知如何回应他。直至我写下那句话的前一刻，我才明白，这是时间和空间叠出来的一段记忆。人，除了思念，还有默契和自洽；俘获人心的东西，不只是同情，而还有道德的神学以及善的意志。康德说过："为信仰留地盘。"这句话被许多人援引过。其实，康德还有半句话："必须限定知识。"这句话在邓晓芒的译本里似乎看得更为明白："我不得不悬置知识，以便给信仰腾出位置（地盘）。"康德所说的知识是有所指的，是那种通过"爱智"和"天良"而被肯定和限定的东西，他并不是要为宗教信仰留地盘，而是要为道德、为自由留地盘。能够想起一个人，而且是虔诚地想起，这也许就是一种道德的神学，一种善的意志。我曾经在一个学术场合，亲耳听到一位哲学家对另一位哲学家说，你如果被侵犯或攻击了，我只有两个招数：一是帮你反击；二是实在反击不了时，你就攻击我吧。这使我感到很震惊。这是一种什么样的力量在支撑着他的信念呢？我从康德的那句话里意识到，这是山所给予的道德的神学，以及水所给予的善的意志。至此，我才理解为什么时间与时间、空间与空间、时间与空间会如此自洽地融合在一起。这样，就如同前面那一位曾经被攻击过的哲学家所说的：我们可以在一个更可靠的基点上重新安顿自己的心灵了。

2013.12.17

人凭什么活着

陈忠实曾经写过一部人生笔记《凭什么活着》，令人扼腕。人究竟凭什么活着？陈忠实说他一生"没有秘密，没有神话"，他总是一个负重前行的人，面临的是无尽的困顿、艰难和窘迫。那时他都50岁了，写出来的长篇小说却够不上出版资格。文学本来是一件浪漫的事，发生在他这样一个常年吃不饱饭穿着补丁衣服的人身上，原来是如此地艰辛。他万万没有想到，伟大的转机后来竟出现在他完全崩溃的时候。那一天，他听到了一声火车汽笛的嘶鸣："天哪，这世界上有那么多人坐着火车跑哩，而根本不用双脚走路。"这一触动，彻底改变了他的命运。他怀着一种负重坐上火车的信念，苦苦煎熬出了自己的作品。由此我想起了陶渊明。公元405年，在彭泽通往浔阳的路上，弃官归隐的陶渊明在构思着自己一生最好的文章《归去来兮辞》，其年他41岁。然而，即便是归去，他也没有乐到最后。无法触摸和无法追回的过去，使得他"感吾生之行休"，"乐夫天命复奚疑？"他深知自己已经无法达到真正的归隐了。陈忠实和陶渊明，一个后来成功了，一个后来归隐了，其实他们都是真实的；不过前者是从坚硬而至柔软，后者则是从尘网归于安静。这也就是博尔赫斯所说的："我们的命运之所以可怕，正因为它是实实在在的现实……世界的可悲在于它是真实的，我之所以可悲，正因为我是博尔赫斯。"人生的一切，只有痛苦和迷茫是真实的。人究竟凭什么活着呢？也许就凭着痛苦，凭着真实，凭着对人生绝唱的那一种坚忍而虔诚的守候。

2013. 12. 18

张爱玲

几年前，一位朋友在我的博客里有这么一句留言："喜欢张爱玲和她的'因为懂得'，因为懂得，所以活在当下。热闹盛宴倒不如寂寞独语。"张爱玲原来如是说："因为相知，所以懂得；因为懂得，所以慈悲。"她还说："喜欢一个人，会卑微到尘埃里，然后开出花来。"我不是张迷，张爱玲的小说我读得不多，只读了她的《倾城之恋》《金锁记》《十八春》等，而她的散文我也读得很潦草。我觉得她所有的文字透露出来的，就是"苍凉"二字：人生的苍凉，岁月的苍凉，人性的苍凉，平淡的苍凉，浮华的苍凉。散发在她的文字的每个角落的苍凉意味，一点一点啃噬着她的生命。张爱玲写那些文字时正值韶华年纪，可是道出来的却是如同暮年的夕阳余晖般的叹息。所以，每一次读张爱玲的小说，就像在黄昏里聆听一把二胡在嘶哑着，纵横着一派忧伤。一种回忆沧桑岁月的调子，浮沉在荒漫惆怅的光阴里。她总是在回忆，在回忆中对笔下人物投下了一片恍惚的阴影。正是映照在这种时光里的反叛抗争，终究成了人生的一片虚无；在一切都已然沉寂之后，留下的只是西风残照、垂暮斜阳。人生如此苍白，岁月如此残破，她有时确实无法把握自己。就像她在散文里写她姑姑说的那句话一样："生命太短了，费那么些时间和这样的人在一起是太可惜——可是，和她在一起，又使人觉得生命太长了。"人的生命似乎就这样一点一点地被啃噬，最后成了一种凋零的回望。张爱玲反复吟唱的，多数是那些沉沦在自己的小圈子里，用他们骨子里的那点自私去泅渡社会、泅渡人生的人。无怪乎有人说，她的小说不是在叙说她自己，就是在放大某一类人身上的某些特征，在这些特征中让读者感受到了人性的荒凉。

2013.12.19

边缘的《阿姐鼓》

　　法号一响，经幡翻飞出遥远的震撼，时而高亢，时而低婉，掠过神秘的雪域一拍紧一拍地向我撞来。世界一会儿被抽成了丝，一会儿被拧出一袭瀑布。我下意识地伸手一抓，竟抓到了满手的音符，然后顺着指缝间流淌。哦，这是一张我不能释怀的唱片——《阿姐鼓》。我盘腿而坐，点着蜡烛，幽幽的烛光追着《阿姐鼓》，在我眼前晃出一圈又一圈无极的苍凉和美丽，盘桓不尽，也挥之不去。于是我来到了世界的一种边缘。边缘是《阿姐鼓》的整个感觉，在那里，你找不到小桥流水，找不到玉阶白露，也找不到晓风残月，你只能找到边缘的古意和冥想。尽管音乐有一种从整体上概括表现的功能，然而我是从诗的角度体会了《阿姐鼓》。第五首《羚羊过山冈》，一下子把我带到"天苍苍、野茫茫，风吹草低见牛羊"的牧歌式情境里，让我在一片悠扬的竹笛声中，感受到音乐的诗化。柴可夫斯基有一部音诗《里米尼的弗兰切斯卡》，取但丁《神曲》之一节作为本事，原诗虽然只有一段，却被谱成了半小时长的音乐，隐含着一场中世纪的悲剧。我不能说《羚羊过山冈》是否取材于那首古诗，但至少我可以说，这首歌在诗与音乐的边缘上取得了一种完美的结合，音乐延伸了诗的感性触角。《阿姐鼓》词很少，对于歌词的悭吝，我想很可能是创作者坦然地把一种灵魂的秘语跳出音符交给了听者。第六首《卓玛的卓玛》几乎没有歌词，只有一群男声伴唱和主唱歌手的反复吟唱。在近乎空泛的吟唱背景之下，我似乎能感觉到在词与曲的边缘有一种不可言说的感动，就这样给这忧而不伤的旋律演绎尽了。每一次听完《阿姐鼓》，我都会沉默一阵子。纳博科夫说过："我们的存在只是两片黑暗的永恒之间一道短暂的光的缝隙。"其实，这道缝隙就是边缘的位置。

《阿姐鼓》的意味，或许就在于它找到了这一道光的缝隙，从而才使得人们在聆听之际，感受到某些生存和生命的秘密。所以，我一直称它为"边缘的《阿姐鼓》"。

2013. 12. 23

夜里戴草帽的人

数年前，因一个学术会议和朋友同坐火车去上海。朋友一路上给我讲故事，故事其实并不重要，重要的是夜行的列车没有把我吞没，我在远行中感受到行进和过程的快乐。列车潜入夜色，呼啸的是影子。车窗外的风有些冷峭，将我们的影子摇曳得飘忽不定。我突然意识到生命如此脆弱，命运始终在影子的世界里飘摇。那么，思想会走出影子最后的摇曳吗？我一直以为，摇曳是思想的一种大美，生命的意义在于能感受到栖居在思想里那些不朽的灵魂，以及那一片呼啸的摇曳的影子。所以，永远不要说影子是虚无的，影子是思想成熟的一张真实然而无声的名片。我曾经写过这样一段话："夜里，一个追赶太阳的人，行色并不匆匆，却匆匆向沉醉的夜投去如水的一瞥。月朦胧，山朦胧，一切的朦胧都被阻隔在透明之外；夜在疾驰，太阳在脚下奔跑。这时，爱因斯坦还有相对论吗？为什么远行？因为无论白天还是黑夜，远行总是人们的一个期待，一种感觉的飘移。人生本来就是一场飘移的梦，你可以在梦里，也可以在梦之外。我的朋友写过一篇散文《夜里戴草帽的人》，草帽是这个人的梦，是他的一个永远的情结，他是一个追赶太阳、追赶希望的人。阅读夜晚是夜行人永远的隐喻，夜行人永远在路上，因为太阳就在远方。"那一夜奔赴上海的火车让我想了一路。时间，一滴一滴地流逝。是时间攫住我了吗？多年来，我一直对"子在川上曰"这几个字怀有莫名的冲动。人，是什么时候有了那种流失感呢？"逝者如斯夫"固然是一句老话，庄子的"忽然而已"也已了然于心。但是，多少个明天又如影子般涌来，压迫着我们。于是我想起《等待戈多》在上海演出时一张海报上写的："没有正确的等待，只有等待是正确的。"其实，我们都是在一种影子似的等待中期许生活，甚至挣扎。那么伴随我们的，除了时间的流失感还有什么呢？是不是那种如潮水般涌来的影子所撞击出来的明天的晕眩？

2013. 12. 24

大丈夫

　　人的一生，常常有某个触发之点。一次不经意的邂逅，都可能引发一种人生走向。秦帝国时代，刘邦不过是区区泗水亭长，同数以万计的小吏卒史一样默默无闻。独尊天下的秦始皇，当然不知道刘邦是何许人也；而对于刘邦来说，每天生活在皇帝的威权之下，秦始皇是无时无刻地影响着他。然而，历史却给刘邦一个千载难逢的机会。始皇三十五年（公元前212年），秦始皇嫌首都咸阳人口多，宫殿小，于是大兴土木，在咸阳南郊修建阿房宫。这年，刘邦被派去当了为期一年的修建阿房宫的徭役。恰巧当时秦始皇出行，允许百姓观瞻。刘邦有幸挤进观瞻的行列，目睹了盛大的车马仪仗，仰望到始皇的身影，这使得刘邦身心受到极大的震撼："嗟乎，大丈夫当如此也！"《史记·高祖本纪》记录的这句话，几乎概括了刘邦一生的政治抱负和人生走向。在刘邦看来，始皇宛若天上的太阳，灿烂无比。此次的偶然相遇，不仅给刘邦留下了不可磨灭的印象，而且深刻地影响了中国历史的一段进程。在秦末战国复活的大潮中，刘邦之所以不甘于为王，一心一意要做皇帝，其中缘由之一，就是因为秦始皇在他心目中树立了一个偶像。他要像始皇那样君临天下，体验人生的最大满足。这一段历史，其实是在为我们还原出一个真实的刘邦。

落　日

2013 就要落下帷幕了。昨日黄昏，我站在我来到的这座小城边缘的高处，看到那一丸老太阳在天与地的掌心跳荡着。我想起历史上的三个人物：拿破仑、希特勒和尼采。那天，拿破仑在流放地看到天边的夕阳，喃喃自语："法兰西就要进入茫茫黑夜了，但它将会有一个更好的早晨。"这位伟大的失败者用他最后的信念在为落日鼓掌，没有丝毫英雄迟暮的沮丧。当时作为下士的希特勒把落日视为气息奄奄的欧罗巴，挥起军刀刺向落日，大喊一声："杀！"然后把军刀刺向欧洲地图，那双咯血般的鹰眼盯住英伦三岛，冷笑道："哼，什么'日不落'！"这就是希魔的野心。而那个自诩为"太阳"的疯狂的"超人"尼采，则把落日视为转入黑暗的巨轮，将以一种宁静的目光照亮那些孤寒的心灵。这是一位日神的狂热拥护者，尽管是落日，他也把它看作是哲学的强光。因而，他把自己的哲学当作是太阳的宝典，能够君临一切。

不久前，我重读吴方为追忆弘一法师写的文章《夕阳山外山》，文章在最后引用了一段话："要知道，真正的美除了静默之外，不可能有别的效果……每当你看到落日的灿烂景色时，你可曾想到过鼓掌？"对于弘一法师，的确没有比静默更能确切地描述出他境界的词语了。在即将踏上 2014 年的黎明的阶墀的时刻，我真的要为 2013 年的落日鼓掌。这个时候，我们需要热情，也需要理性。1899 年 12 月 19 日，其时正流亡日本的梁启超启程赴美，船在太平洋上跨过了 19 世纪，他激动地写下了传诵一时的《20 世纪太平洋歌》："蓦然忽想今夕何夕地何地，乃在新旧二世纪之界线，东西两半球之中央。不自我先，不自我后，置身世界第一关键之津梁。胸中万千块垒突兀起，斗酒倾尽荡气回中肠，独饮独语苦无赖，曼声浩歌歌我 20 世纪太平洋。"当时，晚清另一位著名新学之士郑孝胥刚好也在长江的船上，他只是在日记中平静地写下了"凌晨，渡江"四个字，以一种极为坦然和平静的姿态迎接 20 世纪的到来。我想，今天我们迎接 2014 年的到来，同样需要这样的两种态度。

2013. 12. 31

第二辑

新年祝语

2013 年的最后一秒，我紧紧盯着它无声地滑过，它成为永恒。当 2014 年的第一秒敲击着我的影子时，我的梦诞生了：关于人生，关于生命，关于情感，关于爱。这场梦依旧在继续。若干年前，我读过一篇文章：《道德原为本，知识极诚明》。作为学者，我深深感到，任何对于过往的潜渊和激情，任何对于未来的咏叹和梦想，都是建立在现实之上的。中国梦不是简简单单的三个字，它承载了中国几千年历史文明的追寻：一是道德，一是知识。我们至今为什么仍然未能摆脱外界各种物欲的诱惑，在于我们还没有完全达到宁静致远的古训，在于我们还缺少对于人生和梦的洞察力、判断力、穿透力以及前瞻性，在于我们还没有从根本上把中国梦与宋代哲学家张载指出的"为天地立心，为生民立命，为往圣继绝学，为万世开太平"紧密联系在一起。对于我们来说，中国古代学者所具有的责任感和使命感，就是司马迁在《史记·孔子世家》里所概括的："高山仰止，景行行止，虽不能至，然心向往之。"中国梦有它的使命感和价值尺度，有它的终极理念和内涵。2013 年，我们剩下了什么？2014 年，我们还将留下什么？这都体现了中国梦在我们每个人身上的价值实现程度。作家徐星曾经写了本小说《剩下的都属于你》，对这个书名我一直有莫名的兴趣。那么，没有剩下的都去了哪里？剩下的又都是些什么呢？前一个年头的经验和教训，是每个人的。我们内心的冲突，我们向往的东西究竟在哪里呢？也许就在我们脚下土地的每一个缝隙里；我们渴望凝视的东西在哪里呢？也许就在人的生前和身后，在心灵的皱褶里，在面容的镂痕里。从 2013 年跨入 2014 年，无论是中国梦，还是

107

你我的梦，都是我们已经或者正在承担着的人生自觉，它们无论如何都携带着一种人生翻越的甘苦。当新年的第一缕阳光把我们的梦境照亮时，我告诉我自己，水不洗水，尘不染尘，这个世界没有什么是不可以被我们审视和追索的，除了必要和艰难，一切都将是合理和幸福的。汲取所有的正能量，打造一个新的自己，这才是关乎我们每个人命运的选择，因为剩下的依然是属于我们自己的梦想。

2014. 1. 1

关于云

昨日在微信上写了首诗《关于云》，有朋友穷追不舍地问我是不是遭遇到了什么？诗就是诗，的确没有任何其他的故事云云。数天前，我在湄洲岛上看海，海天一色，我遭遇到了白云。那时，我突然想到，云飘落海里就成了珊瑚，并且想伸手抓一朵藏入口袋。诗意不过由此而出。一位诗友说我的想象力神出鬼没，其实，那不过是灵机一动而已。年近花甲，有时真担心自己的想象力会枯竭。十年前，有朋友提醒我步入天命之年。我想起《论语》所道出的夫子"大雅久不作，吾衰竟谁陈"的历史责任感。孔夫子为什么能够做到"当仁，不让于师"？在于他致力于了解自己，进而了解自己生活的那个时代。在孔门众多优秀弟子中，与颜渊并列为德行科代表人物的冉伯牛不幸得了重病，夫子不得不将此归诸天命。天命不可违也。子曰："君子有三畏：畏天命，畏大人，畏圣人之言。"孔夫子虽言天命，自己则到了68岁才结束周游列国之行，别人谓其是知其不可而为之。孔子则曰："下学而上达，知我者其天乎？"上天之知夫子，乃夫子"知天命"也，他了解自己，与上天建立了某种灵通。世事难违，人事难测，人生旅途上有绿洲，也会有荒漠，《论语》无疑是不会让跋涉者失望和失落的一脉源泉。对我来说，唯有知己，唯有知足，唯有顺应着自己的天命量力而行，大概才可能有属于我自己的天道。阿城曾经说过一句话："男人这锅汤，煲到五十岁算是煲好了。"天命之年，我对此并无什么感觉。等我过了五十岁，似乎仍是满腹狐疑，总觉得离"煲好了"还有一段距离。年轻时急于打造一方天地，总以为年轻是永恒的；到了中年虽觉得自己待在年轻人身后，却也不至于感觉到"老"。人有两重意思，一是上帝的意思，他让你的人生有光泽有质感有层次还有厚度；二是自身的意思，到真正老了的时候，人就甚至想去做一些匪夷所思的事，像年老的托尔斯泰临死还想私奔，还想离家出走。人毕竟是人，总有一个"老"在等你。然而，"秋水文章不染尘"，只要心中安泰，人就尽可以无邪地去审美，哪怕是欣赏一片沉入海底的云彩，或者是一丛飘向天空的珊瑚，都可以是超凡脱俗的，甚至是超乎想象力之外的"神出鬼没"。这样，对于理解比如"关于云"那样的诗来说，它所呈现的终极意义，所提示的人的来处和去处，自然就渐渐明朗了。

2014. 1. 3

故　乡

收到朋友徐杰兄作词歌曲选《酒量》，对其中的一首《故乡遥》久久不能释怀。不知不觉地，泪水随着歌词的流淌而缓缓释出："高高低低的树，断断续续的风。一抹斜阳，几声晚钟。倚门望，害怕夜归人行色匆匆。才赶上行程，却忘记珍重。"浮躁的社会时时点染着浮躁的人，多少年了，我们似乎忘记了"珍重"这个词，进而渐渐忘记了故乡的树和炊烟。"来来去去的人，短短长长的梦。炊烟如帕，轻轻挥动。回头望，恰似一江水奔流向东。才漫过心头，已水远山重。"离开故乡，离开那一片让你望断的山和水，梦变长了，如帕的炊烟却渐渐消逝，于是更深的思念就凝成了一汪深深浅浅的心事："少年心事几人能懂，回不去才知道故乡重。待回头，信誓旦旦都付酒杯中。春去也，家山日出照我眼红。故乡遥，故乡重。"故乡是遥远的，故乡也是最重的，令人痛彻心扉的是你已经"回不去"了。一个人内心最美好的地方，就是你第一次走出来的那片土地；然而你无论如何都走不出故乡的目光。所以，当纪德最后回不到他的过去、他的家园时，只能这样认命："没有比你的房间、你的过去更危险了，你要离开它们。"其实，怀旧是一扇不灭的窗口，从那里望去，最遥远的，也是最亲切的。德沃夏克第九交响曲的"念故乡"一节，总让我想起那一去不复返的年少时光，想起那一片"高高低低的树"，那一轮"照我眼红"的"家山日出"。当米兰·昆德拉离开家乡布拉格前往巴黎时，他付出的痛苦和悲伤便成为他的心灵的祭坛。昆德拉的小说就是一部怀旧的诗，为了发现人类存在的隐秘之处，他的内心不断地在流亡。然而往昔已然逝去，重返不再可能。被遗忘遮蔽的世界，将是我们心灵返乡的起点。徐杰兄的《故乡遥》不只是《故乡遥》，云水早已凝固成音乐了，留下的是一脉遥远的望断，一声你第一次走出来的那片土地的呼喊。

2014. 1. 4

一束孤独的阳光

李零说他读《论语》，感受只有两个字：孤独。孔子很孤独，也很无奈。尽管唇焦舌燥，却像一条无家可归的流浪狗。在"《论语》很火，孔子很热"的时候，李零以"丧家狗"的视角来解读《论语》，重新厘定孔子的本来面目和形象，无疑是别具意味的。因为李零把孔子的精神生命真正掏了出来。历史走到了现在，孔子一直只是个符号，一个孤独的符号。但孔子说："德不孤，必有邻"，有道德的人并不孤立。这也就是孔子修身立世的理由，他孤独，但不孤立。孤独的孔子有三千弟子和七十二贤人，其实是不寂寞的。孔子的孤独在于他漂泊一生，遍干诸侯，却找不到自己的精神家园，最后还是回到了自己的出生地。这是孔子的宿命。李零说在孔子身上，看到了中国知识分子的宿命。孔子的悲哀其实是时代的悲哀。孔子长叹"凤鸟不至，河不出图，吾已矣夫！"凤鸟不至，即天下不能太平，无法回复礼仪正道。列国皆不能重用孔子，这才使孔子变为"丧家狗"。孔子一生，绝望于自己的国家，周游列国，唇焦舌燥，颠沛流离，却一无所获，其晚年时时伤心，丧子、哀麟，由死回亡，让他哭干了眼泪。如此无所归依，恰如杜甫形容自己的"昔如纵壑鱼，今如丧家狗"。孔子的时代是中国历史上经历的一个深刻变化的时代，在这样的时代里，孔子成为丧家狗，乃是大道隐没了。在先秦诸子看来，他们的学说也许不是最好的，但是他们为之痛哭流涕长太息的，却是那已经隐没了的大道。孔子孤独的灵魂里的确有属于他的光亮，然而，孔子的道德被讲了数千年，越是礼崩乐坏，越在讲道德。结果，孔子的道德就变得很脆弱了。原来，道德不是讲出来的，道德靠的是每个人心里光亮的照耀。我们每个人都是一束阳光，每一束阳光都有照亮的理由。尽管孔子也只是一束孤独的阳光，然而被他照亮的，是一个世界。

2014. 1. 7

114

一杯水

　　每个人的存在都是合理的，就像每个人都有权利追问：鲁迅后园有没有第三棵树？这就是天理。天理其实是属于每个人的；天理有时候就是一杯水，它的纯净无须过多的说明。爱一个人，是一种天理；即便是不经意间划破了那层窗纸，记忆被穿透了，那里仍然有一杯水在等你。

　　一位富人的父亲生病住院，他因生意太忙只好托人给父亲捎去一大堆营养品；而同病房一位穷人的孩子没钱买东西，只是日夜陪伴在自己父亲身边，不时给父亲端上一杯水。这位穷人对富人的父亲说："看，你儿子多好，给你买了那么多东西。"富人的父亲却说："但我更需要一杯水。"这就是天理所赋予人的一种关怀的需求。一杯水的需求就是天理，就能够让所有的父亲感受到温暖。我们每个人身上都有一张命定的网，这张网也就是天理。能否挣破它，则需要我们最终的努力。我们都是命运中的人，是上帝的子民，我们的任何一次痛苦和挫折，绝不会从根本上改变我们自己：你本来怎么样，现在还是怎么样。一，就是我们的生存哲学。这张命定的网还告诉我们：人，是不能拒绝苦难的。司汤达在1822年就说过："如果你拒绝苦难在你身上逗留哪怕是一小时，如果你总是早早地防范可能的痛苦于未然，如果你把苦难与不快当作生存的缺点，那么很清楚，你心中怀有安逸的宗教。"幸福与不幸是姊妹，珍惜幸福和接受苦难是人生的两大主题，从某种意义上说，它们其实都需要一杯水那样的表情和关怀。所以，我对所有重精神的人和具有忏悔意识的人，都怀有一种莫大的敬畏。我曾经到处寻找这个世界上我所希望看到的表情，终于，我在上述那一则故事里，在一位朋友递过来的一杯清水里，看到了这种天理的神明和灵性。

2014. 1. 8

水　仙

　　弟子从漳州寄来几粒雕刻好的水仙，我把它养在水里。可能是干燥了几天的缘故，一入水，它们竟然发出嗤嗤的声响。我好奇地盯着水在冒出一圈一圈的细泡，觉得有些神秘。这些水养的仙子，它们凌波的姿势总不会是凝固的。水仙需要水，其实更需要的是静气。数年前，我办公室里的一盆水仙，在开放 20 多天后突然倒伏了。倒伏的原因并不在其自身，而是一位好心的女同事发现水有些浑了，把它端到水龙头下从头到脚冲洗了一遍。结果摇摇欲坠的花朵经不起折腾，全垂下高贵的头颅。同事很内疚，我也有点沮丧。贾平凹说过：女人不说话就成了花，花一说话就成了女人。水仙本无语，只是静静地、默默地开放着，直到慢慢变老。有些美是不能隙动的，你一旦惊动了它，它就倒了。水仙是淡雅而宁静的，无语的花是下自成蹊的静美，但是它一开口便成了女人，这时还会有静美吗？由此，我才感觉到贾平凹那句话的真正分量。

　　又是一年春来到，又将是一年一岁。变老是必然的，有些离开，是可以顺其自然的，就像我们告别了过去的一年。所谓告别，不过是目光的一次出走，一切都可以静止在生命走过来的甬道上。还记得那一杯喝得很慢很慢的玫瑰花茶吗？坐在时光的风中，往事被一滴滴稀释，烦事也一片片凋零。这个时候你还会想到什么呢？李白当年游峨眉山时，曾在山上的万年寺毗卢殿听广浚和尚弹琴，下山后写了首《听蜀僧浚弹琴》，其中有句："客心洗流水，余响入霜钟。"说的是人要有"洗流水"那样的静气，有了静气就会有"入霜钟"般的力量。静气若兰，力量在心。人生中总需要有生命的温度，就像水仙需要水，也需要一定的温度。然而人也和水仙一样，更需要一种平和与静气，才会自如地开放，直到自如地结束。

2014.1.9

牵 引

一个人的英气是从骨子里透出来的，它因此让人膜拜一生，这是章含之对乔冠华的感觉。爱是不能代替的，对于苦难的人生，即使是一块糖，给人带来的安慰是不容低估的，这是廖静文对徐悲鸿的感觉，因为她在徐悲鸿临终的口袋里摸到了还来不及送给自己的那块糖。我们听到过太多相似的爱情故事，但这个世界绝没有相同的爱。影片《东邪西毒》里有句台词："当你不能够再拥有的时候，你唯一可以做的就是令自己不要忘记。"廖氏和章氏都成了遗孀，并且都不是丈夫的原配，却能把爱看得如同生活不能替代一样。即使她们在人间单翅飞翔，也要把曾经有过的那种惊世骇俗的爱延续下去，恒久地享有春天。老，其实是一个长长的牵引。一个学者"与书俱老"，一位新郎"与子偕老"，他们都在释放出生命的全部力量。在目标、理想和爱情的牵引下，如果人心不是那么易变，如果世事不是那么无常，如果诱惑不是那么多样，我们的确是能够慢慢变老的。一个女人的幸福，在于知道自己曾经有过的感觉在哪里，因为那是她们人生一个美丽的牵引。就像章含之之于乔冠华，廖静文之于徐悲鸿，她们时时记住生命中那一个美丽的牵引。一个女人的幸运，在于寻找到自己的梦想之地，因为那是她们生命和情感的寄托。对于女人来说，梦想之地是她们的绝美之地、浪漫之地和知性之地。女人的一生，一半活在现实里，一半活在梦想中。活在现实时，她们被生活所牵引；活在梦想时，她们被情感所牵引。午后慵懒的阳光，常常是女人梦萦前生记忆的守望。女人是需要牵引的，需要情感和梦想的牵引，也需要道德和良心的牵引。但是牵引不只是牵挂和牵累，牵挂只是一种惦记，牵累只是一种依赖。女人需要的牵引是英气的一段凝视，是目光的一个抵达，是寻梦的一次远行。

2014.1.10

传　说

对于传说的东西，我一向不以为然，甚至对那些戏说历史和历史人物的东西不屑一顾。狄更斯《双城记》开篇说道："这是最好的时代，也是最坏的时代……人们在直上天堂，人们也在直下地狱。"历史也是这样，一会儿被抬上天，一会儿被骂入地，褒和贬似乎都在某些说客或演说家的嘴里晃动着、拿捏着。传说其实也是历史，它不需要去证明细节，也不需要用呆板的考据去求证。有一则关于乾隆的传说，说乾隆下江南时，看到江面上船来船往，不禁好奇："江上熙来攘往者为何？"陪伴一旁的纪晓岚应道："无非为名利二字。"这个传说无从查考，却生生反映了当时社会的一种现实。

我曾经在一篇文章里读到，晚清福州人中有个翻译家林纾，他翻译的《巴黎茶花女遗事》轰动一时，曾经深深打动了北京八大胡同的名妓谢蝶仙。谢蝶仙从林纾缠绵悱恻的译笔里想象他一定是个多情的种子，心想要是嫁给这种男人，也不枉来风月场走一遭。于是，她设法买通林纾家的使女，频繁送些小礼物比如咬了一口的柿饼或者醋鱼给林纾，借以示好。这样弄得林纾心神不定，他着实认真考虑了一番，最终还是婉言谢绝了。因为林纾此时已是耄耋之年，自觉依红偎翠只能是个遥远的残梦，勉强将这么一个残梦当成现实是要自生其扰的。这当然伤了谢蝶仙的心，一气之下胡乱嫁了个茶商，离开北京远走岭南，不久便郁郁而亡。尽管我们可以在这个凄艳的传说中挑出许多破绽，不过我的确愿意在这里看到另一个有些温情的林纾，因为他没有退出本来该有的活生生的生活。如果说，历史有许多不为人所知的暗角，那么传说便是盘旋在人们心中的另一种历史。历史无疑是庄严肃穆、矜持而古板的，许多历史人物千百年来都被冻结在历史著作之中，只有在传说中他们才真正活起来，比如他们遇事遇人遇情也会感动得花枝乱颤，还会发脾气、争风吃醋等等。历史，说穿了就是一座巨大的迷宫，谁都可以蚯蚓般在那里面穿行，捡拾一些奇闻逸事之类。然而传说毕竟是传说，从一种宏大叙事来说，它们无论如何是不能与巨大的历史对弈的。

2014. 1. 14

为什么远行

多年以前，我对"远行"这个词怀有极大的兴趣。远行是什么？远行就是出发。人的出发并没有太多的理由，或许只是些原先就有的隐秘的逃逸行为。不过，人类常常就在这时迷失了，迷失往往令人无可自拔地陷入一种孤独的魔阵。尽管你可以在列车的不断鸣响中踏上孤寂神秘的旅程，然而，几乎是同时，一个同样是神秘的追问出现了：为什么远行？对于这种追问，我可能不会有太明确的答案，但我依然有一种不易消弭的追问意识。我曾经在朋友黎晗的散文《夜里戴草帽的人》中悟到，人，往往有一种本能的追问意识。黎晗在追问他自己，同时也在追问着这个世界：为什么远行？这确乎是人类的一个古老的命题，它驾驭了许许多多的梦幻，并且具有了某种象征性的意味。列车在远行，车窗外的青山绿水究竟守望了多少个季节？车窗内那一张张陌生的面孔都似曾相识，这里面的确有着那些比"我"陷得更深的孤独的人。因此，"我们"都在一种"遗忘"中迅速调整各自的目光，就连那位对着全车厢的耳朵，说他在寻找一生中丢失的七分钟的老头，他的那个比"我"还要老四十年的梦，也许就要在这一次远行中被追回。于是，这又成了一种可能的远行，它在提供无数种可能的速度之中，牵引着多少重的欲望。风永远比你更快吗？作为远行中的"我"，在醉心于异乡的抵达的同时，也醉心于它之于"我"的生命瞬间的心灵皱褶。风，毕竟远去了。"我"依然关注着列车的速度，因为"我"必须向着那个不确定性的"那里"奔去，因为"我"需要品尝不断离开"这里"的神奇，因为"我"需要远行。这，大概就是一个远行人对于"为什么远行"这个命题的回答。

2014. 1. 15

一篇读罢

20 世纪 20 年代的一个夏天，奥地利心理学家荣格坐在一棵梨树下，怀着对东方哲学的兴趣，按照中国《变化》一书介绍的方法，做一个神秘的实验。他找不到蓍草，而是砍了一捆芦苇，"向那个谜进攻"。结果，包括对他的精神病患者的实验在内，都屡屡而言中。这是荣格在《人迹罕至的地方》这篇文章里提到的事。荣格引出了《变化》一书的译者威廉，认为是他把"这本东方最深刻的著作第一次以生动可懂的形式介绍到西方来"的。记得 20 世纪 90 年代，我在"20 世纪巨人随笔"丛书社会科学卷读到荣格的这篇文章时，被弄得一头雾水。荣格请教过中国哲学家胡适，被告知《变化》乃是一本"有年头的巫术魔法书"。于是，一篇读罢，我怀疑《变化》可能就是那本我们已经很熟悉的书。及至数年后，我在某报上读到一篇文章《人迹并非罕至的地方》，才知道《变化》原来就是《易经》。因为《易经》的英文书名被威廉译作《The Book of Changes》，难怪再译为汉语便成了《变化》；并且，书中将八卦的图案也译成"六边形状"了。在今天看来，对于《易经》的研究，确非"人迹罕至的地方"。荣格惊讶于《易经》的神奇，写了这篇《人迹罕至的地方》，本无可非议。问题是我们可爱的译者译了半天，也没有弄懂荣格说的是什么，从而真的把我们带到了一个"人迹罕至的地方"。毛泽东在《贺新郎·读史》中写道："一篇读罢头飞雪"，因读史而白头，何其多情！如今，这篇把《易经》当作《变化》的译文，要不是有那篇《人迹并非罕至的地方》的提醒，我怕真的也要"一篇读罢头飞雪"了。

2014. 1. 16

命

受《读者》里一则幽默的提示，查了汉语字典，果然发现，居然没有和"命"（去声）一个读音的字，原来命真的只有一条。再一看，也没有和"酩"（上声）一个读音的字。命只有一条，即使醉生梦死，也就一世，想来汉字真可谓博大精深。

人当然只有一世，无论活到多老，甚至是醉生梦死，都只有一条命而已。记得数年前读到一段文字：他的门前有两棵桐子树，刚要开花时，他出远门了。当他回来时，正是起风季节，一阵冷风袭来，被寒夜冻伤的桐子花，一朵一朵寂寞地随风飘落。一地白色，行行重行行，只是迷乱。他泡了一壶茶，坐在树下，望着慢慢西沉的落日。迟了，似乎什么都退了。轻轻地呷一口茶，对自己说，错过了美丽，不能再错过生活。眼前是铺天盖地的白色，铺天盖地的美，然而她们都零落了。其实，落英不是花的过错，而是人的错过。过错是心的迷失，错过是心的迟暮。当一切都太迟了的时候，也许对于什么都可以沉默。沉默是什么？沉默就是风景的语言，就像肖邦的玛祖卡，一串一串地在空气中敲响、燃烧，那种弹性的节奏让我感觉很遥远。沉静地泡上一壶茶，坐在那里，想想自己不过是一枚迟早要飘落的桐子花。花是地上成长起来的树的精灵，她一朵一朵地回到了地上；就像天上下来的雨，终究要回到天上去的。一切原来是那么安静，那么坦然。这时，即便有一丝凄美掠过，也会觉得内心有了一种高洁、一种淡远。曾经有一篇文章的题目很让人揪心："我怎么舍得再见你呢"。作者说的也是沉默。人没什么特别之处，命只有一条，活也只能一世，秋水寒还是秋水易，好像都是一种沉默。人，只要记住那一个你熟悉的背影就够了，因为背影才是你的风景，才是你曾经错过的那一声追寻。这个时候，就会有一句话在你眼前不停地闪烁，并且不断地明晰：秋水伊人，但秋水不会易人。

2014. 1. 17

无题江南

女儿念高中时，有次写作老师布置了一篇作文：读余秋雨的《江南小镇》。记得那天晚上她从我书架上抽走余秋雨的《文化苦旅》，就开始坐在她的书桌前。天亮醒来时，发现女儿的作文已经放在了我床头。我连读两遍，吁了口气，觉得文章写得的确不坏。她为这篇作文改了个题目："无题江南"。显然，她不太喜欢《江南小镇》这篇文章。江南在她眼里"太甜，也太俊了"。我对这句话琢磨、寻思了许久。《无题江南》被语文老师在两个班上念了。老师的评语中居然有"惊班骇段"四个字，令我感到意外。我想不出该对女儿说些什么。无疑，女儿的思想开始坚硬。我问她："你对江南怎么会有那种感觉？""江南为什么就只能是余秋雨的感觉？"我语塞。女儿有些早慧，却不特别用功。她的文章里会出现这样的句子："我的双手托着一片空白的思路"；"我甚至愿意站在悬崖边上，聆听狼对月亮的倾诉"。她还这样写道："我如同触摸着金色的阳光，仿佛看到了风的颜色"那样，去感受爱尔兰的音乐；音乐"决不是那种嘈杂不堪的东西，它需要倾听，甚至阅读。因为其中有着太多的内涵，以及只有在人生路上不断成长才能领悟的茫远"，"那一片属于我们自己的不可探究的净土，便是原始的未经雕琢和凿透的心中的圣地"。我知道，女儿有她独特的感悟力。于是，我想考她一下："什么样的散文是最好的？"她说："这……我说不清楚，也许是那种叫作感觉的东西。"我似乎不能多说什么。我想尽力保护她的感觉，一种真正属于她自己的感觉。的确，在写作方面，我无法"教"她什么；相反，倒是她"教"给我一种东西，一种她所说的"叫作感觉的东西"。

2014. 1. 23

梦想的意义

当我们在和蛇年的暮色吻别时，会有什么样的心理和情感倾注呢？仅仅是情感的怀旧，往往容易落入精神的没落。想想当年阿 Q 在家道中落以后，总是去回顾先前的体面日子，到那美好的记忆中去寻找慰藉。"我们先前——比你阔多了"，村野匹夫的这种以情感的怀旧作平衡的解嘲方式，只能表明一种对于落了架子的生活的怀想，但它终究是不值一提的。当然，这种怀旧心理或许可以让人对生活的真相看得更真切些。所以鲁迅才那样说：有谁从小康之家堕入困顿的吗？在这里他可以看到人世的真面目。马年是个什么样的年头呢？一个十分诱人的话题劈面而来。

在这里，我宁肯使用"梦想"而不使用"预言"这个字眼。因为预言往往会被证伪，而梦想本身作为一种期待心理，它所产生的无限的精神创造力直接参与了未来的历史，因此，梦想在更多的情形下具有相当的个人化，它所提供的某些未来的情景，常常被用来疏导或转移人们对于现实的焦虑。作家刘成章的散文《定边》里有个细节，一位瘦弱但却精神饱满的中年人和一位老汉下棋，正欲再开一局时，中年人站起身要走："你们谁先下，我就来。"说着就走了。不一会儿，那边来了辆架子车，车上载着一副棺材。有人问："给谁?""给他自己。""什么什么?""他害癌症了，知道活不了几天了。"那中年人跟着车，走得雄赳赳的。作家这样写道："他自己给自己买棺材。平平静静，乐乐呵呵，甚至也有几分潇洒，他去了，去买棺材，如给自己购置新房。"这就是乐天的定边，知天的定边，永生如天的定边。定边的中年人没有被病魔所压倒，相反，他以他的生气勃勃的灵魂去疏导和转移了自己的焦虑。从某种意义上说，这位定边的中年人同样有着他自己对于未来生活的梦想，尽管他可能只有几天的生命。梦想的意义，因此可见一斑。

2014. 1. 27

"不隔" 的奥秘

1997 年香港回归后两个月，我在香港北角金庸的寓所拜见了金庸，听他说武侠。当被问及先生是否会武功时，金庸笑了笑，摆摆手说不会。

"莫怪临风倍惆怅，欲将书剑学从军。"文人好武的现象自古而然。诸葛亮原本就是个书生；王守仁治哲学，也很会打仗；就连清末民初的志士谭嗣同，明明一介文人，竟也唱道："拔剑欲高歌，有几根侠骨，禁得揉搓。"由此看金庸，一个不会武功之人却会捉笔代刀，于文学天地里舞刀弄剑，叫人如痴如醉。借用《侠客行》里石破天得武功于文义之外书法之中的隐喻，这也是一种自出机杼的情调体验，即在生命体验中得到无法之法。于是金庸便能通于琴棋而见于刀斧，便能即俗说雅，便能以抒发原儒情怀为目的，塑造了一批阳侠阴儒的江湖英雄。金庸的洒脱全在于留一点灵犀于琴棋刀斧之间。所以，他在《笑傲江湖》中要设置鸣琴听曲的情节，在《天龙八部》中要以填词为回目，以诗兴笼罩全书。这显然是一种化武功为艺境的"意境"。金庸笔下的武侠颇有一副道法自然驭风而行的姿态，似武侠而非武侠。有人曾经指出过金庸写的武侠多不合格，倒更像是武士又非武士的"魔侠"堂·吉诃德。确实，除了陈家洛、袁承志之外，他的武侠多是不武之侠或不侠之武。《射雕英雄传》中的大英雄郭靖笨拙而可敬；《侠客行》中的"狗杂种"石破天愚而可爱；《鹿鼎记》中的主角无心学武，把皇宫当作妓院。更典型的还是《天龙八部》中的书呆子段誉，不肯学武，不知道自己身上有武功，知道了也不会用，时灵时不灵，与堂·吉诃德可谓殊途同归。金庸的作品大概只有

129

《书剑恩仇录》《碧血剑》符合武侠小说正轨。这种现象不仅是金庸"百花错拳"的特殊风格，而且是中国"武侠的文化"的一个缩影。所以说，金庸论武近乎说艺，妙在不即不离之间，成就了琴棋刀斧之道，这就是他的小说既大俗也大雅，于文人"不隔"的奥秘。

2014. 1. 28

王立根老师

　　王立根，福州三中语文特级教师，福建省语文学会会长，从事语文教学四十余载。2013年10月25日下午，我和他在鲤鱼洲宾馆聚首某个会议，以后互相加了微信。此公发微信颇勤，近来更甚。不时可以在微信里见到他的老帅哥风采：一顶风帽，一条围巾，身边簇拥着一群桃李，风展笑容，颇具一副弥勒相。十多年前听到此公如雷贯耳之大名，想带着在三中读高中的女儿登门造访，终因种种原因未能去成。心向往之，只是在几次会议上照了面。东北有个刘老根，福州此公亦被称为王老根。根老须多，嫡系及旁系弟子者众。马年春节，王老根喜为亲友及学生撰写嵌名对联，兹列举数对：为国銮先生撰"北国雪舞银蛇去，南銮春归骏马来"；为行俊先生撰"行云野鹤风华远，俊柏古松岁月新"；为美女学生玉洁撰"玉德金声寓于室，洁窗净几静无尘"；为胖妞隽怡撰"画里江山飞花隽翠，枝头梅鹊斗艳怡春"。别以为此公王老根就真的老了，年过七十，心态依然年轻，一副眼镜下的神目依然阅尽人间春色，照时下的话说，属于牙口还好的老帅哥。他在微信上转了一幅"出水芙蓉"的美女图，写道："若我白发苍苍，容颜迟暮，你会不会，依旧如此，牵我双手，倾世温柔。"文字之美，如莺语流喏，恍若初恋，令人不胜唏嘘，倘以此鸿雁传书，说不定又是一桩旷世之恋。他说"女人味是一种韵味"，这一定是悟道之人才可能有的悟世之语。此公喜书法，字体飘然俊逸，随意赋形，自成一格。末了，我突然想起，此公名叫"王立根"，立根立根，立根为王，这才是根本。正所谓"把根留住"，不惧"一剪梅（没）"，因为他有着极为坚挺的"语文之根"，方可成为闽地"语文之王"。

131

2014. 2. 5

心灵的指引

坐在书房里，眼前是一片诱人的热闹。目光从一个个书架逡巡过去，我知道有些书读起来是并不轻松的，比如海德格尔的《存在与时间》，记得当时翻了几页就读不下去，总觉得那面容过于整肃，神情也过于倨傲，只好将它搁在书架上，一搁便是数年。这样的情形出现多了，我便渐渐感觉到自己可能是缺少一种非常重要的品质。后来我才明白，这种品质叫作"心灵的指引"。

心灵的指引其实是一种"灵想"状态，但并非完全像恽南田说的"皆灵想之所独辟，总非人间所有"那样的神秘。灵想多少带有灵性的意思，并且还有些趣味。就像在西湖赏月，存"真赏"而不是"假看"于一种趣味里，待到人散灯稀，万籁俱寂，月磨新镜时，逐渐与以徘徊，往通声气，由"有我"之境进入"无我"之境。读书所要"悬置"的，往往是矫情的刻意，胶柱鼓瑟的咬文嚼字，以及先入为主的观念。倘若先存某种观念，即便你硬着头皮读完了一本书，那也不过是完成了"读"的行为，而不是对于书中世界的诗意倾听和心灵顿悟那样的深度体验。二十余年前我开始读《周易》时，一心想从那里面读出些文化意思来，结果揣着这个观念咬文嚼字了好长一段时间，书是读完了，眼前剩下的还是一片不知所云的文字符号。及至某个晚上，我随意地又抓起了这本书，想在入睡前读它几行。没想到这回竟一下子坠入一种天人合一的精神宇宙中去，我似乎在冥冥之中倾听到万物万象阴阳平衡的许多玄机。就这样不知不觉地把一本《周易》读到了将近曙明时分，我才觉得自己有点睡意，仿佛进入一种混混沌沌的境界，就像许达然在《芝加哥的毕加索》里所写的那样："微笑着你就再入混沌。"我感到心灵里有某种东西，指引我在《周易》的世界里，静观中国文化的转圜了。所以，我十分赞赏博尔赫斯在他的小说中给予人们的那种暗示："一种命运未必比另一种的好，而人，应当遵从心灵的指引。"

2014. 2. 5

第二辑

寂寞张爱玲

2007 年中秋节，余秋雨接到国外一家著名华文报纸打来的长途："余先生，您知道吗，张爱玲死了。一个人死在美国寓所，好几天了，刚发现在中秋节前夕。我们报纸准备以整版篇幅悼念她，其中安排了对您的电话采访。她的作品是以上海为根基的，因此请不要推托。"余秋雨说："这事来得突然，请让我想一想，半个小时以后回答你。"就在这半小时里，余秋雨想了很多。他想起北京一批学成归来的文学博士自发评选 20 世纪中国文学大师，张爱玲的名字排在很前面，引起了不少争议。张爱玲享受着一种超越年岁的热闹，而她还悄悄地活着，与这种热闹隔得很远。他还想到台湾皇冠版《张爱玲全集》衬页上的两段评述："只有张爱玲才可以同时承受灿烂夺目的喧闹及极度的孤寂"，因此"就是最豪华的人在张爱玲面前也会感到威胁，看出自己的寒碜"。于是他的灵感来了，拿起话筒说了这样一段话："她死得很寂寞，就像她活得很寂寞。但文学并不拒绝寂寞，是她告诉历史，20 世纪的中国文学还存在着不带多少火焦气的一角。正是在这一角中，一个远年的上海风韵永存。我并不了解她，但敢于断定，这些天她的灵魂飘浮太空的时候，第一站必定是上海。上海人应该抬起头来，迎送她。"这段话令我寻味了许久。我想，不论是过去已经读了张爱玲，还是当时正读着张爱玲的余秋雨，他的心灵一定是受到了那个远年的上海风韵的指引，那不仅是张爱玲的上海，而且更是充满文化人生和文化意味的上海。张爱玲直至垂暮之年，仍有寂寞身后事的感慨，旷世逸才的她在文学上的传奇就像她笔下的那些故事一样，繁华总在一梦中，是那种清醒的惆怅。她的文字与人生繁华全雕刻在那个世界里，从而把那个世界镂刻成岁月的浮影，自己却成了一个"民国世界的临水照花人"（胡兰成语）。夕阳垂暮，光影隐退，繁华成了余绪，胜景变为回忆，那个黑漆漆的夜一直在迂回着阵阵哀叹；一切都变得幽暗斑驳，只有遥望中的那点苍茫，似乎还昭示着胜景的某些余光。它，就是张爱玲的世界。

2014. 2. 9

陈章汉先生

这个家伙属猪，其实他不怎么会用微信。几个月前我们去永泰参评青云山文学奖时，王炳根兄当场教会他用微信发照片，结果他发了两张炳根兄和哈雷兄大啃永泰葱饼的照片之后，就再也没有在朋友圈里露脸了。一般情况下，他只会在微信里如同发手机短信那样发信息。他的儿子倒是个微信控，几乎每天都会往朋友圈里扔东西，当然主要的还是他这个猪爹的书法作品之类。这个猪爹就是陈章汉。春节前夕，我带着一班同事闯入他主阵的耕读书院，呼隆隆地请他刷春联，他一口气刷了满地，乐得我那班同事屁颠屁颠的。此君这两年赶时髦戴一盏帽子，大概是猪头鬃子已经为数不多了。不过，这顶帽子倒是为他增色不少，走在三坊七巷里，踱着方步，惹得数位年轻女性眼神迷离、精神恍惚。他不敢正眼环顾，赶紧提起猪蹄大步流星挪移，倏地闪进位于郎官巷的耕读书院里，一屁股栽在椅子上，"哼哼哼"地直喘几口大气。我和这个猪头相识也有三十多个年头，瞧那副玉树临风的样子，倒是在他身上找不到什么风流韵事的。20世纪90年代他出任福州市文联主席，我为他主编的杂志起名为《家园》。后来他从创作《闽都赋》开始，名声大振，不断地有新赋出炉。除作赋外，他亦喜创作对联。有这么两把拿手好戏，我干脆封给他一个"妇联（赋联）主席"的雅号，居然很快就声名远播。马年到了，身为猪头的他倒不为"马上"什么所动，安之若素，只是创作了一副颇具时代感的春联："春随中国梦，马踏宇宙风。"他在微信里写了这么一段话："猪不如马跑得快，但好歹还有四蹄，只是速度稍慢而已。慢又怎的？没听说猪失前蹄的。没人拍猪屁更是爽极，至少臀部

136

那片肉肉是完整的。"猪的宽广的心态可见一斑，每日照吃照喝照睡，管他身前身后什么犬马声色。前些天，我请他为朋友写个条幅："博学之，审问之，慎思之，明辨之，笃行之。"他大呼："五个'之'，考猪啊?!"我说非"考猪"也，乃"烤猪"乎。还好他已经不是什么乳猪了，一身老肥膘皮实，经得起"烤"。记得当年他考入福建师大中文系时，为兑现诺言，硬是从师大校门口连翻了三个筋斗进去。那时他虽已三十出头，只不过比乳猪成熟了一些，师大校门口那条砂石路生生地把他给"烤"了一回。他称我为"外星人"，却自称是一头可爱的"地球猪"，乐意接受我的"涮涮"，但愿从此以后，他也得在微信朋友圈里露脸了。善哉！

2014. 2. 10

高蹈之气

在欧洲游历数次，每一次读米开朗琪罗和罗丹的雕塑作品时，总觉得女性的乳房被他们处理得十分明朗，极尽赞美之意。乳房是太阳和月亮的化身，所谓阳光女孩和月光女神，都显示着女性的一种高蹈之气。高蹈是什么？高蹈乃是一种大气，洒脱不羁，远举飘逸。有个男孩为他所热恋的女孩写道："我无大爱，也无大恨，骨子里却全是傲气，我要栽一棵看守心灵月亮的树给你。"也许这是男孩的自负。然而这样就高蹈了吗？其实，真正的高蹈永远在内心。庄子栽树，是他的坚守姿态的象征，他栽下的是万世不倒的风骨。庄子其实是一棵寂寞地看守着月亮的树，他有着一种不可企及的妩媚，才使得月亮在茫茫黑夜里没有丢失。庄子的高蹈全在内心，所以他眼极冷，心肠极热，冷眼看穿的是忘情，热肠挂肚的是感慨；于不知不觉中而知觉，于不明不暗中而晦明。正所谓：出色源自本色。庄子的美往往让我们无所适从，于是我们就意识到自身的局限了。当我们面对庄子的高蹈之气时，不就能理解我们渺小的心智与有限的感官，为什么还不能接纳和消受天赐的过多福祉？同样，在米开朗琪罗和罗丹的雕塑作品面前，我们不也是怀有如此的内心感动吗？

138

女人的玫瑰

　　蒋巍曾经在网络发表了个小说《今夜我让你无眠》，出版时更名为《今夜艳如玫瑰》。小说记述了四个年轻女性面对大千世界所作出的选择。记得有家报纸引用该书的一句话："身在江湖，要学会和魔鬼握手，当然首先必须戴上手套。"这颇有意味。占代一位波斯诗人写道，在创世纪之初，真主把一朵玫瑰、一朵百合、一只鸽子、一条毒蛇、一点蜂蜜、一只苹果和一把黏土混在一起，结果他发现得到的混合物是一个女人。女人与玫瑰，原本就是这样一段无可捻断的宿缘。女人喜欢喝玫瑰花茶，而且可以喝得很慢很慢，在她们眼里，玫瑰能够把日子照亮，把精神照亮。多年前看过一部外国影片《闻香识女人》，无论浓香还是幽香，都是女人的风景。这大概就连鲁迅也没有想到，世界的后花园里竟然还有一棵枣树，正在发出她的幽香，透明得就像那个夜色酒吧里的玻璃杯。甚至，还有一双迷离的目光，在一片暗香浮动中穿越。透明的和迷离的，也许都是女人的渊薮；幽香透明，暗香迷离，人生如此妖娆，一切就像飘逸在阳光的夜里的影子，澹然而悠然。这，就是波斯诗人所形容的女人。但是，女人往往就迷失在透明和迷离上：一透明，女人就只能看出生命的本真，而未能最终走出这本真；一迷离，女人就只能读出男人的痴迷，却读不出男人最后的浪漫。在男人的记忆中，无论是闯入梦境的幽香，还是浮动心底的暗香，二者都是不寂寞的。对于血性男人来说，他们同样身在江湖，同样要和魔鬼握手，和女人的玫瑰握手，然而与女人不同的是，他们是绝不戴手套的。

2014. 2. 12

仕女图

我曾经为一本诗配画的《千古名媛》作过序。那么多历代名媛一下子聚拢了过来，置身于美人的矩阵，我有些目不暇接。翻开那些画面，一切都在波云诡谲中如同影子般轻盈地飘过。于是，我知道了什么叫作跃然纸上。微尘无垠，诗与画的奔驰和宣泄，让我想起苏东坡所说的："自乐于一时，聊寓其心。"我对神必清古、姣丽之容的仕女图并不陌生，那些画面为什么打动了我？——因为它们敲击了一个有趣的文化之谜：这些名媛在偌大的中国历史舞台上，扮演了多少明和暗的角色。然而，艺术的浪漫终将使得历史久久不肯退入黑暗，由此认定对女性美的追求是永恒而古老的话题。在这样一个意义区域里，我听到了历史的回声。作为中国传统绘画的分支之一，仕女画有着古老而绵长的历史。除南朝顾恺之的《女史箴图》外，北魏司马金龙墓出土的《列女图》，唐代周肪的《簪花仕女图》和张萱的《捣练图》等，都以工笔重彩的形式，以线条结构为基础的造型与空间处理，讲求笔墨技法，其浓淡、干湿、粗细转折的变化在人物造型画面营造中，显示出人类精神衍化的物象意义。雍容华贵、天姿卓绝，蛾眉凤眼、樱桃小口，高髻的簪花配饰，华丽而薄如蝉翼的纱衣，以及寂寞缱绻的神情，淡漠闲散的步态，采花、赏花、绣花、漫步抑或端坐，大概就是历代仕女的基本生活形态。的确，仕女图没有太多的象征和隐喻，不能试图从那里面找出什么微言大义。我只能说，仕女图既是视觉的，也是诗的。那些昨夜星辰扯出的昨夜风韵，明媚如水，犹如翻过一页页历史。我曾经在一篇文章里写道："历史永远是历史学家的历史，历史消融在艺术之中，便成为诗人的一声深情的感怀，抑或一声深沉的叹息。"仕女图正是把历史对象化为一种神采，一种自由的翱翔，一种浪漫主义的奔突。德国诗人里尔克说："真正的艺术家必须接住命运女神抛出的东西。"欣赏仕女图，从心所欲，默契而自洽，无疑是一种"冰上的月光从河床溢出"的浪漫境界。

2014. 2. 13

民间故事

小时候，曾经被中国四大民间故事——《牛郎织女》《孟姜女》《白蛇传》和《梁山伯与祝英台》所浸染。民间故事情节夸张，充满幻想，并且时常包含着超自然的、异想天开的成分。它们或大隐隐于市，怡然自得，气定神闲；或乱头粗服，烟火气十足，行于所当行。千百年来，民间故事一直逛荡或游弋在寻常百姓的日子里。曾经经历过这样一种情形：斜倚在沙发或床头，伸手抓出一本书，居然就是民间故事集。翻了几页，混混沌沌之际，渐渐地沉入其中，哪里允许想撤就撤？然后，呷一口茶掩门而去，像民间故事里的某个夜游神，背着手在坚硬的地面上沉沉踱出一种情绪来。这，大概就是民间故事给予我们的某种精神俘获。在当代，似乎少有人愿意向民间故事投去关注而温情的一瞥。然而，民间故事的生命力并没有如同这座城市里的某条巷子那样突然就消失了。像福州民间故事里林则徐吃冰激凌、林则徐讲官话、林则徐摆夜壶阵等，依旧成为市井的一种善意的谈资。民间故事与我们当代生活其实并没有猝然截断，向往真实、保护善良、追求美好，仍然是我们今天所需要的精神纵深。民间故事就是纸上的江湖或纸上的说书，它从来不爽约。捧一册这样的书，当然不能说你就捧了一册《葵花宝典》，准备去华山论剑或一剑封喉，那只能是"三杯吐然若，五岳倒为轻"的事。一箪食，一瓢饮，在踏踏实实的日子里，轻轻松松读几则这样的故事，也许你就会受用无穷。古希腊神话是充满智慧的，我们的民间故事同样是充满智慧的。智慧永远掩藏在故事的旧影里，似有涯随无涯，总是让人迎候一种我们需要的新知。一轮明月让我们看够了满目清辉，那么，就回到灯下读一读那些民间故事。故事里有的，也许生活里也有；生活里有的，也许故事里就有。穿行在民间故事和现实生活其间，我觉得就像西方寓言里那头面对着两堆稻草而不知所措的驴子，左顾右盼。我最终将得到什么样的启示呢？海永远比船大，民间故事永远生活在民间。

2014. 2. 22

错过的风景

周末早晨，随手从书架上抽出了一本书，是赵鑫珊的《科学·艺术·哲学断想》，里面还夹着数片已经发脆的树叶。将它们排列一起，端详了半天，才记起来是 1986 年夏天在北京香山参加一个学术讨论会的间隙采集的树叶。28 年过去了，我却从未拿出来细细欣赏过。我突然意识到，它们其实也是一瞥可爱的风景，也是挺浪漫的诗意，只是被我无端地错过了。我们的确错过了太多的东西。我曾经在厦门念了几年书，却一次也没有去过万石植物园，因为想着反正很近，以后再说。一个"以后再说"一晃 30 多年过去了，至今仍然是个阙如。我由此想起一篇小说里的某个人物说的，天空就在我们的头上，月光常常照在我们的窗沿，但是能够享受它们的人还不多呢。是太忙吧？那么，在双休日，我们难道就不能让心情在凝神的片刻，去享受身边的风景的恩赐吗？为什么非得到人头攒动的地方去挤一身臭汗不可？为什么就不能去欣赏一下门前那一条小巷，那一棵古榕，以及阳台上那一片花草？晚年的海德格尔一直待在一座小山上，只是为了倾听落叶的声音。他的那种闲静，带来了对存在意义的一种永恒的思索。海德格尔没有错过自然对于他的一种厚爱，没有错过生命中的风景对于他的一种问候。"二战"时一位被囚在集中营的女孩在日记里写道："天空还不曾定量分配，我很快乐。"这句话让我想了好久。是啊，我们怎么就错过看一看天空的机会。在休闲的日子，或者在案牍劳形之后，不妨走到阳台去看一看天。这时我们看到的，也许既不是屈子所问的历史的"天"，也不是荀子所讲的"列星随旋，日月递照"的自然的"天"，而是一种天人感应的刹那，一种生命情感的敞亮，一种遐想的奔驰，一种精神的漫游。学会休闲，学会欣赏身边的每一种风景，你就不会错过星星和月亮，也不会错过对大自然的每一丝感动。

2014. 2. 23

警惕读书

深夜捧一本书倚在床头，一直是我的乐事。我读书读得非常"野"，可以从《二十四史》读到《第二十二条军规》，甚至读了童话《小王子》。《二十四史》无疑是让人明智的书；而《第二十二条军规》则是一部深深刺痛我的灵魂的书。作家马原说，对这本书他"连一个字的胡说八道都不敢"。当然，我也读了一些看起来高贵、实则与作者的心灵状态大相径庭的书，从而惊觉自己的迷失。警惕"读书"这个话题，多半是由它们制造出来的。我曾经不止一次被梭罗的《瓦尔登湖》打动过，使我的某些浮躁的心绪变得宁静与平和。我之所以选择这本梭罗写于100多年前的并非望族的书，在于寻找一种灵魂的清澈。我所关注的，是梭罗在两年多的森林、湖畔和小木屋的生活中，对于生活的极简主义态度以及对人生的深刻体验。梭罗从外在世界返回内心世界的过程中，把时间锁在风里，把诗意驻足于眼前的沉静和明朗，穿越尘世的喧嚣，从而洗就一种瓦尔登湖般清澈的目光。这种感觉，一直到我在1996年读了《读书》杂志上程映红的文章，才明白瓦尔登湖原来被某种神话笼罩着。程文以充分的事实表明，由于梭罗在瓦尔登湖畔有了一些不名誉的劣迹，使得瓦尔登湖的神话在我们这一代读者心中破灭了。现在看来，梭罗的"隐居"不过是一个想要隐士的声名却又不想过真正隐士的生活所作出的一种矫情罢了，而不是纯粹为了某种超然的精神目的。像我这样容易患上先验性错误的现代读者，对于梭罗的崇拜以及对那个"隐居"故事的兴趣，使得我缺少一种对于矫情的警惕性。不过话说回来，《瓦尔登湖》与梭罗的真实心理历程的截然相反，这一点也恰恰无意地提醒了我们：作为一种文本，《瓦尔登湖》并不因为神话的破灭而影响了它对人生清醒的反思；并且，作为一篇杰出的英语散文，梭罗的那句后来一直被人们所记住的话："我来到这片树林是因为想过一种省察的生活，去面对人生最本质的问题。"无疑是一个具有启蒙性价值的出发点。所以说，瓦尔登湖是一个神话，一个具有理想意义的神话；梭罗是另一个神话，一个故作姿态的孤独者的神话。无论如何，它们将启示我们在读书中保持一种由书及人的警惕心理。

2014. 2. 24

门外谈酒

我不会饮酒。偶尔举觞小试，也只是为了应酬，沾唇而已。既不会饮，就压根儿没醉过。其实，"醉"里乾坤大。酒在中国历史上所产生的那些看似微妙实则不可估量的影响，史家们并没有忘掉这一笔。夏朝的最后一个皇帝夏桀和商朝的最后一个皇帝商纣，两个人都造了装酒的大池，整日价沉溺于"酒池肉林"，终于都把自己的国家给喝丢了。这正应了夏禹在戒酒之后说的一句话："后世必有以酒亡其国者。"因为酒而惹出的麻烦，甚至闹出战争来，此类事也不是没有的。楚国当时以大国自居，有一次竟向各国要酒，相当于我们今天的"摊派"。结果赵国偏不给酒，楚国就把赵国的京城给包围了。中国历史上不断有劝人戒酒的文献出现，《尚书》中的《酒诰》便是著名的一篇。尽管，把饮酒看得再严重，却丝毫没有减弱中国酒风之盛的习气，饮酒的心理毕竟被人类历史积淀下来，成为国人的一种身心体验。晋朝的刘伶骑着马，一边饮酒一边对身后扛着锄头的侍从说："死便埋我。"唐代的傅奕居然把自己的墓志铭写成："以醉死。"这两个豪气干云的"醉死派"，仅仅是中国古代众多醉鬼中的一种。"天垂酒星之耀，地列酒泉之郡"，孔融所说的"酒之为德，久矣"，把酒的伟大看成能够从中得到真理和存在，未免夸大了酒的作用。然而，酒还是酒，飞觞醉月也好，觥筹交错也罢，既然是一种民族性心理积淀，也是一种文化现象，酒大概是不会被湮没的。饮酒有饮酒的风度，有所节制便好。《菜根谭》里有句话："花看半开，酒饮微醺。"我想这才是一种陶然的境界，一种美妙的乐趣。辛弃疾在醉眼蒙眬中，看见了松树"只疑松动要来扶，以手推松曰：去"，便颇有一种状态的美。"何以解忧，唯有杜康"，这也是一句老话了。酒确乎能够起到暂时的心理平衡作用，能够产生一种介于事实与幻想之间的思想或艺术的创造力。李白的"斗酒诗百篇"，也许可作为我这一番门外谈酒的佐证。

2014. 2. 25

点　赞

　　一大清早，接到一哥们电话："老兄，赶紧起床点一个呀?""点什么?""我发了个微，你点个赞呀!"哦，我这才明白自己原来也是个"点赞党"，于是迷迷糊糊点了个"赞"，就又继续钻入被窝。上班刚到办公室，接到另一哥们电话："哥，你成心呀，我这两天正闹牙疼，受不了就发了个微，你点什么赞呀?"打开微信一看，坏了，点错地方了，赶紧赔个不是。待静下心来认真一想，这"点赞党"也不是可以乱点鸳鸯谱的，点好了不见得重重有赏，点错了吃不了就自己兜着走吧。"点赞党"大约可以根据心态的不同分为几类：一类是真心赞，你发了个微，朋友无论认真读了还是只看了个大概，点个赞，虽然不加评论，却似觥筹交错般"一切尽在不言中"。另一类是随手赞，看到了就点，任它内容是东西南北。经常是朋友的微信一出，不到一分钟之内，便赚到了数个"赞"，说实话，此类"赞"我也经常点。还有一类是往来赞，你赞了我一个，我也得礼尚往来地回一个。有次见到一位久违的朋友"赞"了我一下，我赶紧找出几个月前他的一条微信，重重地点了个"赞"，没想到那哥们回复了："你张果老倒骑驴，到我的故纸堆里寻找慰藉哈。"昨晚，看到在两所高校工作的一男一女两位博士朋友在发牢骚，男生说："最近家里的自来水有点咸，洗澡时花洒出来的水一股咸味。有谁遇到这情况的啊? 网上查了一下，说是枯水期海水倒灌，近 200 万人受影响。"女生说："我是不是该庆幸我们学校的多媒体从来都连不上网呢?"对此，是该点，还是不该点呢? 结果我都点了个"赞"，后来想想还是有些不太合适。"点赞党"是自由的、天马行空的，点与不点，我都觉得朋友圈里的都是我情深义重的"微"友。"微"友其实不微。

2014. 2. 26

祖　宗

　　读《阿Q正传》时，总觉得赵太爷有些过分，骂起阿Q来，是那样一副架势："你怎么会姓赵！——你那里配姓赵！"鲁迅没有写到阿Q的祖宗三代，当然更没有人去为阿Q考证先祖，是赵公元帅的赵，还是宋太祖的赵，尽管阿Q有着一股"先前阔"的自豪。多年前曾经出现过一个比赵太爷还要过分的现象，居然有人"考证"出周扬、周立波两位名人的祖宗就是三国人物周瑜，还有人居然"考证"出包玉刚的祖先乃是青天大老爷包拯。这种挖地三尺的"拉祖配"功夫，究竟于学术文化、于人类社会有多大用处呢？祖宗是个什么东西，我没有详细去考究。在大学念书时，跟着老师摇头晃脑念《国语》："商人禘舜而祖契，郊冥而宗汤"；读《礼记》："殷人禘喾而郊冥，祖契而宗汤"。这里面就有"祖宗"二字。听老师一解释，才明白这二句是时人祭祖时用的祭名。"祖"字从"示"从"且"，"宗"字从"宀"从"示"，这二字中均有"示"。根据姜亮夫先生的考证，"示"即"神"。这样，祖宗是作为受人祭祀的"室中之神"而出现的。按照我们民族的习俗，对祖宗是要尊敬的。每当逢年过节，焚香致缞，"祭尽其敬"，以祖先的功业、成就、道德来激励后人。这本是一件"知古鉴今"的好事，殊不知从什么时候起被当作一种要么炫耀要么骂倒的工具。说炫耀吧，即使文人雅士也不能免俗，屈原不是夸耀自己是"帝高阳之苗裔兮"吗？陶潜则为"悠悠我祖，爰自陶唐"而骄傲，李白干脆自称是"名飞青云上"飞将军李广的"苗裔"。说骂倒吧，索性刨祖坟三尺，把祖宗骂成"行同狗彘"。袁绍讨曹操，就历数曹操祖父、父亲之恶行劣迹；更有后人骂北洋军阀曹锟，把他和曹操联起来一起骂，以证明奸雄坏之有自。坏人自然是可以骂的，但如果莫名其妙地去殃及无辜的甚至是毫无关系的祖宗，那就大可不必，借用曹操的话说："但罪状孤可也，何乃辱及祖、父耶？"不管怎么说，祖宗毕竟为我们留下了那么多精神遗产和物质遗产，鄙夷祖宗，割断历史传统，于人类于社会都是不利的。

2014. 2. 28

论文答辩

这些年主持过不少的博士论文答辩，觉得大部分博士对答辩诚惶诚恐，甚至胆战心惊。这完全是我们的教育体制所造成的。说实在的，有时候我真希望有博士能够当面挑战答辩委员会成员。我想起历史上有一次很牛的论文答辩，就是答辩人一直在挑战答辩委员，直到被问的那些教授们紧张到恍惚以为自己才是答辩的博士。这个答辩人就是经济学家萨缪尔森。他的博士论文答辩结束后，答辩委员会成员之一的熊彼特（20世纪最伟大的经济学家之一）转过头问另一位成员里昂剔夫（诺贝尔经济学奖得主）："瓦西里，我们通过了吗？"还有一个例子，就是大哲学家维特根斯坦。维特根斯坦在还没有取得任何学位前，已经是世界著名的剑桥大学学术思想界的领军人物。维特根斯坦的学士论文，其实就是他跟他的老师、具有国际学术影响力的大人物剑桥大学的摩尔教授一起散步时的谈话录。在向剑桥申请学士学位时，因为行文不够规范，而被学校学位委员会拒绝，摩尔教授利用自己的学术地位再三为这个学生跑腿，才让他取得学位。维特根斯坦的博士论文《逻辑哲学导论》是在一次大战时，在军营里写成的，仅数万字。出版时找不到合适的出版社，因为当时没有人能够读懂他的这部天书。出版商找到他的老师罗素，罗素自告奋勇，成为这部书出版的策划人，并且自以为是地为这部书写了洋洋洒洒的序言。书终于出版了，结果遭到维特根斯坦的一顿痛骂，说罗素作为他的老师，根本就没读懂他的论文，在那里瞎写一气。罗素听了没有生气，也不后悔自己的行为，他知道天才的维特根斯坦本来就是那样的个性。维特根斯坦的剑桥博士论文答辩委员会成员是由三个国际学术大师组成的：罗素、摩尔和魏斯曼。三个人在答辩前一直漫无边际地讨论维特根斯坦的博士论文里的问题。时间很长了，还没有哪个人敢开口问维特根斯坦一个学术问题。这时罗素转向摩尔开口了："摩尔教授，你问他几个问题吧。"摩尔摊开双手表示还没有弄懂维特根斯坦的问题。这时维特根斯坦微笑走到摩尔和罗素面前，拍拍他们的肩膀说："不要担心，你们永远都弄不懂这些问题的。"论文答辩就以这样的方式通过并结束了。想想在今天的教育体制之下，我们的博士学位论文答辩，还能遇到如此牛乃至逆天的博士生吗？

2014. 3. 3

44 号

1969 年初秋，我进入"文革"复课闹革命后的仙游一所中学读初一。全班五十来号人，我的座位是 44 号，坐在教室后边靠走廊窗户的位置。第一节语文课，优雅的女老师在黑板上一次写一个字，随机抽出一位同学起身朗读。我心里惴惴不安，生怕被叫到 44 号，鸵鸟般将头埋在课桌上。"44 号同学！"啊，真的是 44 号！我战战兢兢地站了起来，却对黑板上老师写下的那个字发了半天呆，努力地睁开眼睛，一切像是跟我开了个天大的玩笑。"这个简陋的'陋'字你不会念吗？"我依旧沉默不语。全班同学齐刷刷把目光转向了我，课桌下面怎么就没有个洞让我钻进去呢？我这个小有名气的小学语文尖子，真的就栽到这个该死的"陋"字上面了？我不知道我是怎样挨完那一节课的。45 年过去了，"44 号"和那一个"陋"字，一直盘桓了我的大半辈子人生。

人活到了中年，才敢于触碰个人的心灵，反思性的自我意识突然萌醒，并且开始"关怀自身"。"水消失在水里"——这一足以让世界处于一种可被朗读的清晰节奏的诗句，让我想起 45 年前的那一幕：我能消失在哪儿呢？《读书》杂志有篇评论《江南》2011 年第五期盛可以那一部与保罗·策兰的诗同名的小说《死亡赋格》，说作品讲述的诗坛三剑客黑春之死、诗歌朗读者杞子之死和天鹅谷之死，说明水在水里消失了，而火在哪里消失了呢？作品描述一群"五〇后"作家面对自己最重要的成长阶段的精神创伤，充满了一种飘动的"黑"的颜色，在词语之间弥漫和沉淀，最后凝成一种坚硬的固体，崩掉了读者的牙齿。我由此想起 45 年前那个"44 号"，被一个"陋"字埋葬出一种远年的生命焦虑：那就是我的精神创伤。我究竟被一种什么样的东西刺伤了呢？为什么这么多年了，才让自己的身体和思想回到阳光之中。因此，我特别喜欢殷海光说的一句话："我们实在无力去揣摩包含了人类心灵的宇宙是怎样形成和为什么形成的。"

于是，直至今天，我才有勇气触碰自己，揭开当年使我少年心灵极为难堪的那一幕：并非我不认识那一个"陌"字，而完全是因为那个可怕的"44号"，让我坐在了教室的后排。由于先天的近视，我根本就看不清楚黑板上那个"陌"字。

记得那天晚上，我躲在被窝里独自抽泣，心里充满凄楚和悲凉。我从枕头下面抽出那本翻烂了的小说《林海雪原》，不知咋的，心里就涌起那一句土匪黑话："正晌午时说话，谁也没有家。"

2014.3.14

圈 子

几天没写短语，圈子里的朋友问我"去了哪儿"？其实我哪都没去，就待在这里，待在朋友圈里。"失联"是暂时的，南太平洋依然在我遥远之处。朋友圈多好，一堆羊毛，一地鸡毛，无须飞上天，上天也许真的容易"失联"，入地似乎也不太靠谱。那么，就静静地"蜗居"在朋友圈里，听一班朋友抱着马桶大骂"狗日的"，也觉得颇为有趣。在我的感觉里，圈子是一个有意思的社区，一群有意思的朋友，说着有意思的话，点了许多有意思的"赞"，这大概就是这个有意思的圈子的魅力。朋友圈颠覆了现代的许多生活方式。说到圈子，我想起丰子恺在20世纪40年代写过一篇文章，说在从上海到南京的火车上，他对面坐着一位陌生人，很热情，问他贵姓。丰子恺说"姓丰"。"什么丰？""五谷丰登的丰。"那人一个劲摇头。丰子恺又说"丰收的丰"。那人还是摇头。丰子恺只好用手指蘸着茶水，在茶几上写了个大大的繁体的"丰"字。那人一看，一拍大腿："你不早说，这不就是汇丰银行的丰字嘛！"丰子恺听了直摇头：真是什么圈子出什么人！不久前，我请一位书法家为我一年轻朋友写了"风华岁月"四字，"华"和"岁"都写成了繁体。那朋友大概只认得"风月"俩字，便对着横幅脱口而出："风花雪月"，还说得特别流畅，众人不禁哑然失笑。我想大概可以看出这家伙是个什么圈子里的人。圈子有圈子的游戏规则，当然不一定"不是冤家不聚头"，而恰恰是物以类聚、人以群分的某种约定俗成的行为规范。在这样的朋友圈里，我必定是不会"失联"的。当那架"失联"飞机成为一种"天机"时，它的可泄露还是不可泄露，依然是任何一个朋友圈所关注的

157

焦点。因为人命关天，活着就是个大道理。朋友圈，就聚集着一群快乐地活着的有意思的朋友。

2014. 3. 20

158

人　物

　　数年前，电视台一女编导在做"人物"节目时，问我：为什么有"人物"一词？为何在"人"后面又加上"物"这个字呢？我查阅了一些资料后才敢回答她：人、物一般是一起使用的，"物"在这里只是作为"人"的配词，意即把人作为一个活的物种或物类。《后汉书》最早使用"人物"一词，有"乡党人物""剽略人物"等称。其实，任何的解释都是蹩脚的。世间每诞生一件物事，同时便诞生一道边界，一个词语的诞生自有它的解释的边界，但这种边界有时是模糊不定的。在弘一法师那里，一个"苦"字，开始是认识，后来是喜欢，随着他的修行，这个"苦"字便日渐一日地庄严枯寂。"苦"字从有边界到模糊了边界，再到日渐一日地拜服于我佛的广大无边，最终消弭了边界。词语的解释和应用本来就随着时间的推移而有所变化，对于"人物"一词，纵然有万般历史经过了它，磨洗了它，它照样是要被一代又一代的理念所制约的。有人曾经问作家刘震云："别人写大人物，为什么你写的都是小人物？"刘震云回答："我写的小人物其实才是大人物。我只不过是把被弄颠倒了的大人物和小人物的概念再颠倒过来，让它恢复正常。"人物被分为大小，从历史沿袭至今，不过是世俗观念的产物。谁大谁小？由谁说了算？这些都是政治问题。在刘震云看来，农民就不一定会去关心谁是大人物谁是小人物的问题，因为对于一个农民来说，家里的豆腐快馊了比八国集团开会还重要；如果拿今天来说，它也比乌克兰被俄罗斯给办了还重要。一个农民会去关心马航失联飞机，但是他关心的是机上的人，而不是机上的什么"人物"。所以，人是第一重要的，没有了人，谈何"人物"？

2014. 3. 21

"我"和"我们"

几天前，在微信写了一则关于"44"和"陋"字的短语。其实，"44"并没有什么不好。1925 年 6 月 17 日，鲁迅在北京阜成门内西三条 21 号的"老虎尾巴"里，对着院子那两棵"铁似的直刺着奇怪而高的天空"的凄凉和孤傲的枣树，写下了这样的句子："待我成尘时，你将见我的微笑！"那一年鲁迅正好四十四岁。他以"我"的名义，以一篇《墓碣文》，想"搅得周天寒彻"。这里的"我"，也许是针对"我们"而言。那么，"我"是什么？"我们"又是什么？

记忆中的柏林。一座法国教堂的墓地拐角处，并排着费希特和他的批判者黑格尔的两块墓碑。把两个对立面的墓碑并置，意味着"承认"与"被承认"的两种哲学。费希特说：我是我！黑格尔说：不，我们是我！其实，是"我们"命名着黑格尔，因为他的庞大的哲学体系远远超越了费希特。费希特的"我"是绝对的自我，而在黑格尔看来，"被承认"就是"承认"它是"承认"的一种欲望表达。

多少年后的中国士大夫梁启超，他在北京卧佛寺附近的墓园，妻妾围绕着他的"自我"而列，宁静致远，触目和谐。在这里，你找不到哲学的"颠倒"，也找不出所谓的"承认"与"被承认"。所以，梁启超的"我"就是"我们"。

我是我。我们是我。我是我们。这三个命题对于我们来说，都是一种共同的悖论。我突然想起了王小波，一个纯粹的自由主义者。他说过："中国若有真正的自由主义者，当从我辈开始。"王小波一直想做云南那只奋力从安逸的猪圈出走、重回山林的"特立独行的猪"："除了这只猪，还没见过谁敢于如此无视对生活的设置。"但是，王小波最终还是没能摆脱生活的那些设置。正是这样，我在他的作品里找到了关于"我是我、我们是我、我是我们"的三个元素：智慧、性爱、乐趣。

王小波说，智慧是一个人活在世上充分享受人的自尊的基础，它就是"我是我"；性是一切美好的来源，因为性爱是两个人的事，只有在两个人合二为一的美妙情景之下，才可能充分体验到一切美好的源泉，这就是"我们是我"；而趣味是感觉这个世界美好的前提，它由"我"创造，而让所有人共同享受，共同感受到这个世界的美好，它所表达的就是"我是我们"。

所以，"44"就是"44"，不能拘泥过盛，无论在"我"看来，还是在"我们"看来。

2014. 3. 25

牧羊的小孩

　　看到一张照片：一个四五岁的光身小孩站在山坡上，放牧一群羊。小孩的形象在人们眼里是高大还是渺小呢？其实，任何的高大和渺小都只是相对的。对于一座城市的感觉也是如此。福州多山，我时常站在这座城市的某个角落，打量着一座座山峦，想象着它们的蠕动起伏。这座城市的规模已经被山所限定，是山在探头垂顾城市，还是城市在享用山呢？"相看两不厌"——山的庞大身躯可以被人的双眼强行吞噬，乃至它们的每一个神秘和深邃的局部。但福州本质上并不是一座野性十足的城市，她不嚣张和狂妄，就像三山那样静静地匍匐在那里。山的形象往往决定了一座城市的品格，所以福州不够"狼"，福州人也不够"狼"。在我的感觉里，很"狼"的山在北方，很"狼"的城市也几乎是在北方。那么，你能据此认为福州很渺小吗？由此，我想到了人。一个人的高大不在于他所处的位置，而在于他的人格、胸襟和修养。有一位著名画家画了一座山峰，画面上，山顶有个人往下看，山下有个人也往上看，两个人大小是一样的。这位画家年轻时曾经提了自己的作品到城市请一位自己敬仰的画家指点，那画家连年轻人的画作都没打开，就推托说自己有事让年轻人离开。年轻人走到门口，转过身对画家说："老师，你现在站在山顶，往下看我这个无名小卒，把我看得很渺小；其实你应该知道，我在山下往上看你，你也同样渺小。"这话让那位画家惊了一下。年轻人后来通过自己的努力，终于成长为一位著名画家。由于年轻时的那一次经历，他对慕名登门求教的青年画家总是极其耐心地指点。我们不能想象一座城市没有山，因为山对城市人来说就是一个目送；同样，我们也不能想象一个人没有人格，因为人格对人来说就是一种正能量。两天前，一位女博士在微信里怀念她的母亲："小时候要妈妈抱，已忘记因为什么妈妈那时不能抱。妈妈说，妈妈不能弯腰，你站在凳子上，妈妈就能抱你了。至今想起来都泪流满面。"站在凳子上的小女孩看着艰难地抱起自己的妈妈，她能想象眼前站着的就是一座高山吗？而妈妈也并没有把自己看成多么伟大，除了母爱，她的胸襟里还要装进什么呢？所以，有时候认真一想，就做一个牧羊的小孩，其实挺好。

2014. 3. 26

看 客

昨日，愚人节前一天，国内几乎所有的大众传媒都被演艺圈一对男女的八卦占据了焦点，被愚弄了一回。真不知道这个马年的头两个月竟是如此地令人沮丧。有一对对联为此这样戏谑道："马云马航马伊莉，失意失联失文章"，横批："且行且珍惜"。曾经有句口头禅："很傻很天真"，它是不是可以作为这一"绯闻"或"事件"的注脚呢？鲁迅在《药》中描摹的"看客"纷纷登场，有包公接状纸式的正义者，有吐两口唾沫解一解怨气的同病相怜者，还有以拯救者的角色去安慰"秦香莲"，为之加油打气，喊两声不哭，可见国人实在是喜欢看热闹的。2010 年 8 月，辽宁鞍山一位五十多岁的男子站在一座高楼上准备轻生。"老少爷们儿，我活得累啊，我要跳下去！"他的自白一次又一次引来了楼下的起哄者。"昭仓不是跳下去了吗，堂塔也跳下去了，就差你啦！"日本电影《追捕》里的这段台词生生地被用来刺激轻生者。这位男子在此起彼伏的喊叫声中向营救人员作了个揖，然后背过身去，猛喝了一口白酒，纵身跳下，最终不治身亡。有一种谋杀就叫"围观"。在"围观"的"看客"看来，八卦总要比吃饭饭、睡觉觉更为有趣。鲁迅指出，俄国人杀中国人时的"看客"，他们在等杀头的那一瞬间的快感，而这些看客今天依然存在。想一想，当代演艺圈、娱乐圈难道还少那些八卦破事？"金陵十三钗"正"十面埋伏"，照样"大红灯笼高高挂"，并且是"一个都不能少"。"秋菊打官司"算得了什么！我是谁？我是"满城尽带黄金甲"的"英雄"！当把这些破事看开了，也就那么回事。记得《甄嬛传》播出后，有人就写道：在后宫，上床就是上班。后宫原来那么乱，每个人心里都有一个"你"在垂帘听政。所以说，女人，要么忍，要么就残忍，没有他路。如今轮到那个试图"且行且珍惜"的马某星，她能作何"行"作何"珍惜"？而作为我们，又何必去凑这种"热闹"呢？

2014. 4. 1

哲学的批判

复旦大学教授张汝伦最近在上海有个演讲："哲学的意义和批判的价值"，谈到哲学的批判让我们始终保持一种反思意识。哲学究竟有没有用？张教授说得很直接：哲学没有用。为什么呢？哲学不过是为人提供了一种批判性。不要把哲学看得过于神秘，现在就连小区的保安都可能问你看起来很哲学的问题："你是谁？你从哪儿来？你到哪里去？"这三个问题，是从古到今、从东方到西方的所有哲学家要回答的问题。要回答"我是谁"，就要先回答一下我希望什么。一位女生说自己的希望是得到高薪和名车。但是，她把希望和希望的对象混淆了。希望是人对自己的期许，你可以获得，也可以放弃。法国哲学家萨特获得了诺贝尔奖却拒绝领受，说自己拒绝一切官方奖励。他说人和裁纸刀不一样，人可以改变自己，裁纸刀不可。所以张汝伦教授说：人就是一种可能性。我同意这个说法。人如果没有了可能性，就不可能去改变自己，就会被某种枷锁牢牢拴住。因为现实生活的诱惑力依然强大。尼采二十几岁当了正教授，觉得自己不适合大学的体制，三十几岁就辞掉了。他后悔吗？后悔。因为现实生活的困窘最终还是逼迫了他。然而，他无疑是真实的。不久前，著名历史学家、华中师范大学老校长章开沅主动请辞"资深教授"头衔，在国内学界和教育界引起了震动。他说："不当这个资深教授，更多的是希望对打破学术头衔终身制有点推动作用，否则大学没有希望。"章老校长真正发挥了自己最大的可能性：请辞了，而且没有任何的后悔。这也是他的真实。他以自身的真实性批判了当代所谓的大学价值观念，保持了自己的反思意识。一位历史学家所具有的哲学气度，是许多所谓的哲学家所没有的。20 世纪 80 年代，张汝伦教授在德国访学时，看到一位老太太拄着双拐到学校听哲学课，她并不是为了评职称拿学位，而是为了追求真理。这同样是一个人的真实的可能性。中国和德国的物质差距也许 20 年可以解决，但这样的精神差距没有 200 年时间是解决不了的。所以，懂点哲学的批判性，对于我们今天发挥人的可能性是有意义的。

2014. 4. 3

柏拉图在谷歌总部

　　美国小说家和哲学家瑞贝卡·戈德斯坦写了本有趣的书《柏拉图在谷歌总部》，书中虚构了柏拉图出现在谷歌总部的情节。作者借由此书把我们带回到古希腊，试图探讨柏拉图的著作给现代人有关生命意义、知识和事实、头脑和智力等的启发。柏拉图在一个新闻现场接受质询，有人对他说："人家说你是一位哲学大家，但是我对哲学家并不以为然。"柏拉图冷冷回应道："很多人都不以为然。人们对哲学家的反应不一而足，有钦佩的，有戏谑的，也有批评的。有些人认为哲学家毫无价值，但有些人认为哲学家是这世间的一切。哲学家有时给人的印象是他们完全疯了。"疯了就是疯癫，疯癫就是颠倒。哲学有时候就是"颠倒"。它可以颠倒一个固有的秩序，也可以颠倒一片隐秘的快感。《诗经·国风·东方未明》："东方未明，颠倒衣裳，颠之倒之，自公召之。"这种颠倒的"快感"近乎手舞足蹈。同样是颠倒，孔子临狄水而歌就显得含蓄多了："狄水衍兮风扬波，船楫颠倒更相加。"其实，哲学还是哲学，颠倒意味着自由。一切白云苍狗，都在说明笛卡尔的那一句话——"我思故我在"。2011 年底的一个傍晚，我在巴黎塞纳河边游荡。夕阳的余晖在街树的缝隙间挣扎，对岸的埃菲尔铁塔高耸入云，我独自走上诗人保罗·策兰 41 年前跳下去的米拉波桥，觉得有历史的浮尘散落心头。一群荷枪的法国警察突然包围住一群游行示威的黑人，我从他们身边擦肩而过。一位东方女孩迎面走来，用中文对我说："还不赶紧走开！"我问："是留学生吗?"她点了点头。我再问她："那些黑人用法语喊什么?"她说："他们在喊'我们'。"

168

"我们"？这是一群伯格曼的幽灵吗？伯格曼这位幽灵弥漫的电影大师，他毕生的全部兴趣在于用镜像、木偶和语言创造出"魔灯"似的"颠倒"世界，魅影憧憧，然而魅力无穷。眼前这一群伯格曼幽灵般的黑人，让"我"的思绪在另一处"颠倒"了。我突然想到，笛卡尔的同时代人帕斯卡曾经把"我思故我在"发挥到了极致，写下一句著名的谶语："人类必然会疯癫到这种地步，即不疯癫也只是另一种形式的疯癫。"300年后，这句谶语被福柯写在了他的《论疯癫》一书扉页上。多少年来，我们确信一种"把颠倒的历史再颠倒过来"的革命伦理，但是我们丢失了作为"颠倒"或"疯癫"的隐秘快感。颠倒可以修饰尘心，狂歌可以笑对禅寂。白足行花，黄囊贮酒，无论东方未明还是东方既明，都是一种"觉"和"悟"，就像曙色熹微，金光浩荡，光斑在溪涧跳跃那样的自然贴切。谷歌时代的柏拉图，难道不是我们现在所需要的精神皈依吗？

169

2014.4.4

暂　此

　　突然想起"暂此"这个词。这是个普通的词，曾经不自觉地用过。唐代马戴有首诗《山中寄姚合员外》，其中有一句："敢招仙署客，暂此拂朝衣。"这个词也入了诗，便颇觉有趣。认真一想，人生往往会有一些停顿，或可称为逗号。暂此，就是一个逗号，既不表示终结，也不止于沸腾。多年前，一位年轻记者为追求一位漂亮的空姐，不失时机地等候她的航班，一个月里搭乘了多趟她的航程。最后，空姐给他的短信只有两个字："暂此。"他跑到我家里大哭一场。我告诉他五个字："暂此，不覆辙。"他一时没背过气去，因为我当时确实想不出什么语言安慰他。抚慰人家情感方面的事，历来非我之所长。我只是觉得，不要妄想你的痴情能够猜透一个人，能够让对方感动。人心其实是最没有底线也是最深不可测的，你可以矫情，可以生气，可以狂水狂我，但失意后的惊魂，如果不能静，不能止，不能自已，那就是身如漏、心如焚，即便有云月流水往来，也会觉得心有隙，处处沧海不是水，一切都变得太沉太重。尘世间实在是有着太多的不老劫，让你如履薄冰，踏入幻梦。这种情形，就像一位诗人所写的："你在来的路上，我在死的途中。"落幕无论是措手不及还是错过太多，都将成为命中所定的无可弥合。《康熙王朝》里，噶尔丹的妻子蓝齐儿在丈夫和皇阿玛恶战后的战场上，再次见到了十几年前在福建省亲时就一见倾心的李光地。蓝齐儿淡淡地道出一句问候：

　　"光地，你好吗？""回蓝齐儿格格，臣很好。"在蓝齐儿心目中，李光地依然是自己的所爱。这一对同样属兔的有情人终不能成为眷属，于是，在得知自己即将远嫁噶尔丹和亲时，蓝齐儿亲手摔碎了心爱的玉兔。电视剧的描述有一定的想象空间，然而不管怎样，蓝齐儿是一位为爱情而遗憾的女人。作为皇帝的女儿，在爱情上不会有较之凡人更大的自由，对她来说，有情人终成眷属不过是一种虚幻的愿望；即便是地老天荒、沧海桑田的铮铮誓言，也只是一种传说的幻影。爱海能够无休止地滔滔吗？江湖能够永远地相忘吗？生命中不可避免的哀伤，就是"错过"二字。张爱玲说她的"错过"是"因为懂得"，正是如此，才有她的那些寂寞身后事的感慨，也才有她的《半生缘》里世均和曼贞的阴差阳错。错过就错过了，让情感"暂此"一下，也许会看得更透彻些。什么叫作"一声叹息"？说到底就是那种擦肩而过而又充满酸涩的疼痛遭遇。情爱如此，识人亦是如此。

2014. 4. 8

乳房的隐喻

多年前，曾经叹服于一句广告语的创意："做女人挺好。"真的都挺好吗？及至读了毕淑敏的小说《拯救乳房》，发出了一声叹息。后来，又看到西西的小说《哀悼乳房》，便觉得太沉重。一个女人，在游泳池的更衣间，还在思量着什么样的泳衣更能显身材时，就摸到了胸前一个硬块，"只花生米大小而已"，生活进程于是改变了。女人身体的麻烦从来都不是小麻烦，疾病往往裹挟着隐忍的心事，从而让许多女人都怕了。西西则不同，她以沉着的笔触，如实描绘了发生在女人身上的这一锐痛。那苦涩的药水味，伴着柳叶刀的寒光，真的能够帮助女性读者消除疾病的隐喻吗？小说实际上是在表达生命意义的重生，喻示着身体与精神的自我疗救。惊人的镇定，接着是惊人的疏离，这就是《哀悼乳房》要告诉人们的：疾病是人生的隐喻。作为生命的身体，在更多的时候，女性能够懂得自己是在为生命经历着人生的种种吗？失去的锐痛，能够化为人生的体悟吗？西西是一位1938 年出生的作家，叙事有一种老派的稳当与老练，以及对于生命的彻悟与明达。她如同陈染曾经描述过的尤瑟纳尔："所有属于女人特有的惊慌忐忑，忧愁迷惘，歇斯底里与非理性，在她那博大深沉、沧桑睿智的胸怀里包容得处乱不惊，滴水不漏。"这，也许就是女人修炼的方向。人类并非从不言败，人类也从不回避失败的行为，做人包括做女人同样如此，无论是自然的还是非自然的。1986 年 1 月 28日，美国"挑战者号"航天飞机升空 73 秒后爆炸，上海诗人王小龙写了一首诗《纪念航天飞机挑战者号》，其中写道："天空晴朗以后天空中闪闪亮亮/布满骨肉碎屑铝片尖锐的声音/没消化完的早餐三明治/……（麦考利夫）你迷人的胸罩被炸得粉碎！/……而我要去发起一场巨大的庆典/庆祝人类又一次失败的纪录……"一个中国的诗人，因国外的一场意外灾难而有了一种真实而具超越性的反应，他不仅想到了整个人类，而且想到了宇航员刚吃到胃里的早餐，甚至想到了女教师麦考利夫的乳房。粉碎的乳房于是成为人类失败的隐喻。这种感叹甚至庆祝人类的失败，比起"拯救"和"哀悼"乳房，更让人有一种挽歌式的悲怆。疾病是人的隐喻，灾难是人类的隐喻，这种无意识的痛苦，无论化为一庭愁雨，还是半树梨花，都是一场永恒的休止。红烛终究会泯灭，罗帷不会掩映悲伤，人以及人类所要面对的，还是那种知命达天的认命态度。这让人想起北宋周邦彦在秦楼楚馆幽会李师师时撞见皇帝前来狎妓而匿伏床下，遂写下了那阕著名的《少年游》："城上已三更。马滑霜浓，不如休去，直是少人行。"该发生的自然会发生，躲终究是躲不掉的。

2014. 4. 10

今晚喝茶了吗

1985 年 1 月，法国文学研究专家郭宏安在巴黎拜访了 75 岁的法国作家于连·格拉克，格拉克对他说的一句话一直让他记忆犹新："当今的法国作家见面不再谈作品了，而是问'昨晚的电视看了吗？'"不谈作品，那谈什么呢？这对于我们，似乎也是个问题。昨晚正一边泡茶一边想着，一朋友电话来了："今晚喝茶了吗？"于是就恍然大悟：原来这就是当下我们要谈论的话题。说实在的，如今有关喝茶的话题的确有很多了，但我更关注的是对于喝茶的无关任何宏大的叙事。前两天，看到一位儿科大夫在微信里描述品茶的细节，我忍不住要援引几句："一泡高火水仙，火气锁喉，三两水作罢。""再一泡足火水仙，极味鲜滋，顿觉清明而振振，只是味蕾的涩觉却也无法尽除。""茶活起来，叶底略略回青，一息清甜在，一丝焦火之气亦在；饶是有岁月的茶却也化不开舌上的粗糙，终归是外山茶吗，除却清甜可取，别无茶韵可究？"说的是岩茶，字里行间无不缭绕着深有意味的岩韵。我一直觉得，时人喝茶，倘不是牛饮，便多多少少会在"品"中泛出一丝丝"活"起来的感觉。无论是"火气锁喉"，还是"顿觉清明而振振"，都是一种跃动的语言能量，它们和茶一起释放，尤其在某个深沉的暗夜，语言的狂欢一下子就能让思想的时空显得敞亮。每每在夜晚品茶，我都会觉得茶色与夜色的相间，无疑是在推开一扇自我的精神暗夜之门。这种感觉，让我想起了阎连科的作品。他的语言习惯不是悬壶高冲，一注长泄，而是大量运用短句，限制修辞的滥用，如同"茶活起来"，但不随意飘浮，不让纸面堆满闲语。他的小说《四书》迎面就是这样一句："大地和脚，回来了。"

精炼得令人无法撕裂。接下来写道："秋天之后，旷得很，地野铺平，混荡着，人在地上渺小。"作家的语言挣扎让我感到了一种无词的言语，恍若岩茶的茶汤，有彻骨的岩韵在其间挣扎的浓浓痕迹，而且不停地闪烁着。

2014. 4. 14

执　笔

在不久前的一次博士生面试之后，我把桌上的水笔都收入囊中，其他老师感到很诧异：现在还要那么多笔干什么？说实在的，我使用电脑也有近二十个年头了，但是始终没有把笔扔掉，无论做会议记录，还是平常的生活笔记，我都离不开笔。"好记性不如烂笔杆"，多少年来我一直记住这句话。笔，是我一生中最重要的物件之一。虽然我现在并非"纯手工写作"，但是对于笔的这一份坚守，肯定是我的一种必要的生命状态。上小学时，爷爷带我去报名之后，为我买了第一把钢笔。从此，我就觉得自己的一生注定要和笔杆子结下不解之缘。迄今为止，我不知道自己用了多少把笔，用笔写下了多少万的文字。那年写《艺术感觉论》时，因为脚受伤，只能坐在床上动笔。笔在纸上轻轻画过的"笔触"的感觉，以及写满一页稿纸翻过去的响动，都让我产生一种不可名状的满足感。那时正值夏天，没有空调，才两周岁多的女儿不时递一条湿毛巾为我擦汗，还帮我给钢笔吸墨水。这是我至今没有忘却的感动。女儿长大后，我让她每天临摹描红本一百个字，结果没有坚持下来。有一次看到她的作文，字迹潦草，我形容她的字歪歪扭扭地像北方旱地里的蝗虫。她说：以后用电脑就不用写字了。我有些失落。其实我是在为笔感到失落。我是个握笔之人，我不能忘情我的笔杆。为什么稀罕笔呢？因为笔总是在我的书桌上，它不会消失。笔是极其守信的，它没有对我失约过。即便整个世界都在键盘的滴嗒声中沉入词语，笔依然静静地躺在那里，或者握在我的手中。我从此体会到了"执笔"一词的分量。尽管当今电脑写作进入到一个空前的时代，"执笔者"这个词也还没有被"键盘手"或"键人"所取代。"执笔"对我来说不只是释放快感，而且是我寻找使我心灵荡漾的舟楫。闲的时候，我会抓一把笔在纸上随意写下几个字，那种书写时的灵气常常像如水的气韵那样腾地涌了上来，自如、从容而不凝滞。什么是行云流水？我想这就是。在时空的穿越中，以笔为杖，随缘忘机，无所羁绊。当我在电脑稿子或者在赠给朋友的书的扉页上，用笔郑重地签上我的名字的时候，我顿时感到自身的魂魄具有了生命的分量。

第二辑

2014.4.15

177

讲　究

一个人通常会有一些讲究之处。我这人大概除了自己的文章外，是不太会讲究什么的。甚至，连讲究繁文缛节的茶道，虽然不是牛饮，有时却也喝得极其潦草。讲究肯定包含了种种的细心和周到，而且需要一定的时间去经营。人生扰扰，还有什么是不需要讲究的？时下许多电视剧里，进入豪宅的人基本上是不脱鞋子的，不知道这些豪宅的主人为什么就不会去讲究这些。20世纪80年代，家里是水泥贴地，一进家门穿着鞋子就长驱直入。后来刷上了水泥漆，开始脱鞋子进屋，老家来了亲戚，就有些不习惯换鞋。再后来是铺上了水泥砖、缸砖，直至木地板，进门必须换鞋便成为必要的讲究。讲究的心态是复杂的，即便是穷讲究，也得摆出些谱儿或范儿。当然，也有什么都"不讲究"的。有位记者的妻子某日发现丈夫的秋裤有两个洞，催他换一条，他懒得换，说是外边有裤子罩着，别人看不见。妻子急了："那样去别人家串门不好。"他笑了："放心，去串门有让换拖鞋的，没有让我进门就换裤子的。"看来不讲究还有"不讲究"的"理由"。曾经看到某售楼部有句醒目的广告语：能更好就别凑合。不凑合就是讲究，就必须在你大脑的某一个皱褶里，把生活细细敲击出一种崭新的秩序来。真正意义上的讲究是一种不慕虚荣的追求，它可能就是一种规矩，然而规矩多了就又可能成为束缚，甚至导致了某些"癖"。我的朋友陈震写过一篇随笔《说"嗜欲"》，颇为有趣："一些怪僻嗜欲，只要不强施于他人，不伤风化，倒不失为繁华的点缀。有时候，我们还能从他人的癖欲中获得某种利益。我的一位亲戚有洁癖，某次不慎，我误穿了她的拖鞋，她就把拖鞋送给我了。后来我发现，凡被人啜过的茶具，她必得千洗万刷，最后用酒精消毒。我曾经边嚼花生米，边轮番吻她的茶杯，她果然像妙玉，把'肮脏'的茶杯连托盘都送我了。我从此恨她没有一方好砚，如果有，我一定要边夸好砚，边迅速地吐唾磨墨，好让她像倒霉的米芾，白白让我把砚骗走。这种行径，大约可以叫作乘人之'欲'吧。"乍一看，这颇有些恶作剧之举，实际上这种笔触对于某些过度"讲究"的心态的剖析极具神采。生活其实并不都是"坚硬的稀粥"，适度的讲究是必要的，而过度的讲究就只能是"讲究"了，因为它让我想起了"花拳绣腿"四个字。

2014. 4. 16

叫你说英文

我的语言天赋几乎没有。上小学时遇上"文革",堂叔是大学外语系学生,回到老家当逍遥派,整日揣着一本英文版《毛主席语录》死记硬背。他不时看到我四处游荡,便逮住跟他摇头晃脑学一段,那英文让我怎么念就怎么别扭。从中学到大学,学了几次英语,都一一知难而退了。粉碎"四人帮"后推荐上大学,县里硬要推我去北外念法语,我求爷爷告奶奶地金蝉脱壳上了中文系。工作后评职称要考外语,只好硬着头皮读了许国璋,副高英语过了。正高时突然来劲想考日语,花一周时间背了两册日语课本,居然也考上了,打败那狗日的。有时就想,这该死的外语怎么就如此地跟我无缘呢?还好女儿雅思成绩不错,漂洋出去了。这大半辈子过去,外语对我究竟有多少用处呢?不得而知。从大的道理上说,学点外语,一定是有用的。但倘若不是为了用,而是为了某种炫耀,不择场合地满口English(英语)一通,弄不好还真就误事,甚至"误了卿卿性命"。季羡林的《清华园日记》记述了一件事:"今天听梁兴义说,颐和园淹死一个燕大学生。他本在昆明湖游泳,但是给水草绊住了脚,于是着了慌,满嘴里大喊'help',中国的普通人哪懂英文,以为他说着鬼子话玩,岂知就真的淹死了。燕大劣根性,叫你说英文。"其实,就是在今天,这种劣根性还在。听过个别"海龟"说话,汉语说着说着,不时就蹦出个英语单词来,弄得我等挠头抓腮,翘首盯着天花板死看着,那上面就是不飘下什么燕尾服来。只好在心里狠狠骂一句:劣根性,叫你说英文!

2014.4.18

"林则徐" 之名

多年前，我的一位朋友读了《林则徐年谱》后告诉我，林则徐因其出生时有徐姓好官路过而得名。我感到莫名的惊讶，因为在此之前我对"林则徐"这一名字的来历的确一无所知。我一直以为，名字不过是个符号，不过是灵魂的栖居所，再伟大再响亮的名字都是用来呼唤的。受到"林则徐"这个名字的启发，我突然就想到，一个人的名字犹如暗夜里的一盏灯笼，移动着一个又一个的问候，它们有你能看见的人生，又有你看不见的人生。什么是人生？人生其实就是一种明暗，就是白天和黑夜的厮磨。纳博科夫似乎说得更好："人生如一道短暂的光缝，介于两片黑暗的永恒之间。"他说的两片黑暗，一片指出生以前，一片是死亡以后，境界是非常阔大的。这么说来，每个人的名字也许有这个名字的信仰。信仰是可以养成的，有时候却又空虚得令人惊慌。于是现代人认识了怀疑精神，但又未必有能力面对这种近似无限黑洞的精神状态。我那朋友又告诉我：当今时代，事实上我们更多的是"则父""则母"。我回了他：照这么说，则徐则虎门销烟，则金（庸）则可能华山论剑去了。这不过是个形式的吊诡。名字就是名字，不可说不可说也。要是真的能够说的话，那么，今天面对那些人心不古、人心不轨、人心叵测的情形，我们应该去"则"谁呢？在"世界读书日的"前一天，我写下这段文字，想起曾经在网上读到的一句话："狮子究竟要吞噬多少只夜莺，才能学会歌唱。"是的，不管"则"谁，狮子永远无法学会歌唱，而夜莺却是永远不会放弃歌唱的权利的。

2014.4.22

读书之"用"

今天 4 月 23 日，是联合国教科文组织宣布的"世界读书日"。1616 年的今天，世界文学巨匠莎士比亚和塞万提斯同时逝世，我想读书日应该与此有关。昨日下午参加一个朱子学的会议，令我对这位大学者有了一层新的印象。乾道三年（1167）秋，朱熹从福建出发，行程两千里来到湖湘，兴学岳麓，更建书院，用他的学说"致广大，尽精微，综罗百代"（清全祖望语），实现了中国书院文化的历史性超越。过几日，我所在的这座城市又将有一个"耕读书院"在坊巷里崛起。无论承启斯文，还是耕云读月，书院的复兴和华丽转身都反映了当代文化的一种历史性转型。文化有什么用？正如有人怀疑"读书有什么用"？西方年鉴学派一代宗师布洛赫写作《为历史学辩护》一书时，遭到他儿子的质问："历史有什么用?"的确，历史学无法提供解救燃眉之急的锦囊妙计，何为"有用"，何为"无用"，不是一个容易说清的问题。但是，历史学为我们提供了一种本能，即出于理解生活的欲望而去由古知今或由今知古。历史学家汤因比自幼熟读古希腊的史著，直到"一战"爆发，他终于对修昔底德的《伯罗奔尼撒战争史》有了全新的领悟，深感古人先得我心，从而萌发了撰写《历史研究》的志向。对此，布洛赫说了一句令人警醒的话："为了阐明历史，史学家往往得将研究课题与现实挂钩。"《庄子·山木篇》中有个故事：一棵歪脖子树，由于不能成材，樵夫没有把它砍掉，被保存了下来。另有一只不会叫的鹅，因为不会叫，被主人杀了请庄子师徒吃。于是庄子的弟子问他，那棵树因为没有用而得以保存，这只鹅则因为不会叫（也没有用）却不能被保存下来，那我们该怎么办？

庄子答道：我们最好处于才与不才之间，才能保存自己。这个故事说明，一切事物只有相对的意义，没有绝对的意义。文化之"用"和读书之"用"，同样如此。"用"与"不用"，都是因现实需要而言的，不可能有绝对的"用"，也不可能有绝对的"不用"。晚年的陈寅恪倾尽全力撰写《柳如是别传》，是有感情偏向的。他明知自己是"一管书生无用笔"，却依然以一种萦回曲折的笔法，把柳如是的旧梦掩藏在深奥繁复的学术形式之中。他想从柳如是身上"窥见其孤怀遗恨"，"表彰我民族独立之精神、自由之思想"。这是作为著书人又是作为读书人的陈寅恪的"用"，是他的道德和良知的发言。说穿了，读书之"用"，对于读书人来说，都只是一种文化精神和一种人间情怀。至于"用"，则是因人的修养和造化而异了。

2014.4.23

炮制短语

　　几个月来写了这么一批短语，大概也有数万字了。回过头来一看，有的读来轻松，有的面容整肃。实际上，这一类随笔性的东西，完全可以写得轻松一点的。无奈愚钝如我者，有时候似乎就放不下做学问的架子，一起承一转合，不知不觉就绕到学术的魔阵里。学术是累人的，亦如传家也是累人的。同样是累，人家一写起来就让人并不觉得累，反而轻松。这就是舒婷写过的那篇《传家之累》，颇具意味并极为传神，娓娓而谈，在闲聊式中闪动着浓郁的情趣，令人忍俊不禁："春卷在厦门，好比恋爱时期，面皮之嫩，如履薄冰；做工之细，犹似揣摩恋人心理；择料之精，丝毫不敢马虎，甜酸香辣莫辨，惊诧忧喜交织其中。到了泉州，进入婚娶阶段，蔬菜类炖烂是主食，虾、蛋、海蛎、鳊鱼等精品却另盘装起，优越条件均陈列桌上，取舍分明，心中有数。流传到福州，已是婚后的惨淡经营，草草收兵，锅盔夹豆芽，粗饱。"这篇作品对于传统散文格式的突破，在于把本应没有格式的散文文体成功地作为人类精神的一种实现形式，在闲聊的笔意之中完成了对文化意义的发现。行文如行云流水，不矜持作态，不刻意雕饰，别有一番情致，在漫不经心的随意性描述中，完成对于人生的一种极具会心的剖析，其心态是十分自由的。陈震有篇随笔《度量衡随想》，对于时下一些真假善恶的"标准"持着这样的怀疑态度："当年鲁迅先生恐怕也遇到这种情况，所以作了篇'估学衡'的文章，既不用尺也不用秤，只是约略一估，并不太精确。太精确反倒不精确。先生以为衡器之类已经太多太烂，不如简单方便的'估'，我们今天才晓得那正是模糊数学的妙用。到了某种境界的人，在处理尺寸轻重这类事儿上一般都不用手，也不是用额下那双眼，而是用内心里那双眼。"这种闲聊式的神采，更多地透出了文化的深层意味，与那些皮相的、泡沫式的精神唠叨和空虚的、浮躁的表白相比，似乎更能显示出文本的风骨和语言的睿智。鲁迅说过："散文的体裁，其实是大可随便的，有破绽也不要紧。"那么，我能不能也如此炮制短语呢？想了一下，有点难，是有点难。

2014.4.24

小 巷

"撑着油纸伞，独自/彷徨在悠长、悠长/又寂寥的雨巷……"谁没有低吟过戴望舒这首荡气回肠的《雨巷》？那位"丁香一样地结着愁怨的姑娘"哪里去了？这种煎熬的旋律显然不只是一个关于寻找的话题。我常常在小巷里一边踽踽穿行，一边在问自己：你在寻找什么？其实，我并不寻找什么，我只是徜徉，只是等待着城市人时常会目击到的那一场遭遇。2007年夏季的一天，我游走在布拉格著名的黄金小巷里，找到一座水蓝色的房子。100多年前，一个英俊而又忧郁的小伙子不堪忍受旧城区的嘈杂，搬进了这座房子。他就是法兰兹·卡夫卡。在这条童话般的小巷里，卡夫卡逃离了现实，躲进自己的世界，写出著名的《城堡》。他孤独、漂泊、恐惧、焦虑，这一切都写进了他的字里行间。布拉格是个绝美而神秘的城市，有着众多的小巷，在这里你随时可以看到卡夫卡的脚印和昆德拉笔下的特蕾莎的背影。尽管卡夫卡说，布拉格就是"我的狱所，我的城堡"，尽管他的作品中充满了丑陋和绝望，但是只要在这条黄金小巷里走过，我都相信卡夫卡来到这里是为了寻找美丽、寻找希望的。布拉格的神秘在于它充满童话般的灿烂，灿烂到人们很容易就忽略它的过去。以至于尼采发出如此的赞叹："当我想以另一个字来表达音乐时，我只找到了维也纳；而当我想以另一个字来表达神秘时，我只想到了布拉格。它寂寞而又扰人的美，正如彗星、火苗、蛇芯，又如光蕴般传达了永恒的幻灭之美。"如此绝美的城市，让我觉得它离卡夫卡小说中所描绘的那些令人不寒而栗的境遇竟然是如此之远。在黄金小巷里巡游的那个下午，我没有迷失。我在读这一条小巷的历史和哲学。历史是持久而又断续的，哲学是透明而又混沌的。那几天布拉格遭遇到几十年来最干热的天气，在40余度高温下我挥着汗雨打量着这里的深街老巷。风嘶哑了，像玻璃杯中的水，归于沉静。那么，什么是不沉静呢？只有迷离，只有恍惚，只有那些难以承载的心理重量。正是在这个时候，我想起了福州的三坊七巷。其实，福州原来就是淹没在小巷之中的。小巷多少年来一直无声地聆听着城市的呼吸，而现在一个喧嚣的城市就要将它无声地抹去。我似乎听到了小巷的如泣如诉，宛如天鹅的绝唱。然而，小巷依然达观依然淡泊。谁听过小巷一丝一缕的抱怨呢？不能想象小巷从这座城市撤走，丧失了小巷的缠绵和曲折，福州一定会失去许多的情韵。悠悠的小巷使得这座城市有了一种古老和沧桑，从而再现了这座城市的历史。城市规模的不断扩大，相应地切除了一些小巷。幸好，城内的那些小巷还被保留着。如果不是这些熟悉的小巷为我留下相应的记忆，我真要怀疑我脚下站着的，还是这座城市吗？

2014. 4. 25

女人漂亮

2000 年秋天的一个下午，我在巴黎一个酒吧里踯躅时光，一位中国留法女学生就坐在我隔壁。她看我只是要了一杯咖啡，就对我说："法餐的精髓其实在于甜点心。"我愣了一下。那姑娘冲我笑了笑："我帮你点两个法式甜点心吧？"我说可以。她帮我要了纯正法式蛋白小甜饼和提拉米苏。她告诉我："提拉米苏到处都有，做得好的其实很少。像我这样在法国待过几年的，不算吃过最正宗的，但至少肉桂粉和酒味，以及底部的蛋糕屑多少都是评判标准吧。"我惊讶她对这些有如此熟悉而肯定的描述。2011 年底，我再度来到巴黎，专门去了一家咖啡馆。我要了一份巧克力朗姆球，这个点心外层是巧克力米，里面是朗姆酒味道的蓉状馅，还混有葡萄干。口味比较重，很甜，有着非常浓郁的酒香。太甜的味道让我感到有些腻人。巴黎其实不是一个甜腻的城市，她在本质上是浪漫的。我想起多年前，在从哥本哈根开往瑞典的火车上，一位年轻的中国博士汪邂逅了一位漂亮的波兰姑娘莫尼卡。他们不断地谈论克尔凯郭尔和易卜生。最后，汪博士问这位姑娘："你喜欢哥本哈根吗？""哥本哈根太甜了。"姑娘说着，眼睛里闪出一片如同北欧的天空那般的澄澈。汪博士轻轻地震了一下。是的，哥本哈根有着闻名北欧的啤酒街，满街喷发着令人未饮先醉的酒香，来这里求醉的游客站在那些有如古堡的大啤酒桶前，早已经"梦里不知身是客"了。不过，哥本哈根的"甜"还在于那种少有的浪漫。当莫尼卡在寂静而昏暗的车厢接头处紧紧拥抱住汪博士，并用手拍拍汪博士的肩膀时，汪博士对于莫尼卡那种甜甜的姿态一直无法忘怀。不喜欢"甜"的哥本哈根的莫尼卡与喜欢"甜"的汪博士，在审美趣味上这是一种永远的悖论，然而在感情上，他们的心已经开始温暖。汪博士说，莫尼卡的眼睛里有一种不属于这个"甜"的世界的东西。这实际上是一次短暂的邂逅。一位移居国外的中国学者目睹了这一情景，写下了这样的感慨："可惜未婚的汪博士没有抓住这位漂亮而聪慧的姑娘，短暂相逢之后就让她远走了，而且从此恐怕难再相逢。"汪博士后来也不无遗憾地追忆着："我记得失去联系后的我是如何在朋友面前掩饰我的失落，我还记得我是怎样地在斯德哥尔摩火车站前徘徊，期望侥幸能与她重逢，再次淹没在她那澄澈得如同北欧的天空一般的目光中。"人生瞬息的失落像一片久久不散的云，悬挂在汪博士的梦魇的暗处，留下了永恒的心灵孤独。尽管汪博士后来又有机会来到哥本哈根，但莫尼卡隐藏在人群中，已经无缘相见。汪博士只能觉得自己时时就在她身边了。后来，我据此写了篇散文《女人漂亮》。

189

2014.4.28

"将来阔"

　　鲁迅有一句经典的话："我们先前——比你阔多了"，说的是阿Q由于家道中落，只好去回顾先前的体面日子，到那美好的记忆中去寻找慰藉。鲁迅的本意是，村野匹夫这样一种以情感的怀旧作平衡的解嘲方式，表明了一种对于落了架子的生活的怀想，但它是不值一提的。不过也许正因为这样，对生活的真相会看得更真切些。鲁迅说：有谁从小康之家堕入困顿的吗？在这里他可以看到人世的真面目。由此，我就想到了"当前阔"。"当前阔"者看中自己的手头，祖先的"架子"在他眼里是不屑一顾的，他只是为自己感到满足，为自己的财大气粗而多干它两杯，哪怕是吹一声口哨，他也觉得比别人的响。这种感觉也许会让一些人羡慕不已，然而其心态是浮躁的，我总觉得他们太浅薄。多年前，一位和我在半道认识的同路人，一路上谈锋甚健，使我顿觉少了许多寂寞。慢慢地，我发现他的语言实在是"阔"得惊人，后来竟发展到凡是能往他自己身上扯的，都一一披挂了起来。我问他是哪里人时，他居然回答乃范仲淹家乡人氏，弄得我满头雾水。当时我确实不知道范仲淹的老家在江苏吴县，只是在心里埋怨这位老兄跟我直说不就得了，还要兜那么一圈子。我突然意识到他拉了范仲淹这面大旗，一点儿也没有他的范祖先那种"先天下之忧而忧，后天下之乐而乐"的风范，倒有点"先天下之阔而阔"的味道。

　　在我看来，这种"阔"摆得过于离谱，算得上是一种"迂阔"。某日，跟朋友们聊起此事，便突发了"将来阔"的奇想。"将来阔"对于我们也许还很有些魅力，那时，兴许我们也能提个什么尤物招摇过市，摆一下我们的"阔"。不过话说回来，"将来阔"毕竟是一种奇想，就像一部国产电影的台词所说的：小鸡长大了变成鹅，鹅长大了变成羊，羊长大了变成牛，牛长大了……谁也不知道将来会是什么。反正，乐观的朋友们说将来是要阔的，是要变的，是要在一张白纸上画出最美最美的图案的。我想起近40年前在乡下时，我找到一份临时的工作，每天赚8角钱工资。当我第一个月领到24元人民币时，突然就有了一种"小阔"的感觉，兴奋得不知该请哪位哥们下馆子。女儿长大后，我把这件事告诉她时，她竟然毫无感觉，说我那时候怎么就没有想到现在会好起来。是啊，那时候我怎么就没有一种"将来阔"的想法呢？其实，现在我们认真地一想，尽管说"将来阔"只是一个目标，或者说只是一种构想，我们为什么就不能把眼光放远一些？涛声可以依旧，情感可以继续停泊在心灵的枫桥边，然而，拿着一张旧船票去登上今天的客船，毕竟是不合时宜的事。但是，"将来阔"对于我们，也许真的就像那首歌所唱的，"不会是一片云烟"，到了那时，我们说不定就会从中"发现彼此的改变"。

2014. 5. 7

本　事

　　一朋友到某处办事，排了一上午的队，还是没排上。午后我遇到他时，他苦笑了下："我已经没有脾气了。"他这是忍？能忍不仅仅是肚量，更是阅历和修炼。蔡澜有次坐飞机时突遇巨大气流，边上一老外吓得发抖，他却安然地喝酒。老外问他："你死过吗？"他笑着答："不，我活过。"蔡澜的淡定，缘于他的忍。不会忍就可能心浮气躁，就可能莫名地发脾气。发脾气算是人的本事吗？记得有人说过：把脾气拿出来，那是本能；把脾气压回去，才叫本事。

2014. 5. 8

事业线

　　无意中看到一句话："这个世界变了，事业线从掌心移到了胸前。"这是女人的优势。男人有什么优势呢？有人说，男人是看重事业的，事业是男人的优势。在我看来，一个标准的男人，至少必须学会两样东西：一是经历痛苦；二是会提问题。20 世纪 20 年代，维特根斯坦放弃哲学到奥地利的乡村小学去教书，就是想以教学的痛苦克服他思考哲学的痛苦。所以，有人认为他的成功乃是"因为他的痛苦"。痛苦造就一个男人的所有能力。而男人学会提问题，则是有智慧的表现。一个犹太的家长，每天会这样问放学回来的孩子："你今天问了什么问题？"可是，我们的家长总是这样问孩子："你今天学了什么？"善于提问题，会让男人找到智慧的喷发口。其实，当我看到上面那句话时，我就在想：如今男人的事业线要移到哪里去呢？这也许就是我要问的问题。

2014. 5. 12

百年孤独

一个男孩在日记里写道："一个人，总是要残忍面对孤独的。""残忍"二字，用得何其残忍！我想起上个月，在墨西哥，一个孤独的人终于讲完了孤独的故事，转身走进神奇与魔幻的梦乡。他谢幕了，不再返场。有人为此吟了一句："全世界孤独的读者们/孤独的等待/下一个百年后的/孤独的你……"谁都知道，他就是写了《百年孤独》的马尔克斯。马氏的孤独是世界的孤独，然而他残忍了吗？为了不让别人看出他的孤独，他抢先竖起一道魔幻的屏障。可见他并不残忍。记得在中国，曾经有位女孩送父母上火车。列车远去，她突然觉得长长的铁路像是个孤独的白日梦。白日梦是女孩的结，她哼着歌走出了车站。"自君别后，有谁听我弹箜篌。"谁是谁的时间？谁又是谁的百年孤独？女孩想起小时候的她很天真，如今却要成长，要变老，要懂事，甚至还要孤独。铁路是一种望断，那里有地平线的心和父母亲的缘。缘是一只飞不过沧海的蝴蝶，最终只能把梦嚼碎，把翅膀折断，留下一种泪光盈盈的痛。所以，还是记住马尔克斯说的："过去都是假的，回忆是一条没有归途的路……唯有孤独永恒。"

194

爱　情

　　有一天，柏拉图问老师苏格拉底什么是爱情。老师让他到麦田里去摘一棵最大的麦穗，只能摘一次，只能向前走，不能回头。柏拉图按照老师说的去做了，结果两手空空回来了。老师问他为什么摘不到。他说：因为只能摘一次，又不能走回头路，见到过大的，但不知前面是否还有更大的，所以没有摘；走到后面时，又觉得总不如之前见到的好，原来最大的麦穗早已错过了，于是什么也没摘到。老师说：这就是"爱情"。又有一天，柏拉图问他的老师什么是婚姻。老师让他到树林里砍下一棵最适合放在家里做圣诞树的树，同样只能砍一次，只能向前走，不能回头。柏拉图照着老师说的又去做了。这次，他只带回一棵很一般的树。老师问他原因。他说：有了上一次的经验，我走到半路时发现还两手空空，看到这棵树不算太差，便砍了下来，免得错过后又什么也没有了。老师说：这就是"婚姻"关于爱情与婚姻，没有什么比这两个例子更能说明问题了，因为理论常常是苍白的。人生，也许就如同穿越麦田和树林，只能走一次而不能回头。要找到属于自己的麦穗和树，有时就应该像泰戈尔老人说的，如果我们错过了太阳，就不要再错过月亮和星辰。

求学经历

收到厦门大学社会学博士严静的学位论文，先读"致谢"部分。第一句就写道："每个女博士的求学经历都是一本不朽的史诗。"惊了一下。经历是什么？想起一位学者在他的书的"始终的话"里这样说："醒在黑夜里是痛苦而恐惧的经历。"这句话让我思索了一阵。一直觉得黑夜总是会驮着一些忧伤，还有一些梦魇。人们为什么喜欢阳光呢？有位歌手唱道："除了阳光，没有什么可以笼罩这世界。"其实，对于一个人一生的经历来说，能够笼罩这个世界的，终究还是他（她）自己。每个人心里都有一个王国，一缕阳光，一个私人的乐园。女博士的求学经历可以写成和博士论文一样厚的书，因为她活在一种青春被"折旧"的"影响的焦虑"中。女人怕"折旧"，男人怕"折现"，这是一种经验生命的方式。"折旧"对女性无疑是一种残忍，而"折现"也在时时刻刻折磨着男人。尽管男人"折旧"慢一些，然而在"折现"的魔力下，他们的真实价值也许就不如女人。女性因为青春无敌，多少总有自己的高峰；而一个男士如若始终碌碌无为，他的一生就可能不会有高峰。一个女博士的求学经历，首先是她的关怀自身折旧的意义想象，其次才是学问。前者关乎心灵，后者关乎知识，这二者的遽然遇合和触碰，就构成了那"一本不朽的史诗"。

"咔嗒"一声

　　4月底，福州易安居邀请了韩国一批茶师作一场茶艺表演。其间，由我的老朋友、福建省古琴文化研究会会长张俊波演奏一曲《流水》。茶道间隙，他和我随意交谈了一番。我说，琴艺精进到一定程度，可能会突然发现自己眼前还有一个曙明未臻的境界。钢琴家施纳贝尔曾经教过一个14岁的小女孩，说她弹得极好，但她弹的只是她"自以为"听到的。这句话让小女孩领悟了许多年。杨绛年轻时有一段时间无法辨别平仄声，饱读诗书的父亲这样安慰她："不要紧，到时候自然会懂。"即使饱学如钱穆，在生平最后一篇文章里竟然这样写道："天人合一观，虽是我早年已屡次讲到，惟到最近始彻悟此一观念实是整个中国传统文化思想之归宿处。"这些情景，其实就是诗人多多曾经说的那样：听到"咔嗒"一声轻响。这"咔嗒"，就像钥匙对准了锁孔，轻轻一转的感觉。我一直以为，古琴实在是一种需要慢性修炼的玩意，历练多年，也许才会有那种"咔嗒"的一鸣惊人。明太祖朱元璋之十七子朱权英勇善战，后来却"避地游隐，终日读书弹琴"，历时十二年之久，才编出一册《神奇秘谱》。其曰古琴乃"圣人治世之音，君子养修之物"。我对古琴素有兴趣，虽不会弹，却每日必聆赏一曲，领略那种"手挥五弦，目送归鸿""操缦清商，游心大象"的境界。俊波君性情温和，彬彬有礼，习琴20多年，其琴艺内敛温润，活力而不失于飘浮，沉稳而不流于凝滞。我曾数次邀集同好来寒舍共赏俊波君之琴韵，以常念之：其趣如若是，必有道存焉。

2014.6.10

萨特的《死无葬身之地》

萨特有个话剧《死无葬身之地》，曾经在一个不经意的时间读了这个剧本。剧本描写"二战"期间，一群抵抗运动战士不幸被捕，在酷刑凌辱面前何去何从，每个人都面临抉择，一切都在逼近人性的极限。读剧本比较劳神，似乎不如看演出直接。不过，那样也饶有趣味。记得"文革"期间在乡下，对着昏黄的煤油灯，捧着一张刊登《红灯记》剧本的《福建日报》，一字一句地对照有线广播里播放的演出录音，不知不觉度过了两小时很原始、很质朴、也很粗粝的时光。如果说当年在文化枯竭的情形下读样板戏，是一种孤独的消磨；那么许多年后读到萨特的这个剧本，则让人觉得人们时时要面对的仍然是孤独。萨特这位不断被征引、被颠覆、被解构的存在主义哲学家，他对哲学这座"心灵鸡汤"的攻陷无非就是"孤独"二字。《死无葬身之地》剧的震撼，在于告诉人们：人生是什么。人生其实就是一场弥天大谎，我们似乎从来就没有做出过什么像样的选择。这也就是萨特说的，一个人从他被扔到这个世界的那一刻起，就注定要对他所做的一切负责任。所以直到现在，我们选择的都还是孤独。孤独是人类永恒的然而不容易被触碰的东西。《死无葬身之地》剧里有个懦弱的索比埃，他不同于那个受尽凌辱却在最后一刻喊出"我愿活着"的吕茜，也不同于那个被他崇拜过的兄弟扼死在姐姐怀中的弗朗索瓦。那一夜，他突然跳上窗台，对着阁楼上的战友喊道："喂，上面听着，我没有说！晚安！"然后纵身跃下。读到这里，我只能紧张地合上书页，顿觉眼前一片阙空。人之生也柔弱，也许命运就是无常的，存在就是荒唐的，死亡就是孤独的。虽然这些都是人们不愿意触碰的，但我们最终会明白：人终归是孤独的，因为每个人都不属于彼此，都不过是个过客。

2014. 6. 11

"文人政治"

近日，因为审读一篇关于甲午战争的稿子，读了一些有关这方面的史料和文章。一直觉得时下冒出一堆所谓的"文人政治"，有些好玩，也有些担忧。托克维尔的《旧制度与大革命》，曾因一位政治要人的点赞而显赫一时。此书描述的"作家干政"现象，引来无数关注。法国大革命发生之际，法国社会那一群对日常事务全然无知的精英群体，将全部的"文学习惯"搬到政治中去，结果是虚构了一个法国社会。这是法国人政治不成熟的表现。这让人想起了中日甲午战争。1894 年，日本海军联合舰队司令伊东佑亨给清朝北洋水师提督丁汝昌致了一封劝降书，直陈中国之败，在于那些维新之人用"玩文艺"的手法"玩政治"。这话说得深刻。甲午战事开启之前，中堂大人李鸿章曾计划增兵朝鲜，以防日本入侵，却遭到更大的当家者、军机大臣兼户部尚书翁同龢的否决。翁氏给李鸿章使绊子，并非有意向日本出卖大清；相反，他的主战论调和反日情绪比谁都高涨，道德文章也做得比谁都花哨。然而，由于他对实务的一无所知，加上不听李鸿章的建议，结果便把风雨飘摇中的清朝送上了不归路。与此相同的还有一位有名的"清流"张之洞，也是属于"清官"袖手谈心性而不会做事之流。相比之下，倒是李鸿章显得务实，高调做事，宁做"真小人"，不做"伪君子"，自称裱糊匠，力图修修补补，从改进一件件具体事务做起，为大清政权重拾一线生机。他从不满足于嘴上说说，而是真抓实干，真金白银毫不含糊。后来的梁启超高度赞誉了李鸿章，认为他虽非"权臣"，却能尽行其志，"以一人而敌一国"。所以，还是那句话说得好："清谈误国，实干兴邦。""文人政治"其实是不好玩的，玩不好就误国。甲午战争之于我们今天的启悟，这应该也是其中的一点。

2014. 6. 20

再见，巴西

这一届世界杯，我一场都没有看。凌晨居然打起精神，抱着极大的浓厚的兴趣看了德国对巴西这一场，心里突遭一种莫名的袭击。随着一个拥有世界上最多球星的队伍，一个用桑巴去诠释足球的队伍离我们而去，看来我的世界杯可以结束了！再见了，可怜的巴西；再见了，愤怒的巴西。你输给了时间，输给了你曾经创造的历史！今天早晨，几乎所有的媒体都用了这样惨烈的字眼："车裂巴西""屠杀巴西""耻辱巴西"等，让全世界多少球迷心理严重崩盘。日耳曼战车18分钟进了5个球，这是什么神迹？前两届，巴西队主教练佩雷拉墨守成规临阵不知变阵的作茧自缚的战术，被球迷们指斥是注定救不了巴西队的。今天，巴西人在赛场上曾经无所不在的想象力、灵气和即兴表演哪里去了呢？那种一往无前、舍我其谁的霸气哪里去了呢？究竟是什么、是谁葬送了一群天才？我不由想起20年前的1994年，巴西最好的F1车手艾尔顿·赛纳，开着当时世界上最好的威廉姆斯赛车，撞死在伊莫拉赛道，那届世界杯的巴西队员曾戴着黑纱比赛，为赛纳志哀。在这届世界杯上，究竟谁会为曾经被认为是五星的巴西志哀呢？

202

数字 "108"

　　几年前，去厦门大学拜访九十高龄的资深教授邓子基老先生，问他一共培养了多少位博士。他说："107。"我说再招一个就108了。邓老一个劲地摇头："不行不行，梁山泊108个好汉没有一个好下场的。我要么就这107位，要么就再招两个，109位。"的确，梁山好汉个个喜欢舞枪弄棒打熬力气，能落个好下场的几乎没有。更要命的是，那些英雄对女性大都没有兴趣，非但不救美，反擅长杀美，而且杀得理直气壮。想必邓老先生也意识到了这一点。这使我想起《警世通言》里那一则"宋太祖千里送京娘"的故事。青年赵匡胤救了落难的美女京娘，护送其回山东老家。京娘一路芳心暗许轻吐心声却被严词拒绝，就连京娘家人也想将她许配给这位青年英雄。赵匡胤勃然大怒，觉得自己的侠义之举岂是为这个而来？结果，这位绝尘而去的英雄碾碎了京娘最后的一丝尊严，她上吊自尽了。这个故事让不少人扼腕，本来英雄救美的故事背后都会有一个来路蹊跷去路彷徨的美女，然而最终她们不是英雄爱慕的对象，而只是英雄获得荣誉的一枚棋子。英雄总是战死沙场，而少见死于温柔乡。难怪贾宝玉会认为"文死谏武死战"。邓老先生之所以不喜欢用梁山泊的108个好汉去比附他的博士生数量，我想除了梁山好汉的下场不好之外，大概也还有对那些好汉缺少"妇人之仁"的温情的一种悲悯。历史常常是暴虐无常的，人心也时或有冷酷无情的一面。不知邓老先生的博士队伍中究竟有多少个女博士？然而不管怎样，他一个劲地摇头肯定有着他的那些理由的。

2014. 12. 26

孩子心态

《当代》有两篇冯八飞写的关于爱因斯坦与女人的文章,一篇《无法解雇的雇员》,另一篇《只有死亡才能解雇的雇员》。文章似乎把爱因斯坦描述成一个没有女人就没有他的相对论的"猎艳手",他一直只对新鲜的女人感兴趣。女人到手之前,他恨不得把女人整个吞下去;一旦到手,他又对女人感到厌烦。而那些女人则把这个男人当作她们个人生活的全部,不允许他对她们冷漠。所以爱因斯坦很厌烦,把她们称作"无法解雇的雇员"。冯文认为,不能就此认定爱因斯坦喜欢玩弄女人,因为在他的人格因素里,始终是孩子的状态,他唯一专注的还是他的物理学。他需要女人,是因为他需要激情,从而有利于他的物理学研究。对于这些观点我多少有着保留意见,但是文章提到的"孩子心态"则让我有所领悟。我于是想到了贾宝玉的孩子心态,他也是个长不大的孩子。贾宝玉一直赖在青春期不肯长大,为的是继续集万千宠爱于一身。这块蒙尘的任性而懵懂的顽石,难道仅仅是想做个温柔的情僧吗?其实,曹雪芹是很明白老庄的弃圣绝智的哲学,这种强大的文化基因,让不少人渴望回到童年和过去。迷恋青春期,迷恋女人,以至于最终迷恋激情,为的是一种神圣的物理学,这是爱因斯坦的本事。对于贾宝玉来说,他一步步变得通透,也是来自黛玉葬花的诗意的砥砺,来自他最终的自觉自为、向死而生的唤醒。所以,当黛玉唱出"一朝春尽红颜老,花落人亡两不知"的时候,他会恸倒在山坡上。由此我想,抛弃那些所谓猎艳的偏见,孩子的心态也许就是一种纯真的善良的状态。爱因斯坦需要红颜来点爆激情,完成他的伟业;而贾宝玉也需要大观园那一群女儿们去成就他的通透和超拔。当然，爱因斯坦不像贾宝玉那样整天混在女儿堆里，他的孩子心态中也还有孤独的一面。他有时需要一种孤独去自渡，去做他自己该做的事。冯文这样写道："如果爱因斯坦天天点秋香，那只会给我们留下一个德国版的唐伯虎。"而贾宝玉的孩子心态本质上就是一种善良，在那样一个推崇狡智型生存法则的社会里，善良有时候就和天真的孩子心态一样，多少让人们有着某种乡愁般的怀想。有人说得好："一直善良，就会幸福。"回过头来想一想，这种善良的孩子心态之于当今社会，又有什么不好呢？

2014. 12. 30

莆仙方言

　　身为福建仙游人，操的是莆仙方言。在省城生活了 30 多年，平时普通话说惯了，对这个方言已经有点陌生。不过，我这普通话语音一出，就容易被识破。别人总拿莆仙的"普通话"开玩笑，最近还出了不少网络视频，特地用莆仙方言配音，让人忍俊不禁。记得某一次，一位老乡学长添了个外孙，满月了来我家送红蛋。路遇我的一位邻居朋友，就顺手给了他两粒。边给边说："给你连个（两个）混蛋（红蛋）。"弄得我那邻居一直不敢伸手接。红蛋到了莆仙人嘴里就成了"混蛋"，实在是境界全出。某年和一老乡朋友去莆田参加一个会议，此君莆仙口音浓重，晚上跟我同居一室，聊天时说了一句："额（我）虽然不致（是）一条轮（龙），但至早（少）也不致（是）一条蟲（虫）。"有时我自己说话也会感到无趣，于是就努力地挽回某些尴尬的局面。作为一位从大学中文系毕业的人，我曾经想描述一下莆仙人究竟是怎么发音的，研究了许多年，却始终没研究出什么名堂来。直到 2011 年我的母校厦门大学中文系 90 周年系庆，出了本系友撰写的纪念集，我才在 1986 级一位学弟的文章里找到了答案。他描写道："阿平来自莆田，说话时发音奇特，字不是从舌尖发出来的，仿佛都先酝酿好了，挤在舌头两侧，然后一起冲出来。时有一些老乡来找他，一堆莆田人，男女都有，围在一起，热闹非凡，像一群外星人聚会。1988 年汉城奥运会开幕时，韩国总统卢泰愚致辞，阿平像发现了新大陆，说卢泰愚的讲话跟莆田话很像，很多话他都能听得懂。我大吃一惊并信以为真，就此判断韩国人也许是莆田人漂洋过海播下的种子。这时有同学提醒我，你可不敢这么讲，韩国人要找你拼命的。"这一段描写还真是让我觉得过瘾,尽管多多少少显得有些损人。我的朋友罗西也是仙游人,有一次他在北京街头用莆仙方言打手机,就被路人当作韩国人。莆仙人一直被称作"东方的犹太",我想这方言大概也算是一种语言的"犹太"吧,因为它的分布区域实在是太小了。然而不管怎样,我觉得作为莆仙的一员,完全不必妄自菲薄。越是属于地域自身的文化,就越容易走向世界。各说各话,莆仙人自然说莆仙话,尽管口音奇特,却极有可能成为将来的世界"非遗"。莆仙的各位"阿骚"们,你们就等着吧。

2014. 12. 31

刘敏漆画

第三辑

尖叫 "武媚娘"

　　正当举国上下沸沸扬扬谈论电视剧《武媚娘传奇》被"切胸"而变成"大头"了时，恰巧就读到刘心武发表在《中华读书报》的文章《不要对大头尖叫》。刘心武以电影史发展为切入点，绘声绘色地讲述了电影史上新变革的出现，以及观众对新变革的反应。他以电影中初次出现被砍掉头颅的特写引发观众的反感尖叫，来比喻新兴的网络文学，倡导"不要对大头尖叫，就像荧幕上第一次出现大特写的话，不要认为是切下来头对自己微笑，那可能是一种新文化现象的诞生"。当然，刘大师谈论的是网络文学，与"胸"斩武媚娘并不搭界。《武媚娘传奇》短暂下线之后，"波涛汹涌"的场面再不复见，连累"唐太宗"的脑袋都被切掉了一半，近景画面上一个个硕大的脑袋，脖子以下全被挤出画面，连发髻上面也遭到连累被挤了出去，以至于被人称为"大头娘娘和小头皇帝"，引来了一片尖叫声。"切胸"当然只是结果，至于原因，也许只能猜测，大概是白花花的一片有"伤风败俗"之嫌，那种"袒领装"样式太刺激某些人的历史神经，认为这些东西根本不应该在中国历史上存在。现在看来切胸似乎好过切脑，这种"手撕鬼子"的做法不过让那些搞历史的人觉得可笑而已，"袒领装"确实存在，唐朝美女们就没少露出事业线。有专家就在文章里说过："唐朝的女性服装与唐朝的历史和文化密切相关，体现一种女性对男权的反叛。"从文献和研究资料方面看，剧中的造型在一定程度上是符合历史的。那么，追剧的观众该不该尖叫呢？尖叫或者不尖叫其实都是观众的权利，就像一句大家都明白的话说的：有一千个观众就有一千个哈姆雷特。据说海峡对岸获得了《武媚娘传奇》未删节版的播出版权，有网民就借用余光中的《乡愁》一诗调侃道："小时候，乡愁是一枚小小的邮票，我在这头，故乡在那头；长大后，乡愁是媚娘，头在这头，胸在那头。"对此，你是尖叫还是不尖叫呢？

2015. 1. 12

邂　逅

年少时，不识"邂逅"二字。后来认识了，就一直心生好奇。及至在大学时，才在《诗经·国风·郑风·野有蔓草》里找到它的出处："野有蔓草，零露漙兮。有美一人，清扬婉兮。邂逅相遇，适我愿兮。野有蔓草，零露瀼瀼。有美一人，婉如清扬。邂逅相遇，与子偕臧。""邂逅相遇"，原来就是一种"暗里回眸深属意"的感觉。不期而遇之后，虽然留下的是一种伤感、落寞和眷恋，但在许多人眼里，邂逅的感觉是如此的美丽。卞之琳在 20 世纪 30 年代翻译过英国散文家马丁《道旁的智慧》一书，其中有一段文字引用了所罗门的一句箴言："好比照水，面对面影，人应人心。"马丁说："第一个说这箴言的一定是仆仆风尘的倦行人，傍着一个邂逅的旅伴，休息在一块雄岩的荫下，在饱饮了一顿被炎日所忘掉而不曾被晒干的潭水后，因为到这种意外恬适的难得的境界，人就会对陌生人托出真心，说出心底里的思想。"在马丁眼里，"邂逅"就是一种心与心的暗自默契和交流，也是一种萍水相逢的人生境遇。无论是偶然性、短暂性还是一次性，邂逅要么令人返身眷顾，要么令人黯然神伤。东山魁夷在《一片树叶》里写道："无论何时，偶遇美景只会有一次……如果樱花常开，我们的生命常在，那么两相邂逅就不会动人情怀了。"其实哪怕是一丝淡淡的怅惘，都是邂逅带给我们一种诗性的美感，是一种远行人的迷思。数年前，我在巴黎一家香水商店为太太挑选香水，看着满墙梦露的"Chanel5"（香奈儿五号）广告，便蠢蠢欲动。这时，有位在商店打工的中国女留学生告诉我：香奈儿五号气味太重，不适合亚洲人。她向我推荐了同样是香奈儿品牌的"邂逅"，说这种淡淡的花香更适合中国女性。我这才知道，原来香奈儿还有这么一个系列，它的广告语就是："浪漫邂逅，不期而遇。"提着"邂逅"出来，行走在夜巴黎的大街上，灯光耀眼而迷离，心里在寻思着这时会不会有一场远行人美好的迷思在等着我，无论是邂逅，还是不期而遇。

2015. 1. 15

再度萧然

萧然的诗集《不是去向是归途》这个书名，一直让我琢磨了许久。虽然我勉强地为这本诗集作了个序，却时时觉得"去向"和"归途"这两个词一定有着更深的含义。萧然"离开"诗歌的确有许多个年头，他真的离开了吗？在最近的一次对于他以及另一位诗人的"诗茶会"上，我听到他对自己写诗的理由的一个判断，这就是他确认的"一个人的宗教"。我觉得他的诗里确实有着某种宗教，有一种他自己"最初的良心"与他"最终的世界"的契合。"一个人的宗教"也许就是他这一个要比一群古老，他的存在要比他的意义古老，他头顶的星空也要比他心中的虚无古老……当我再一次庄重地把萧然的诗集置于我的视线之内，我似乎又发现了他的一个存在的秘密：他的诗歌正在安顿一个不安的灵魂。记得有位诗人说过："一个人在40岁之前安顿身体，40岁以后安顿灵魂。"萧然如斯。说白了，萧然是一个时时在等待即将到来的日子的诗人。他等待什么呢？就在等待一种"一个人的宗教"，这种宗教有时候让你感到某种紧张，甚至感到某种猝不及防。那些原野的真理被他紧握，继而拧干，然后颠覆。所以，我一直以为他的"去向"和"归途"，表达的不是诗歌归来，而是从未离开。诗歌没有让萧然去隐忍什么，而是容忍了他心中的某种渴念。胡适说过一句话："我年纪越大，越觉得容忍比自由更重要。"胡适和江冬秀这一对夫妇，当年一个是哥伦比亚大学博士，一个是裹脚小村姑，差异可谓天差地别。然而他们也并没有什么当代所谓的"个性不合"，反而印证了那句著名的"胡撰"："吵吵闹闹五十年，人人反说好姻缘。"容忍看来真的是不易的。萧然"离开"诗歌的那些年头，究竟容忍了什么？这终究是他的"一个人的宗教"。萧然是一个有着极强的方向感的诗人，他追问过自己，鞭挞过自己。他归于沉寂，是他发现自己把诗歌已经写到了最后一行；他逃离现场，是他审判自己把诗歌当作最后的宗教。萧然是诗歌的一个"魔"，他一会儿盯住"去向"去寻找"归途"，一会儿留在"归途"去反顾"去向"。他的诗里有许多声音在互相辩论、逼迫或者纠缠，而他就稳坐钓鱼台上，当了自己的审判官。他时时调准了他的方向，于是就有了属于他自己的诗歌的可能性意义区域。这是我在他的诗集序言里谈到的。由此，在他的诗里我时常会读到类似里尔克《沉重的时刻》写的："此刻有谁在世上的某处走，无缘无故地在世上走，走向我。"萧然继续在诗歌里行走，一步也没有离开，他走向他即将到来的每一个日子。我想，这就是萧然。

2015. 2. 5

"用脚趾思想"

我的师妹林丹娅教授写过一本不太厚的书《用脚趾思想》，我曾经推荐给一些朋友阅读。书是有意思的书，书名本身就抓人。脚趾能够思想，不过是个借喻而已。书的内容大概是说，从前的鞋子是为女孩的脚而产的，后来女孩的肢是为鞋子而长的；因此老祖母说观音修行一万年只修成一只男人脚。当女孩穿上为她做好的鞋子，她想还是母亲说得对：鞋子合不合脚，只有脚趾最知道——我们的脚趾。读了这本书，我意识到为什么就不能让脚趾的功能充分发挥呢？其实人类在享用脚的功能的同时，有时还真的没有亏待过它。20世纪80年代初期，一位南方的大学毕业生分配到北京工作，很快就和一位驻外使馆官员的女儿结了婚。他家里的电器样样具备，令我辈羡慕不已。他说了一件真实的事：盛夏某日下班回家，看到安徽小保姆把一双脚伸进冰箱里，还对他说比电风扇凉快多了。他当时真的有些气急，说浪费些电还不打紧，冰箱压缩机烧掉才麻烦。保姆当然非要凉快自己的脚，而是借那双脚凉透她全身。这是属于她的"脚趾的思想"。清代曹辛在《蕉雨书屋书目·序》里记录他自己的一则事情：他嗜书成癖，然因家贫而不能多得，只好努力地把所能购者认真读完。夏夜读书，蚊虫肆虐，他只好在桌下置两只瓮，把双脚插进去。他因此被称为私家藏书异人，算是一怪物也。

上述两个故事都有各自的亮点，其实都是一种各取所需。我不由得想起"立足"二字。人何以立足，既要本事够大，又要运气够好，我想有了这两样，也就够了。无论是冰箱祛暑，还是瓮之别用，都表现出人的本事。大隐隐于市，小隐隐于野，都是物我两忘，自得其乐，正所谓怎么舒服就怎么来。冰箱制冷储物，瓮可以储酒或腌渍食物，却都被派上另外的用场。想起来确乎是有些奇怪，殊不知让亲爱的脚趾有了一种别样的享受。这也算是实用型的"美学"。对于瓮，苏东坡《汲江煎茶》里有一句："大瓢贮月归春瓮"，曾经让人喜欢到不行，不就是一种美学境界吗？当然，用脚趾实践对自己身体舒服感的作为，毕竟还不能与"用脚趾思想"相提并论。我想，等到哪一天我也能够"用脚趾思想"去写我的短语时，大概也可以进入到某种境界了。

2015. 2. 9

重温 "马年马语"

马年眼看着就要收官，去年写了一则关于马年的祝词，反其道而言之，觉得还有点意思。一年过去了，检视下是否如斯呢？故重温一次，温故而知新：在马年，有些事情或者需要横刀立马，马步生风，有些事情则可以稍微马马虎虎；有些时候需要跃马扬鞭，奋蹄不息，有些时候则可以马放南山，蓄势待发。马疲人倦未必都能够马到成功，塞翁失马可能带来马壮人强；顺利时一马当先固然可贵，困顿中老马识途回归田园，亦不失为上策。行运马年，不要只想着马踏飞燕，与其天马行空，不如马上去做些实实在在的事。无论当父母和孩子的马前卒，还是唯老婆马首是瞻，亲情一定是最可靠最重要的，其他的神马皆是浮云。溜须拍马的事尽量少做，马路求爱之类不靠谱的活也不可多为。高兴时你就给棋友来个马后炮，与兄弟姐妹们喝得人仰马翻；兴奋时就干脆跳一段马刀舞，拉一曲马头琴，倾诉你的"跑马溜溜的山上"。嗟呼！龙马精神的确不止一种表现，偶尔马大哈一下说不定更赛过神仙。此番马语，不知在马年是否深得你的心？

羊年羊语

羊年来了，想着写几句羊语。羊语其实是不好写的，至少不如去年的马语好写。羊语贬义者多，褒义者少，有点貌似千羊之皮，不如一狐之腋。然老夫不畏鼠穴寻羊，即使没有什么功力，也要斗胆胡诌几句。这个胆，充其量就是那副不知天高地厚的羊胆，不过还算有一颗温顺驯服的羊心。在羊年，我们除了需要那种驱羊攻虎的蛮拼精神之外，有时候也需要一些羚羊挂角般的超脱，才不至于做歧路亡羊。当然，偶尔亡羊补牢在所难免，也还为时不晚。做人做事做学问，懂得问羊知马之道则为上策。做人当做瘦羊博士，克己让人，牛羊勿践，不能让别人做你的替罪羊。做事当做明白事，有多少能力做多少事，不可使羊将狼，力所不及。任何时候，都是以素丝羔羊者为贵，顺手牵羊者为耻。做学问当不畏羊肠九曲，把羊胆当作虎胆，在乎雄心，而挂羊头卖狗肉之事万万不可为。闲暇时不妨呼朋唤友，或牵羊担酒，或羊羔美酒，小饮几盅，就当羊毛出在羊身上。得意时，要有羊落虎口的危机意识；失意时，要有舍策追羊的补救功夫。即便是羝羊触藩，进退两难，也要伺机而动，不可争鸡失羊，因小失大。在爱人面前，做一只被俘虏的小绵羊；在事业面前，做一只被鼓励的小山羊；在朋友面前，做一只被呵护的小驼羊。高兴了，咩咩叫几声，幸运之门就呼开了；困顿了，顶顶你的羊角，人生屏障就撞开了；落寞了，捋捋山羊胡子，属于你的天道就掀开了。朋友，此番"羊语"也许微不足道，甚至是胡说八道，不知你以为然否？

2015. 2. 19

上　班

羊年春节过后，第一天上班。昨晚有人把电影《诺亚方舟》的海报改成《上班》，颇觉意外，不过又觉得上班就上班吧，反正就是个上班族。记得罗西兄弟曾经写道：《甄嬛传》告诉我们，在后宫，上床就是上班。后宫原来那么乱，每个人心里都有一个"你"在垂帘听政。节后上班，我们难道也是这样的心态吗？少时在乡下，极羡慕那些"吃工作"的人，遇到他们，问候一下，他们就会打鼻腔里相当响亮地应了一声："上班！"那种自豪劲，可以冲出三条街。我读小学那阵，遇上"文革"。某日在路上碰到一位"造反派哥哥"，看他戴着红袖章踌躇满志的样子，以为他一定是个大学生。跟在他屁股后面问他："你念大学了？"他居然说："清华大学。"再问："什么系？"他应："理工系。"有这么个系吗？那时我还真的不懂。回去问我那正读大学外语系的堂叔，他说："哪有叫'理工系'的？"我觉得自己好像被那厮侮辱了一回。事实上，他也就是个混混。多少年后，等我上了大学，有一年暑假回到家里，刚好遇到他。他正扛着一把锄头出工，问我："上大学了？"我说："嗯。""读的什么系？""理工系！"他陡然一惊，半天说不出话来，悻悻然而去。那时，能够上大学就是为了"吃工作"，为了"上班"。"上班"其实就是个"双语"：对国家来说，你是在努力地"吃工作"；对于我们个人来说，就是"拿工资"。上班的"双语"结构原来如此神圣！于是今天干脆乘兴，就来说说这个"双语"，算是对上班第一天整个噱头。昨日傍晚，为了迎接一位远道而来的朋友，我在小区附近转悠着，突然看到一个"双语幼儿园"的广告，心想现在的孩子真是"亚历山大"，这么小就得"双语"。记得去年我写了一则关于学外语的短语，有位客居外地的仁兄读后给我发了条读后感："这次回福州，见某公交车广告：本车双语报站。初以为真是迈进国际大都市了？然认真一听，原来是普通话与福州话一起来。颇觉得自己老糊涂了，脑筋就不会急转弯。那双语幼儿园，该不会是同一概念吧？"令我忍俊不禁。"双语"原来还可以是这种解释！话扯远了，不管是什么"双语"，上班就是上班。或许你可以拿上面那些不冷不热的"笑料"，给第一天的上班搞点可爱的情绪，说不定更能激起你的潜在的伟大的"上班欲"。呜呼！

2015. 2. 25

222

孤意在眉

周云龙博士就 1946 年和 1947 年的张爱玲写了一本书《孤意在眉》。"孤意在眉"四个字，令人惊艳。这是明人张岱在《陶庵梦忆》中描述一位绍兴戏女伶的词语："色不甚美，虽绝世佳人，无其风韵。楚楚谡谡，其孤意在眉，其深情在睫，其解意在烟视媚行。""孤意"和"深情"，原来是如此微妙的一对矛盾，表达了人生既是一场呱呱啼叫，更是一场牵牵绊绊。人生遭际，莫名冷暖，神圣总是为世俗所累。活在这个世上，不受累是几乎不可能的。这正应了张爱玲 1939 年在香港大学写的《天才梦》结尾的一句话："生命是一袭华美的袍，爬满了虱子。"那年张爱玲刚满 19 岁，居然就有了这份创伤性的人生体验。她后来的人生印证了这个一语成谶。一切就像是一个隐喻，在不断遭遇"咬噬性的烦恼"之后，1952 年 7 月的一个早晨，她不施粉黛，很"易卜生"地走出了一扇门，离家去国了。她的神圣最终一点都不神圣，她的"深情在睫"还是被"孤意在眉"所击穿。世事是矛盾的，人也是矛盾的。"影响的焦虑"时时都在左右着一个人的遭际，以及对一个人的评价。最近读了章诒和《杜月笙的两个故事》，其中写道：1951 年 8 月初，杜月笙知道自己快不行了，他立即叫来大女儿杜美如，取出从香港汇丰银行拿回的一包东西，里面全是借条。跟他借钱最少的是 5000 美元——那是 20 世纪 40 年代的 5000 美元；借得最多的是 500 根最重的那种金条，号称"大黄鱼"。借款人全是国民党军政要员。杜月笙一张一张地看，然后一张一张地撕掉。女儿不解。他对女儿说："我不愿意你们去要钱，不想让你们在我死后去打官司。"这就是杜月笙。他绝对是流氓大亨，但是在他的故事里，有没有值得我们思考的东西呢？所以，看一个人，看他的德行或德性，不能不看其直观可感的形象。神圣和世俗是一对矛盾，就像"孤意在眉"和"深情在睫"也是一对矛盾。人生在世，既有身外冷暖，也有背后文章。费穆 1948 年导演的影片《小城之春》里那一句台词，被周云龙博士拿来形容张爱玲，我想也可以拿来作为我们中年危机的情调体验："一种无可奈何的心情，在这破败空虚的城墙上。"在我刚进入人生一个重要的年龄段时，我似乎为自己找到了这个精神图谱。

2015. 3. 16

伤　口

有一诗歌群朋友在鼓捣一个关于"伤口"的同题诗，觉得有些意思。我却一直没有写出来。不是因为我没有过伤口，而是在诗歌里，我始终认为海子就是中国诗歌 20 多年来不曾愈合的最大的伤口。他时时在刺痛我。海子生于 3 月 24 日，死于 3 月 26 日，一切似乎是冥冥之中已经安排好了的，海子的生死都选择在"春暖花开"的 3 月。这可能就是海子的"祛魅"，也是海子的隐喻。进入海子诗歌世界的方式可以有许多种，但我认为从"伤口"进入海子，一定是一扇具有高度象征意味的门。海子的世界是迷人的，也是危险的。因此，轻易去触碰这个"伤口"有可能不够神圣。海子的诗歌不止于"面朝大海，春暖花开"，更为揪心的痛则是在于他所描述的："就像房屋上挂着的门扇一样沉重。"诗人都是"伤口"的舞者，他们的表达方式则因各自不同的人生遭际，而展现出全然不同的语言方式。例如海子与德国诗人保罗·策兰，海子是中国诗歌的"未完成者"，是中国诗歌最大的"伤口"；策兰则是以诗的"阴性"去表达"这个秋天将意味深长"。海子把那个"伤口"狠狠地刻入一种明暗，一种充满咬噬的归宿；策兰则是让诗在记忆中流寓和摸索，就像海德格尔对他的一个评价：这个人"已经远远走在了最前面，却总是自己悄悄站在最后面"。海子可以用平静的语言制造诗歌意象，越是平静，他的"伤口"就越难于愈合。策兰总是避开旧的词汇而找到冷语，在不同语境里流淌着玄奥的意象。这种情形很像卡夫卡描述自己的语言那样："我写的与我说的不同，我说的与我想的不同，我想的与我应该想的不同，如此这般，陷入最黑暗之中。"然而卡夫卡还说：语言只能"属于死者和未出生者。占有语言必须小心谨慎"。因此，策兰诗歌才会出现如此的句子："在哪儿"和"不在哪儿"和"时时"之间。无论海子还是策兰，诗歌是无止境的，语言也是无止境的，就是他们所触碰的那个诗歌的"伤口"更是无止境的。在每一个黑暗的时间里，诗人的"伤口"都是一个令人感到双手颤抖的语词流亡。在我有限的阅读经验里，大概所有的诗人都可以描述"伤口"，却并不是所有的诗人都可以把"伤口"写得像海子那样深痛，像策兰那样如同劫难之后的冷痛。诗歌的"伤口"，永远在思想的边缘。然而它的符号形式，可以被阐释到如同策兰说的那样的"崩坏"。这才是"伤口"的真正意义。

2015. 3. 18

哲学家的拨火棍

　　许多年前，目睹了两位诗人就诗歌的一个词语进行激烈的争辩，我当时以为这场争辩一定会有个答案，但最终还是没有结果。没有答案的争辩一直徘徊于我的脑际，我始终无法明白为什么不是所有的争辩都是有答案的。于是我找到了一本书，才让我有所了然。这本书讲了一个故事。1946 年 10 月 23 日，在剑桥一个房间里，两位大哲学家——维特根斯坦和波普，第一次也是唯一一次相遇了。然而，仅仅过了十分钟，他们就不欢而散。这场喧闹很快就传遍了全世界，据说两位哲学家手持拨火棍大打出手。在这十分钟里究竟发生了什么，一直众说纷纭，迷雾团团。二十年后，波普曾就这一事件写过一个说明，把自己描述成胜利者。这个事件暴露了"问题"和"谜"之间的差异，它究竟告诉了我们什么？在这本《维特根斯坦的拨火棍》里，我看到了历史的返场，看到了两位哲学巨匠的真实。这是一本引人入胜的书，它让人明白，有些信誓旦旦的历史记忆，其实是自己建构出来的，它并不可靠。虽然，波普没有撒谎，但这并不意味着他的陈述是正确的，因为整个建构过程都是不自觉进行的。维特根斯坦当时并没有把波普放在眼里，而波普认为维特根斯坦那种惯常的提前离场是恼羞成怒的败绩表现。所以，靠记忆靠自己的单方面陈述，去解释现象是容易出现偏差的，我们不可能将事件想象得如同下楼梯那样简单。波普的确是太需要他人的认可了，但是这种挑战其实是非常无谓的。读完这本书，我牢牢记住了波普说的一句话："历史将因我们的发现而改变。"同时，我也明白了在只有两个人的现场，所有的争辩或争吵甚至大打出手，以此去试图证明谁对谁错，无异于跌入一种痛苦。然而这本书告诉我们，痛苦对于哲学家来说，可能就是一种解放。19世纪20年代，维特根斯坦放弃哲学到奥地利的乡村小学去教书，只是因为教学的痛苦克服了他思考哲学的痛苦。所以，有人就狡黠地评论说："维特根斯坦的成功是因为他的痛苦。"回到前面的话题，两位诗人就诗歌的一个词的争辩，虽然我在现场，但是争辩的没有结果也无异于那两位哲学家的拨火棍。其实，学术和艺术的争辩都可能给人带来某种启示性的东西，真理的拨火棍永远是充满魔力的，尽管这种魔力肯定比纯粹写诗要"痛苦"得多的。

2015.3.19

"倒油漆"功夫

萧然兄送来一册小衣的诗集《倒油漆》，书名就有些意思。书里找不到"倒油漆"这首诗，就像微漾兄送我一册他的《一号楼》，我同样也找不到这首同名的诗。我终于明白，"油漆"是小衣的心情、体验以及色彩，是她生命里的东西。用"倒油漆"来喻示自己写诗的行为，本身就具有一种情调体验和语言色彩体验。可以肯定，我不需要"穿过大半个中国"去读小衣，小衣其实就站在我面前。她的诗不属于那种宏大叙事般的气势，然而质感凌厉，色彩明朗，想象力充满纯真而稍具痛感，因为她关注的是生命的形态。她说："现在没有什么是值得让我声色高亢的，只有我歌唱的主题，它躲在被窝里。"解读她的诗，似乎不能就此说明她过于柔软，恰恰相反，她能够把自己那种轻软的感觉安稳并妥帖地落在重处。她有一首写桃花的诗《桃花，我这样看着你开》，把桃花的意象植入"子宫"，让我感到十分意外。然而一读，我就被掳掠了："而子宫没有土，/子宫是陈设不养殖的空瓶/子宫永远不能成为古董。/桃花要开，你就把它们放到树上，/即便没有羊水，它们也会/上面开开，下面开开。"最后两句，是逼入灵魂的深度体验，难道还能说它缺少生命力吗？我不断地翻阅这本诗集，除了耳目一新的感觉外，其意象骨架的凸显、天性般的空间感，是其他诗歌作品所少见的。越是如此，我似乎就越难以为她作一个恰如其分的评价。不过，我还是想到一句这样的话：这是一位上接天气下接地气的诗人。天空和大地，离她的思考究竟有多远？都在她的不同寻常的深邃中。《当结果已成往事》："我看见那些儿时的风筝/悬挂在树梢/下不来了。"就三行，表面上看起来还有些直白，却生生地把诗的空间感和质感倾泻得干净利落。《爱的模样》也只有三行："爱从来就是这样的／比如风／风很整齐，而地上很乱。"冷静而敏感，有一种白色的孤独时时在覆盖她的潜伏着的激情。当秋天那些美丽的枫叶飘满她的鼻梁时，她觉得自己已经被诗裹挟了。她不相信某些恢宏的东西，而只是静静地等待着心里的那些泪花转过身来。尽管它们说并不认识她，然而她明白诗洗礼了自己，使得她以一个守夜人的姿势，让诗的潮汛漫过她的每一重白色的孤独。我想，这就是小衣的"倒油漆"的功夫，正是如此，她能够把她的诗成功地泅渡到一种精致、含蓄和机智的境界。

2015. 3. 20

乡 愁

读到微漾兄在微信上的一则关于乡愁的评论。他说："当国家成为一个伪命题，即使看得见山望得见水，却仍然守不住乡愁。"他列举了土耳其作家帕慕克和美籍阿富汗裔作家胡赛尼的作品来说明。帕慕克在《伊斯坦布尔》一书中，用一个与乡愁相近的词——"呼愁"，去激活奥斯曼帝国的时间磁场，以及消失了的知识分子身上的荣耀和失意。在微漾兄看来，与帕慕克相比，胡赛尼身上没有前者的文明自信，只有无尽的苦难烙印，从《追风筝的人》到《灿烂千阳》再到《群山回响》，他一直在重复着"失路之人"的悲唱。帕慕克和胡赛尼，完善了乡愁的两种形态：即时间乡愁和空间乡愁。我觉得微漾兄的认识也表达了他的自信。我没有去过阿富汗，对阿富汗的认识一直停留在胡赛尼的书中，当然，我也仅是读了《追风筝的人》。放风筝是阿富汗人为数不多的乐趣，书里所描写的"星期五下午，在帕格曼"，风筝"消失在土墙和土墙之间"的场景，这大概就是我对阿富汗的基本印象了。而我对土耳其的印象就不同。数年前因为要去土耳其访问，就去买了本土耳其作家、2006 年诺贝尔文学奖得主帕慕克的《伊斯坦布尔——座城市的记忆》。伊斯坦布尔是介于两个大洲、两种文化之间的城市，帕慕克说她是一个"不怎么故乡的故乡"。在那里生活需要分身，倒不是他的那双眼睛看不过来两边的风景，而是因为这座城市的命运充满了岔路，她的天空弥漫着两重性的妖魅。所以，帕慕克说他同时过着两种生活：一种公开，另一种秘密；一种属于当下，另一种属于历史。古老的奥斯曼建筑虽然带有某种简单的朴素，却也表明了帝国终结的忧伤。读了这本书，我意识到，土耳其人是认命的，"认命的态度滋养了伊斯坦布尔的内视灵魂"。作为 20 世纪五六十年代出生的土耳其人，帕慕克并不为她的历史骄傲，也不为她的衰败而奔走呼号。面对城里最后一批宅邸、木屋的彻底焚毁，他觉得自己已经没有能力去继承最后一丝伟大的文明了。在帕慕克的灵魂深处，始终有另一个帕慕克存在着，这个双重自我为他保留着另一种选择，也为他探寻着别的可能。其实，这就是伊斯坦布尔人 150 年来的感受："不完全属于这个地方，却也不完全是异乡人。"伊斯坦布尔虽然给了帕慕克一切，但帕慕克只能用一种拔出"土耳其性"的凝视去看待这座城市。对他来说，这种凝视始终是一个永远无法完成的秘密的动作。所以帕慕克对伊斯坦布尔有一种说不出的忧伤。2006 年瑞典文学院对帕慕克的颁奖词就这样说："帕慕克在追求他故乡忧郁的灵魂时，发现了文明之间的冲突和交错的新象征。"今天，我们大谈乡愁，至于乡愁究竟是什么，我想如果不去厘清这方面的观念，就很可能依然守不住属于我们的乡愁了。

2015. 3. 23

毒舌功夫

几天前看过一个报道，诗人余秀华在北京大学读者见面会上的毒舌功夫，令所有在场记者的战斗力都变成了渣。有记者问余秀华："为什么有人拿你的诗来励志？"余秀华答道："我励志个屁！我什么时候励志了？本来就不是我的想法，所以我很反对。"又有一记者问："你喜欢'调戏'记者吗？"余秀华回应："我一见面就想调戏你了，这个心理无法压抑怎么办啊！男性我会具体看，有没有被调戏的资本。"仅仅第一则，大概可以把当今一大批所谓的"励志"书籍扔进太平洋。什么是"励志"？"励志"难道是靠读一两本书、读几首余秀华的诗就可以做到吗？余秀华的《穿越大半个中国去睡你》，难道也只是搅动了一堆人的春心？在见面会上，有一小姑娘对余秀华说："我因为《穿越大半个中国去睡你》这首诗才来到这个活动现场。"余秀华说："你来睡我？我是很乐意的。"余秀华进一步说明："情欲，它本身如果不脏，写出来就不脏。我希望诗歌做得纯粹一点。从我本身来说，《穿越大半个中国去睡你》这首诗并没有写好。"余秀华就是余秀华，坦然而犀利。我一直觉得这是一个时时与自己作对的诗人，浑身充满着过度的力量，不断啃噬自己的心灵。她甚至不要胜利，而去尊重痛苦。这使我想起米开朗琪罗，他也是一个与自己作对的天才。母亲怀孕时曾经从惊马上摔落，导致他出生直至长大后具有了缺少安全感、多疑犹豫、孤僻脆弱、迷惘狂乱的坏脾气。但是他的作品举世闻名。从 13 岁拿起画笔开始，他就不曾享受过一天真正的生活，成了匍匐在艺术脚下的苦行僧。余秀华的诗歌无论是受到热捧还是遭到非议，她的天才依然存在，她的任性也依然存在。这些天才

233

的疯狂，源自他们一直在持续不断的疯狂中生活。我们当然不能把余秀华和米开朗琪罗去做简单的类比，他们甚至没有可比性。然而，他们有一个共同点就是"疯狂"，在"疯狂"中他们比许多人更能看清这个世界。这也就是罗曼·罗兰在《米开朗琪罗传》的序言中所说的："这是一种疯狂的激发，是一种存在于一个过于柔弱的躯体和心灵中而无法控制它可怕的生命。"

2015.3.24

234

天上大风

日本有个名叫良宽的高僧，他的字与弘一法师极相似又有变化。他的书法我见过不多，但是有一幅"天上大风"让我感到惊奇。说实在的，我也是慢慢地才读懂良宽的字的。在我的感觉里，良宽的字同样地没有烟火气，任性而不累赘。这四个字在他写来，轻松到只是一杖一钵，像云游四方，什么心事也没有似的。我想，倘若我也会书法，则是无论如何学不来这种字的，因为一介俗人如我者，如此一效颦，便俗了。走过了千山万水，经历了脂粉浮华，我们还能有这般散淡和从容吗？良宽就是良宽，他脱俗到连文化的负担都没有了，只是看看天，看看云，看看天上大风，我们能做到吗？所以，我只能说，我的确是像喜欢弘一法师那样喜欢良宽的。可能会有许多人觉得良宽的字一点儿都不好，还不如中国一位小学生的字。对此我也曾踟蹰过。直到有一天我在一份报纸上再次看到"天上大风"这四个字时，我整整读了一个下午，才意识到那是一种真正的返璞归真，是一种超越常规的审美，它天真无邪，任性却有气度。并且，我由此喜欢上"天上大风"这四个字的意象。天上大风，自由来去，来无影去无踪，不畏浮云，不惧苍茫。它直白，却是旷达无边；它辽阔，却诠释不尽。从"天上大风"，我联想到了"地上尘土"。昨晚，家里来了几位不速之客，其中有从外省引进本地一所大学的一对教授夫妻。我给他们泡武夷岩茶，他们觉得这茶汤里除了能汲到水的质感外，还能品到潜藏着的尘土的涩味。我感到骇异。等他们离开以后，我端坐那里，细细一品，那红褐色的茶汤里，甘甜醇厚之下还真的有一股沁人的涩味。这难道就是尘土之味？至此我才明白，这就是茶的味道，是那个制茶的茶人家的味道。这种味道对我来说究竟是初遇还是重逢，我已经分不清了。"地上尘土"，原来就如同"天上大风"一样，是我们生命和生活中不可以被漏掉的部分。可以肯定，生活中一定会有那么一些东西，每次出现在你面前时，都是一样的存在，都会让你熟视无睹，但是它们每一次都在提醒你：生活就在这里，生活其实没有改变。天上依旧是"天上大风"，地上依旧是"地上尘土"。天气和地气，就是我们向往过一万遍，到头来还得不断向往下去的东西。它们，才是我们真正的长长的乡愁。

2015. 3. 25

观背影

在一张照片上看到两个背影：一个生于 1972 年（43 岁），一个生于 1968 年（47 岁），分别是西班牙王妃和法国前第一夫人。她们以优雅而出尘的风度，点染了人间最美丽的一道风景，这岂止是所谓"背影杀手"的简单品断能够带来的自信？有人对此评论道："一切的美好，都是从管理自己的形象开始的。"由此，我想起了林宥嘉的《背影》歌词里的头三句："三公分阳光、三公分空气，堵在眼前像一面玻璃，挡住了你表情，剩下只有脚印。"有阳光就有背影，就像一棵树的安静的气质，它是删除不掉的。背影，其实还意味着远去或谢幕。人的一生，是注定要被浓缩在最后的背影里，从而被定格在世人的心目中。在圣赫勒拿岛的狂风暴雨中，至今依然回荡着那个矮小的巨人背影发出的呐喊："我的法兰西！"在叙拉古斯城里罗马人的刺刀下，阿基米德用最后倒在血泊里的背影，留下了他对科学对真理的最终的呼喊："你们夺走了我的生命，可我将带走我的心。"古往今来多少创造历史的伟大人物，他们或坚强定格或匆匆离去的背影，都意味着其所代表的时代的远去。从任何一种宏大叙事角度看，无论文学描述还是历史记录，背影的波长，都取决于对一个时代或一段历史的充分把握。余秋雨可以从康熙看到"一个王朝的背影"，南帆可以从"戊戌年的铡刀"看到一个时代的背影，这就是背影所赋予我们的历史意义。而从一个人生断片来说，背影则表达了对于情感和生命的一种望断，一种灵魂的行走。扬州安乐巷朱自清故居的卧室里，挂着作家柯蓝夫妇赠送的条幅："匆匆远去，背影长留。"耐人寻味的联句和故居都沉浸在一片静朴氛围中。多年前，我沉迷于朱自清的

《荷塘月色》，却似乎更醉心他的《背影》。冯雪峰说过："鲁迅先生死后，一直到现在，动不动就浮上我的脑子来的，除出他平日谈话时的笑容和笑声外，还有他走路时的姿势和背影。"所以说，背影是人的精神写照，是灵魂的最安静的居所，它体现了一个人实现自我价值的执着和梦想。一位失恋的男孩会说："看着模糊的镜片，依旧有你的身影，但是已经不属于我。"一位失恋的女孩会说："我喜欢的那个背影，在人群中忽明忽暗。"从人类情感意义上说，背影不是一个离你很遥远的天涯，而是一颗带着温度、会跳动甚至有活力去挣扎的心。至此，我们确乎可以再回到林宥嘉的《背影》歌词里："感谢我不可以住进你的眼睛，所以才能拥抱你的背影，有再多的遗憾，用来牢牢记住不完美的所有美丽；感谢我不可以拥抱你的背影，所以才能变成你的背影，躲在安静角落，不用你回头看，不用在意。"

2015. 3. 26

诗若安好，便是存在

昨日，是海子的忌日。在微博和微信里，充满着对他的怀念。数日前，我在一则短语里写道："海子是中国诗歌二十多年来未曾愈合的最大的伤口。"这仿佛就是昨日。1989 年 3 月 26 日，海子选择了秦皇岛的龙家营跳下铁轨。自杀时他身边带了四本书：《新旧约全书》、梭罗的《瓦尔登湖》、海雅达尔的《孤筏重洋》和《康拉得小说选》。他的《弥赛亚》早就为他的远行埋下了伏笔："太阳，让我把生命铺在你的脚下，为一切阳光开路。"至今，那块让人伤感的路桩还在，那个开满鲜花的小岛上的"海子石"还在。当年的海子是寂寞的，当年的海子没有朋友圈，只有少数的几位诗人跟他一起"把在黑暗中跳舞的心脏叫做月亮"（海子《亚洲铜》）。海子的价值完全是在他离世后才被人们所追认。落落寡欢的海子终于还是离我们远去了，他走得很寂寞，就像他活得很寂寞，不带走天上的一片云彩和大海的一朵浪花。但是今天，文学不拒绝寂寞，诗歌也不拒绝寂寞，海子依然被诗歌簇拥着。那么，诗歌是诗人的墓地吗？我一直觉得诗人是更容易自杀的：1925 年 12 月 28 日，叶赛宁自杀；1930 年 4 月 14 日，马雅可夫斯基开枪自杀；1933 年 3 月，中国诗人朱湘在南京采石矶自沉长江；1963 年，美国诗人西尔维娅·普拉斯自杀；1970 年 4 月 20 日，保罗·策兰在巴黎跳下塞纳河自杀；1991 年 9 月 24 日，有北大"校园诗人"之称的戈麦自沉北京西郊万泉河；1993 年 10 月 8 日，顾城在新西兰因婚变用斧头砍伤妻子谢烨后自缢于一棵大树之下……回顾这些，大概会觉得诗人就是疯子，就是一群堆满伤感的伤口。的确，诗人的心性是柔软的，然而又极其脆弱，经不起折断。当海子乘坐火车经过离北京很远的德令哈时，他想起了姐姐。他说："姐姐，今夜我不关心人类，我只想你。"这首《日记》，一直是我最喜欢的海子的诗。那一刻在德令哈，海子拥有的是一座寂寞而空旷的城，那里深藏着诗人内心的所有寂寞。终于，海子向往的"面朝大海，春暖花开"离他远去了，那个"从明天起，做一个幸福的人"的梦想也离他远去了。海子最后说："在春天，野蛮而悲伤的海子，就剩下这一个，最后一个，这是一个黑夜的海子，沉浸于冬天，倾心死亡，不能自拔，热爱着空虚而寒冷的村庄。"（海子《春天，十个海子》）这就是海子与我们诀别时留下的最后的"祛魅"。今天，我们纪念海子，不仅仅纪念他的短暂的生命，更重要的是纪念他的并不短暂的诗的生命。诗人死了，诗歌不死。所以，我想重复一下我曾经写过的一句话："诗若安好，便是存在。"

2015. 3. 27

女人如茶

有不少文章都在说"女人如茶",大概皆源于苏东坡的"戏作小诗君一笑,从来佳茗似佳人"。也许,如茶的女人不一定非常漂亮,但一定是眉清目秀,清爽宜人;如茶的女人不一定特别美丽,但一定是身姿娇美,体态婀娜。早就有人把不同年龄段的女人比作早茶、下午茶和晚茶;还有人按照茶的种类比如乌龙茶、红茶、绿茶来比喻不同层次的女人……说得似乎不无道理,比喻得也似乎不无恰当。然而,如果我们换一个角度,换一种思维方式,还会觉得女人就一定如茶吗?茶,自古以来就是万木之心,可观,可泡,可饮,可啜,可收藏。女人如果是一杯茶,被泡了喝吧,就成了残茶;倘若不被泡了喝吧,就成了陈茶。女人无论如西湖龙井,清香袅袅,像西施般款款走来,还是如铁观音馥郁奇香,温馨高雅,都只是一种外在的状态。甚至,乌龙茶可以是古色古香、高贵典雅的女人的写照,普洱茶可以是饱经风霜的熟妇的缩影,云雾茶可以是眼神迷离的慵懒女人的形象,茉莉花茶可以是福州女人的姿态,如此等等,女人与茶就一定是这样的各自对应的关系吗?说得貌似都有一定的道理。倘若换一种思维方式,或者从某种意义上说,我觉得女人更像是酒,男人才是茶。如酒的女人需要时间的发酵,需要日子的沉淀;就像女人的爱一样,会随着时间的绵长而越来越浓厚,越来越自然,越来越欲罢不能。这其实就是音乐中常见的奏鸣曲式——呈示部、展开部、再现部、尾声部,声音的意象随着乐曲的展开而不断侵入灵魂,达到一种真正的"聆听"的境界。而如茶的男人在热气腾腾的时候可以观茶色、闻茶香,然而在得到女人之后,那一杯茶往往也就凉了。一会儿狂热,一会儿骤冷，这就如同音乐的复调形式——两个或多个声部（旋律）同时展开，表面上是交融的，但却保留各自的独立性。男人茶的热气腾腾与欣赏女人的态度看起来是一致的，实际上在这种"共鸣"的背后，呈现出来的状态是相互独立而不相互交缠，因为旋律随着时间的流逝而走向二声部。所以男人茶是很容易走神的。酒越陈越香，茶是越泡越凉的；闻香识女人，品茶，也许可以管窥一下男人的某些习性。

2015. 4. 3

奇葩

午间随意翻开报纸，看到"奇葩"两个字。印象中，这是个褒义词，本意应该指奇特而美丽的花朵，常用来比喻出众的特殊的东西。司马相如《美人赋》："奇葩逸丽，淑质艳光。"明朱鼎《玉镜台记·庆赏》."只见万种奇葩呈艳丽，十分春色在枝头。"却不知什么时候，"奇葩"演变成了网络上的搞笑语言，带有调侃甚至取笑、讽刺的意味。国人对于母语的"随心所欲"，由此可见一斑。世间"奇葩"之事何其多也，不胜枚举。据网络曝光，北京电影学院艺术考试曾经出了个这样的题目：番茄炒蛋是先放蛋还是先放番茄？被网友讥为"奇葩考题"。由爱奇艺制作的《奇葩说》节目，自去年 11 月上线开播以来，视频播放总量已破亿。蔡康永、高晓松、马东，加上18 位"奇葩"辩手，仅凭三寸不烂之舌便吸引了大批拥趸。其实，也就是那样的口无遮拦，也就是那样的"自黑精神"，爱奇艺同时成为一朵"奇葩"。那么，"奇葩"还能有什么新的解释呢？今年第 4期《上海文学》杂志，发表了 81 岁的作家王蒙的中篇小说《奇葩奇葩处处哀》。以这位文坛老将的功力，他究竟赋予了"奇葩"怎样一种新的含义呢？小说描写一位主人公老年丧偶，好心人为他介绍了几位女性。于是，形形色色的情感经历轮番上演了，不断冲刷着男主人公的人生体验，折射出各种"奇葩"的人间百态。不过，这回王蒙倒是给"奇葩"打上了悲情化色彩。他在接受记者采访时说：在他看来，小说中性格、背景迥异的六位女性，各有各的苦衷和愿望，没有谁故意要变成某一类"奇葩"。在这个"奇葩"的词语背后，传递的是人与人之间的隔膜和不理解。所以，所谓的"奇葩"，就多少带有遗憾、痛心或打着问号的命运色彩。王蒙说，他写这部中篇时自己也变得"随心所欲"——"语言怎么合适怎么来。感觉内心一下子开放给了世俗，但立意绝不止步于俗。"我想，这应该才是属于王蒙的真正的"奇葩"。

2015. 4. 8

阅读咖啡

多年前写过一篇《阅读咖啡》，把咖啡读成"思想的一种颗粒"。在我看来，苦与涩是咖啡的本质世界，然而咖啡真正的浓香又是从这苦涩中溢发出来的。我一直觉得，品味咖啡需要感觉和心境，需要有一种提纯生活本质的能力。2011年冬天，我第二次去法国，在巴黎待了有十多天时间。巴黎有12000多家咖啡馆，每年能喝掉18万吨咖啡。巴黎人每天上班前都会先饮一杯咖啡，那样就可以照亮他们一整天的时光。善于思辨并且崇尚理性精神和批判意识的法国人，他们那些庄严的思想多数是在咖啡馆里催生出来的。我读过科塞的《理念人》，这本书描绘了18世纪那一群被咖啡所点染的新人类——"理念人"。他们"几杯咖啡下肚，新鲜刺激、大胆妄为的言论便从嘴边蹦到桌上，又从桌上蹿到地上，随即便兴奋地跳起舞来"。18世纪的咖啡馆就被这群"理念人"称为一个思想表达的场所，它们以静谧与沉思闻名。卢梭、孟德斯鸠一直是咖啡馆的常客，伏尔泰在咖啡馆里一次可以喝下40杯咖啡，蒙田的"我怀疑"、笛卡尔的"我知道"、帕斯卡尔的"我相信"等，就连近年来很火爆的阿伦特，都是在咖啡馆里"研磨"出他们的思想颗粒。巴黎左岸咖啡馆里的"花神"菜单上，有的还印上萨特的那句话："自由之路经由花神咖啡……"巴黎毕竟是巴黎，仅咖啡馆就可以按照哲学、诗歌、戏剧、电影、音乐甚至天文来划分主题，其中自然以哲学为盛。无怪乎徐志摩当年会说："如果巴黎少了咖啡馆，恐怕会变得一无可爱。"回到我所居住的这座城市，茶馆、酒吧、咖啡馆说多也不多，我去过的就更少了。一段时间以来，我在一家叫作"在咖啡"的咖啡馆里虚掷了几次，那里有书读，有人聊天，盯着眼前那杯被瓦解的深褐色的颗粒，觉得它似乎就溶化在我的感觉里，于是舌底开始波俏，开始澜翻，目光炯炯，并且已经被撩拨出一种想写点什么的冲动了。"在咖啡"是一座精神的渊薮，是一个同样带有"煤烟"般苦涩香味的咖啡的名字，当然，我更喜欢的还是那里时不时踅进去一群诗人，他们纷纷把诗句抵押在那里，然后孵化。从秋天喝到春天，又从冬天喝到夏天，他们谈海子，谈顾城，谈舒婷，谈余秀华，谈诗歌的时间的羽翼，以及诗的去向与归途……这个春天，那个写过《春天，十个海子》的海子，一个都没有复活，但是他身后的那些诗复活了，那些饱胀的诗的生命一句一句被搅活，被沉浮在"在咖啡"的咖啡里，就像海子笔下的《亚洲铜》那样，藏匿着一个诗的燃灯人的痕迹。"在咖啡"，其实就是诗人的一个存在，一个诗意的栖居的场所。我还会来这里，在那种深褐色的浮沉中，寻找我的追问和语言，寻找属于我的"思想的颗粒"。当然，我还会继续寻找或追究咖啡的最初的和最后的故事。

2015. 4. 9

一抹绿色

"叶如飞凰之羽，花若丹凤之冠"，母校厦门大学的凤凰木，多年来一直给我纯粹和澄明的感觉。它的花灿烂得令人不忍用眼睛去触碰，可我常常就忍不住。有时就想，福柯所说的"生存美学"，不就如在眼前吗？除了花李，它即便落红了，那满树的绿叶照样给人带来热烈的感动。那是灵魂相望的感动。

我对于绿色有一种天生的敏感，少时在乡下，任你拐入哪一个角落，都是龙眼树的影子，满目葱茏。绿色在我内心的旅行，是我的感觉世界的"生动的在场"，无论我从任何一个午夜里醒来，我都会去想念那种绿色的透亮。

多少年了，我一直在家里种植着一种叫堇花槐的树，它也称富贵树。虽然已经更换了几次，但是每一棵都带给我情感上一片无声的降临。我相信只有这种绿色，会让我看到生命的存在，看到生命的阳光是永远的、无始无终的。如果说我们心里有一个私人的乐园，那么在我心目中，这种绿色的神圣之光一定是我与他者、与诗的最终的生命内容。树比任何人都要真实，所以我以仰望的姿势去凝视它。除了把风留住，把绿色留住，重要的还希望那些绿叶的舞蹈时时微醺着我。

坐在客厅里一边品茶一边望着它，我甚至有些激动，因为它并不要求你施舍什么，它只需要水。当二楼窗户的阳光透射进来时，它的笑靥令人惊讶。春光正好，它也长得正好。正好就有一次，风纹丝不动，周边平静得不行，我看见树上有几片叶子轻轻颤动了下，像一个泛音弹入我的耳际。我觉得这就是状态了。这时，我看到绿色的遮蔽，也看到灵魂的牵引。在它面前，我似乎觉得必须把灵魂交出。我想起法国电影《爱丽莎的情人》中有一句刻在木板上的话："交出灵魂，可以。但给谁?"

这一定是我读到的最伤感也最沧桑的一句台词。树是有信仰的，它的热烈往往是孤寂的，它的孤寂往往又是热烈的。这种几近宗教的草根传奇，让我感觉到人终究是一段脆弱的乐谱，任何一个绿色的音符都可能击中我。

世间万物的审美，都可分为物象审美和心智审美。对于这样的一棵树，我钟情于它的绿色，钟情于它的造型，我还必须钟情它给我带来的对于生活的某些关怀和记忆。人到中年，开始"关怀自身"，开始在树的落叶中萌醒。这时，我突然意识到树的绿意原来是常常被我忽略的，就像"生活在别处"或者"思想在外面"那样。

每天晚上，我端起茶盅张望着它的那一刻，它是安静的，安静得我都不觉得它的存在。其实，这时它可能就是醒着的，它的尘世之上的眼睛可能就是睁开着的，它可能就在默默地驮着我的莫名的忧伤。然而就在这时，我无端地忽视了它的美丽，无端地把它给伤害了，或者，我在心里把它无端地给错过了。这时，我耳边就会想起泰戈尔老人的那句话："如果我们错过了太阳，就不要再错过月亮和星辰。"面对这一抹绿色，我想，它还能不能不相信伤害呢? 它还能不能不相信可以从我的目光里走出呢?

南夫的诗

莆田有位诗人叫南夫，他的诗于日常中充满着诡异。这个春天的气候也很诡异，这种诡异意味深长，我开始认真读他的诗。记得数月前读他的《祖屋》，一开始读到"祖屋装满了鬼/祖屋里出生的子孙/都是自家的鬼转世/都是鬼的子孙/都是鬼自己"时，我不断地骇异，不断地冒冷汗。但读完全诗，我的目光就与南夫手上的风相遇了。他的诗多数是阴性的，这是一个被"鬼"照亮的世界。他拒绝对世界的诗化，他用全部的诗的力量去超越诗学的界限。所以，他的诗除了是平民的、日常的，却更是这个世界宿醉的、疼痛的和诡异的收获。

南夫的诗很好读也很好吞咽，却有可能是不好消化的。那些"最终被黑夜覆盖，没有留下任何痕迹"的蚂蚁，如同他的"酒"那样让人精血爆裂。南夫的诗多数写于他的"小神洞"，这绝对是他内心的一块流亡之地，也是他的诗的最初的记事本。在那里，他洞达了这个世界的所有诡异和精神炼狱，然后他把它们拽入诗里，狠狠捶打。南夫好饮，一杯浊酒下肚，他的语言和文字的天平即刻倒向了诗。他的诗的语言完全是平直的，没有任何弯曲。然而这个南夫意味深长。"一个叫古雷的地方一声巨响/又把死翘翘的祖先/活生生吵醒"——这首写于今年清明节的《闪爆》，究竟"闪爆"了什么？我想如此的诗性肯定会把诗的符号阐释到"崩坏"。在我的感觉里，南夫总是顶着一颗平民的脑袋，拎着一支被诗性和"鬼"性燃烧的酒瓶，幽灵般四处游荡。"鬼"遇到了鬼，相互交流着呼吸，各自传递着变形了的名片，然后穿越一种日常的秘境。南夫穿透的不仅仅是现实，而是穿透了这个世界的"鬼魅"。他说，他用生活去否定生活，写诗完全出于随性而为。所以，他不书斋也不晦涩，他把"鬼"这个字眼变成诗的符号，在与"鬼"和蚂蚁的对话中穿过这个世界，从而完成了一次又一次的精神历险。阅读南夫，其实就是在阅读一座"鬼"的意象。大音希声，南夫的诗充满着"日常"的呼吸，其意义是透明的、松弛的。诗的阐释的焦虑就在于，抽象的时候，意义往往是绷紧的。南夫用词粗放，语词常常带有短促的句式和结构，他的动词和名词甚至常常是被割断的，然而正是在这里，他为我们留下了透气的空隙。这种情形，多少有点像策兰那样，"变换钥匙变换词"。实际上，在南夫诗歌里，我们也能够找到这把"可变的钥匙"。所以，南夫依然是意味深长的。这起码是我对他的一个基本判断。当然，如果合适，或者南夫可以接受的话，这个短语就算是我在一个特别的阅读维度，为他的诗句投下的一丝影子。

接下来，我也许还得去他的诗的"小神洞"里，寻找那些属于他的诗的蚂蚁，以及他扔下的那些诗的酒瓶……

2015. 4. 13

宝钗和黛玉

有朋友在微信上链接了一篇《宝钗和黛玉，你会爱上谁》的文章。其实，这个问题张中行早就说过：某日，几位糟老头子闲来无事，投票选举他们心目中的理想太太，结果，湘云和宝钗位居榜首，黛玉和凤姐落第。理由是，后面这两位，一个不敢娶，一个惹不起。按照这些老先生们的说法，黛玉适合谈恋爱，宝钗适合娶回家。那么，宝钗真的这么简单和实用吗？其实，宝钗是《红楼梦》里争议最多的一位人物，虽生得丰满莹润，内心却是一片枯索，用曹雪芹对她的判词说来就是："纵然举案齐眉，到底意难平。"宝钗何以"意难平"？就在于她没有了青春期。她的全部心思和生命，都用来爱惜和维护自身的道德形象。刘姥姥说笑话时众人笑成一团，她却可以纹丝不动。宝钗扑蝶，本来是春日里的一桩美事，却在这时，她无意中偷听到小红和坠儿的对话，便以为遇到了鸡鸣狗盗之事，立马在心里加以十二重防备，然后伺机把嫌疑转嫁到黛玉头上。扑蝶的浪漫，瞬间变成一场心机较量。"珍重芳姿昼掩门，自携手瓮濯苔盆"，任何人的一举一动，都逃不过她的眼睛。她活得可真叫累，也太复杂。她还处处以道德家的身份，不断地给小姐妹湘云、黛玉、岫烟等上各种各样的政治课，倒像个十足的学霸。宝钗高超的处世技巧，赢得了左右逢源。一本《红楼梦》，简直是参透了她那又大又深的世界：串门说项是她的本事，审时度势是她的哲学，进退自如是她的长技。世事洞明，人情练达。然而，她终究还是"空"了，内心空了，就连那一副漂亮的躯壳，也是空了的。顾城多年前就评论过宝钗："她是天然生性空无的人，并在'我'和'执'中参透看破……她空而无我，她知道生活毫无意义……"一语道破了天机。宝钗活得太累，过早成熟，老气横秋，当黛玉还在耍小脾气、宝玉还在懵懵懂懂时，她已经会不动声色了。她虽然有智慧有抱负，却更多的是隐忍和算计。她的一生，聚集了中国式的生存智慧。这样的主，大凡明智的男人还敢娶她吗？回到这则短语的开头，朋友在链接那篇文章时，对于究竟是爱上宝钗还是黛玉，竟也不慌不忙地说了句："如果可以，每一个都试试。"还敢试吗？结果有另一位朋友这样回答："两个都娶，一个白天，一个黑夜，有问题就找你哈。"呜呼！

2015. 4. 14

阅读鲁迅

阅读鲁迅，一直是我汲取思想资源的重要方式。无论从文本出发，还是对其思维与语词关系的思考，我都觉得鲁迅是一个绕不过去的存在。鲁迅的语词为我们制造了一个又一个语言的漩涡，尤其是《野草》，各种词语在里面挣扎、缠绕、转换甚至扭曲，构成了如"魂之舞"般的语言魔障。有人说那是一种"纠缠如毒蛇、遒劲如老松的语言力量"，由此扩大了思想的空间。任何词语，都可以被色彩和旋律所调动，从而走入形而上的境界。鲁迅《野草》中的语言，大都是灰暗里的独奏，忧伤却有着某种内视的浑厚张力。鲁迅对于世界的审视，一直带着自己的语言编码方式。比如他说："当我沉默的时候，我觉得充实；我将开口，同时感到空虚。"这种占有语言的方式是迷人的，它持续刺激着我们在他的思想暗处不断地突围。卡夫卡说过："占有语言必须小心谨慎。"鲁迅却不一定如此，他瞭望秋夜，瞩目过客，还探头一下百草园，不矫饰，不咏叹，语言的超拔与内心的凝视总是相通的，一切都成了寓意。天意从来高难问，我有时想，鲁迅肯定是不好学的，不说思想，就是他的语言方式，也难以步其后尘。德国诗人策兰那种"避开旧的词汇而找到冷语"的写作方式，"以非人类化的自然之语面对存在"。鲁迅同样是如此。那么，鲁迅可以模仿吗？模仿是另一种"盗"，本来就不值一提。前些年在网络上看到一则模仿鲁迅《从百草园到三味书屋》的短文《从百草园到天上人间》，讽刺了当代社会的某种现实。但该文这样占有鲁迅的语言方式，模仿得再像，也只是模仿而已。它只能说明：鲁迅的语言，为混乱的现实提供一种着迷的忧伤；而如此模仿，不过是借用鲁迅的语言，为混乱的现实提供一种精神的颠倒。如此恶搞，究竟是鲁迅之幸还是鲁迅之悲哀呢？

2015. 4. 15

顶上功夫

　　几十年了，头发由黑到白，由多到少。该怎么整理头顶这些乱发呢？不管黑白与多少，每个月总要去料理一回吧。经不住朋友的再三怂恿，进了一家美发厅。甫入座，便有一小伙子过来问道："是来理发吗？有没有熟悉的理发师？"我是第一次进美发厅，哪有什么熟悉的？"那你想剪什么价位的？我们这里有 38 元和 88 元的。""有什么不一样吗？"我问。他答："38 元的是由普通理发师剪的，88 元是由总监剪的。"我想我顶上就这么稀稀拉拉的"无几根"，还要什么总监料理。"38 元吧。"我大声应了一下，整个店里顿时静了下来。我暗暗窃喜自己的明智。其实，即便是满头浓密的黑发，总监还能给你打理出什么"花头"来？

　　边坐在那里边任理发师折腾，心里猛然想到，自己主编一家学术刊物，每天要看一大堆论文。难道一般编辑编的文章就只能是 38 元，编审编辑的就得 88 元了？我有时候对责任编辑说："除了审查文章的观点、论据和论证水平外，你还能够挤出文章的水分，就说明你的编辑功夫已经到家了。"编辑就是理发师，把多余的头发剃去，剪出一个漂亮的头型。殊不知现在的文章掺水太多，做编辑的也觉得头疼。当年陈垣评价清人笔记时说了一句话："清人笔记像奶粉一样，现代人拿水一冲冲出一大碗，就是一篇论文。"何其透彻！有人说过，精读《莎士比亚全集》，得准备 10000 个词；精读《圣经》，得准备 6000 个词；精读《堂·吉诃德》，得准备 4000 个词；精读《金刚经》，得准备 1000 个词。而精读苏斯博士的童话故事《绿鸡蛋和火腿》，则只要 50 个词就够了。50 个词，就构筑了一座知识迷宫，这种逼近无限可能性的阅读门槛，还有谁跨不进去呢？所以，好的东西一定是少而精的，甚至是独特的一个。有位儿子问他妈妈："什么是女朋友？"妈妈："如果你长大后是个好男孩，你就会得到一个。"儿子："如果我不是好男孩呢？"妈妈："你会得到很多个。"世间做任何事情，精炼肯定是重要的功夫。回到理发，它说起来就是一种"顶上功夫"。那么，总监的"剪"就一定会比一般理发师的"剪"值钱吗？老实说，我就常常犯了一些不如责任编辑的低级错误。看来，不少人是信任或注重所谓的"名声"的。《诗经》曰："文王有声，遹骏有声。"这就在提醒人们：人，的确是有名声的。一个好名声，可以抬你一辈子；一个坏名声，可以砸你一辈子。都说名声无价，其实名声是可以卖钱的，比如38元与88元的区别等等。然而，有一个熟悉的说法依然时时在洞穿着我们：盛名之下，其实难副。——它们其实无所不在。

256

2015.4.16

斜阳系缆

一个日子在不断地逼近我，我似乎有些惶惑。就像写书，写着写着，不经意就进入了最后一章。这本书很薄，我却写得很重。20多年前，我在心里记住了一个词："斜阳系缆"，我想这个词一定会在我人生的某个时刻，分担一些生命的内容。人到中年，是个人心灵最为丰富的阶段，这个时候，人开始"关怀自身"，开始"灵魂转向"。"人间花草太匆匆，春未残时花已空"，苏曼殊的这句诗，自觉从容然而不够决绝，乃是尘缘未消。曼殊一时激愤遁入佛门，却又贪恋红尘，灵魂并未真正"转向"。在这一点上，李叔同就比苏曼殊看透了许多。李叔同一入空山，便彻底断了尘缘。挚友夏丏尊某日见到弘一时，脱口就喊："叔同。"弘一平静而认真地回答："请叫我弘一。"显然，"李叔同"已经成了前尘中的另外一个人。人生角色转换是常有的事，但有时就不会那么自觉，甚至被现实安排了也不甚明了。有一胖子去按摩，换了几位按摩师都不满意，最后终于遇到了让他满意的一位。他说："还是你的手艺好，不知师承何处？"按摩师答道："我以前是在厨房揉面的。"这种情形，难道就不会出现在我的日子里？"斜阳系缆"，是靠岸还是继续前行，都是属于我自己的选择。世间所有的选择，到最后其实就是五个字——你想要什么？女儿十二三岁时曾经问我："人为什么要活着？"我一时语塞。她很失望。后来我一直在想，这么小的孩子，居然问了这么大的一个问题，她的痛苦和忧伤可能也就来了。我说你怎么就不能保留住6岁时写过那首诗的心情。这首诗题为《迷路》："如果有一天/我迷路了/走出这个地球/我会不会/变成一颗星？"这种感觉当时让我惊异不已。幼小的心灵原来如此纯真无邪！孩子不能过早具有和大人一般的"问题意识"，提前进入复杂的人生并不见得有什么好处。当然，我是回不去那个年轻时代了，但是我们这一双尘世之上的眼睛，到底还是让我们看清了自己的生活。所以，在记住"斜阳系缆"这个词的同时，我还记住了"瞥见无限"这四个字。人无论活多久走多远，内心深处有一种阳光是无限的。这就是"静谧的激情"。"瞥见无限"，才能走入永远，才能在任何一个历史的角落甚至暗角，在你自己的内心王国，保留住对那些过往的人和事的回忆，保留住你不敢触碰而最终忍不住触碰了的人间的一草一木。因为它们都是你内心的"瞥见"，都是贝多芬所说过的："它来自心灵，也将抵达心灵。"

2015. 4. 17

和自己说话

昨日在朋友圈发了首诗《周日，我和自己说话》，今天周一，我该跟谁说话呢？想来想去，还是跟我的"短语"说话吧。其实，一个人有时候是不堪一击的。除了"人是一根会思想的苇草"这句话外，史铁生的"命若琴弦"，照样是大家所熟悉的。"莫谈江湖险，汝心即江湖"，我们每个人的心灵都是一个隐秘的江湖，都是一片观察者的幻象。比如流逝的水、枯萎的花、飘散的云、融化的雪等等，随时可能成为追忆。当这些已经逝去的幻象逼近我们的记忆时，时光和经验就成为一种无法忘却的倾听。任何回忆都是可以倾听的，而且常常是某种早已为意识所忘却了的事情，更能够唤起我们的倾听的回忆。

华兹华斯有首诗写道："真理并没落空……然而那撕破沉寂氛围的一声呼喊/或光阴那难以想象的轻触/竟使他不堪忍受。"今天是个什么日子？凌晨一阵惊雷，过早地把这座城市吵醒。雷雨唤起我的回忆，忽忽几十年就这么过去了，世事苍茫，人事悠悠，踏入江湖却常常不知江湖险恶，到老了才看清原来自己的内心也是一个江湖。所以，我经常会去聆听一种黑暗中的声音，那其实就是你内心的语言。昨日，我和自己说话，我随意地、漫不经心地玩弄语言，玩弄回忆，我在"寻找一个想象的中心"（布朗肖）。在昨日的诗歌里，我只用一个叫"词"的词，去和自己说话。我的那条可爱的吉娃娃跑进光里喊我，我觉得我的所有的词语一下子都弯了。于是，"我像一个刺青者，背上扎满丢失的词"。我的"想象的中心"就是："星期天，是说话的好时光/语言像空气那样无遮无拦/一周的话都说完了/下周，

259

就让风替我说吧"。下周，肯定还会有许多个的"下周"。"下周"就是我的观察的幻象，就是我的回忆的聆听。为什么我要在昨日写了这么一首诗呢？因为只有诗，能够对抗我的历史和我的遗忘，只有诗，能够在今天这个"浓缩了我的年期回忆"（策兰）的日子里，完成一回和自己的对话。人生说白了，就是一场持续耗尽词义的搏杀，当然，也是不断创造新的语境的起源。正是如此，人在表达那些已经沉寂的声音时，也看清了自己的江湖。今天，永远是我的另一个时间，不管它是否意味深长，我都会走上前去，看见一个声音在我的灵魂里摆渡，在我的手心开出一朵空无的掌纹。

2015. 4. 20

听张俊波弹古琴

《听张俊波弹古琴》——这是我酝酿了很久的一个题目，可终于还是没能写成文章。世界读书日前一天，我带着沈阳来的客人到位于三坊七巷博览苑里的"龙人琴坊"，听俊波演奏《流水》《梅花三弄》和《长门怨》。俊波的琴艺内敛温润，活泼而不失于漂浮，沉稳而不流于凝滞。他边演奏边解说，鸟鸣花溅，孤角空楼，明月潇桥，人闲叶落……种种幽深的感觉，纯粹得仿佛这个世界只剩下一根丝了。古琴堪称妙音，它与诗有异曲同工之处。诗可以是一句，琴也可以是一声断弦，还可以是一片荡漾。北宋黄州有位平民诗人潘大临，工诗且多佳句，虽作品甚少，却深得东坡、山谷赏识。某日，临川谢无逸问其有否新作，潘大临答道："秋来景物，件件是佳句，恨为俗氛所蔽翳。昨日闲卧，闻搅林风雨声，欣然起，题其壁曰：满城风雨近重阳。忽催租人至，遂败意。止此一句奉寄。"闻者皆笑其"迂阔"，然而此"迂阔"实在是迂阔得可爱。也就是这一句残诗，竟成了难以揣摩和接续的嗣响，引起后世文人全璧的冲动，续貂之作俯拾皆是，均为瞠乎其后，而无青出于蓝而胜于蓝，用现在的话说，乃是路径依赖之窒碍。好琴有泛音有残响，无论立意完整抑或碎裂，皆有"为我一挥手，如听万壑松"（李白）的妙境。抚琴与听琴，都需要一种凝神竭虑的心境。所谓"水中之影，镜中之象"，"柳丝长，春雨细"等等，都是琴曲凝静而淡然的诗意。百度里有"震撼！七天成为古琴高手"之条目，不禁令人咋舌。并不是每个人都适合弹古琴听古琴的，心绪浮躁的时候，无论如何欣赏不了古琴。明太祖朱元璋之十七子朱权英勇善战，后来"避地游隐，终日读书弹琴"，历时十二年之久，编出一册《神奇秘谱》。其曰古琴乃"圣人治世之音，君子养修之物"。我对古琴素有兴趣，每日必聆赏。俊波特意送我两张古琴大师成公亮亲笔签名的碟片，我听了不下数百遍。那种"手挥五弦，目送归鸿""操缦清商，游心大象"的境界，只能让我这些还有点焦躁的文字停留在那种淡淡的意境之中了。再想想世故，便觉得琴声就是一种虚无。

幸好，有俊波的高超琴艺，其趣如若是，必有道存焉，有道山在，亦算是"吾道不孤"也。

2015. 4. 24

爱　煞

5月2日中午去机场接女儿女婿和小外孙女，当我看到怀抱宝宝的女儿疾步冲我走过来时，我心里反而突然就平静了，显得有点藏愚守拙。未满三个月的外孙女的小脸庞一下子闯入我的视线，我立刻想到了一个词——"爱煞"。此时此刻，明媚动人的外孙女肯定与知识无关，她只关乎我的心性。30 年前的今天，5月4日，女儿降生，我在北京。那种渴望至今回想起来，还是渴望。女儿终究是我的生命景象与精神格调，她是我的一个作品。30 年后，女儿为我带来了一个属于她的作品，生命的展开是奇妙而浪漫的。木心说过，浪漫主义是一种福气，其实，浪漫主义也是一种信心。这两天，我都处在这样的氛围之中。朋友戏说我这是在研究"孙子兵法"。说实在的，这门"学问"对我来说是陌生的。昨日，女儿女婿两次出门，把小外孙女交我看护两个小时。这两个小时真切让我看到时间并不是"去了哪儿"，而是"就在身边"，我的目光须臾没有离开小外孙女半步。我在心里揣着一部属于我的"孙子兵法"，不断地研究她的每一种表情，每一声啼哭。她的确没有辜负我这个"初为外公"的苦心，安静地沉入梦乡。及至女儿女婿回到家里时，她还稳稳地睡着。该给她换个尿不湿，然后给她洗个澡。她就是不肯醒。女儿居然说，让外公把她抱起来，她肯定一下子就醒来。这种"坏事"干还是不干？我迟疑了一阵，最后还是把她从熟睡中抱了起来。果然，小家伙迷迷糊糊地睁开了眼睛，继而撇嘴，继而皱眉，继而顺着嗓门"哇"地哭将起来。这算是"孙子兵法"里的哪一章？我告诉女儿，外公的良好形象这下肯定毁了。女儿说，外公只有一个，成也是，败也是。我想，这不也进入了"世说"？在写这则短语之前，我看到我的一位朋友在晒他的学生的婚礼。新郎深情地为新娘演唱了一首《稳稳的幸福》，感动了众人。这"稳稳"两个字，难道仅仅是一种浪漫吗？它更是一种信心！想到这里，我望着无端地被我"弄醒"的小外孙女，觉得她的喉咙的绽放，依然是花开般的明媚，依然是送给外公的"稳稳的幸福"。在女儿的生日之际，我把这一则短语送给她，也算是我送给她的"稳稳的幸福"。

2015. 5. 4

母亲节

一年一度的母亲节让不少做了母亲的女人兴奋不已，母性的柔软肯定是一种诗意，无论是骨头还是血液和肌肤，在这个时候都具有了明媚的风度。一位母亲，在这样的日子里，接受的哪怕是子女的一束花、一块巧克力、一支唇膏，抑或是一个轻吻，都可能让母亲感到爱是一本浩瀚无边的生命之书。似乎是冥冥中的天然凑趣，就在前几日，李克强总理在国务院常务会议上，痛斥了某些政府办事机构："我看到有家媒体报道，一个公民要出国旅游，需要填写紧急联系人，他写了他母亲的名字，结果有关部门要求他提供材料，证明'你妈是你妈'！"总理话音刚落，会场顿时笑声一片。总理发问：老百姓办个事咋就这么难？政府为啥要设这么多道"障碍"？"这怎么证明呢？简直是天大的笑话！人家本来是想出去旅游，放松放松，结果呢？"总理说，"这些办事机构到底是出于对老百姓负责的态度，还是在故意给老百姓设置障碍？"总理的严词，对于母亲节无疑是坦率而深情的精神拯救。母亲是天底下最伟大的命运女神，母爱也是最伟大的不朽典仪，那么，"你妈是你妈"这种狗血证明，只能给我们带来什么呢？你妈就是你妈，我妈就是我妈，每个人的出世都是母亲赋予我们命运的一种选择，都是母亲为我们带来的生命景象。在这个母亲节，我忍不住写下这段话，只是为天下母亲的爱而来，为深刻着母性的泪光盈盈的痛而来。我想用微弱的声音，为今后不会再出现什么证明"你妈是你妈"的狗血闹剧，喊出一声轻轻的呼吁。这正如策兰在他的一首诗里写道的："声音，在它面前/你的心退回到母亲的心。"我们需要这样一种声音，需要这样一种"退回到母亲的心"的语言之牖。母爱是无止境的，母亲是我们生命的所有隐喻。昨日，我看到一位海外游子写的两句诗："在海外，我搬了十一次家/国内的母亲最后搬了一次家/我就再也见不到她了。"诗以极其平静的力量，让历史的浮尘散落在我们心头，一阵风随时可能把它扬起。因为只要有母亲在，就会有一种意味深长的声音在我们心头扬起。

2015. 5. 10

美丽的煎熬

数日前接到叶兄电话，厦门大学福州校友会准备换届，让我写首诗以示祝贺。我考虑再三，最终还是婉拒了。我偶尔涂"诗"，不过玩玩而已，至多为了证明自身如何站在生活面前，所以压根就写不出什么宏大题材来。在一个阅读碎片化的时代，诗歌竟然极其例外地被作为全民性的文化事件受到热议与评骘，从余秀华崛起，到汪国真去世，诗歌和诗人不断地被推到风口浪尖，引爆人们的眼球。其实这个问题并不奇怪，诗歌虽然是一种"边缘文体"，但是它所具有的独立品性则越来越多了。现代化正在不断消解"远方"，消解地方性差异空间。我们正处在一个没有远方的时代，诗歌的"乡愁"于是不断地被催生，不断地被孵化。"草根诗人"的出现，为我们克服了当代诗歌的思想困难：诗，本来就应该具有现实感、人文关怀和及物性的。米沃什有一个"见证诗学"理论，说的就是以诗歌直接对话生命，对话疼痛，对话具体。诗的真正的生命是有痛感的生命，是日常经验和文化语境的活跃展示。第二次世界大战期间乃至之后，最直接的文化展示就是诗歌，就是杰弗里·希尔的《九月之歌》，就是 T. S. 艾略特的《四个四重奏》，就是奥登的《战地行》，就是希尔维娅·普拉斯的《爹爹》……无论是战争回忆还是苦难叙事，诗歌对于"二战"的描绘始终是一个超越性的文学事件。西蒙诺夫《等着我》中那句反复吟咏的"等着我，我必将回来"，证实了阿多诺所说的"奥尔维辛之后，写诗是残忍的"。诗歌，就是这样地站在了生活面前，你还能说它是曲高和寡吗？对于诗人来说，他们都有一个属于自己的意义区域，对于诗歌来说，它们同样具有一个属于自己的场域。

这个场域在当代，就是"乡愁"，就是消解了差别的"远方"。其实，阅读的碎片化没有过度消解诗歌，反而让诗歌"见证"了那些集体性的价值判断和道德反思。所以，无论是作为一个评论者，还是作为一个创作者，我对于诗人的意义区域和诗歌的场域，一直怀有一种"在场，但不在远方"的瞻望。远方可以望断，我的诗歌感觉始终"在路上"，在我的"乡愁化"的时间里。它们，或许可以叫作"美丽的煎熬"。

2015. 5. 19

268

语　词

　　曾经发了一则关于"暂此"的短语，有一朋友评论道："在语词的密林中，我偏爱带有偶然性质的一类。比如邂逅，比如偶遇，比如擦肩……不是为似是而非的暧昧所吸引，而是对隐藏其中的无限可能的向往与心仪。暂此亦如是。"的确，我也偏爱这样的一些语词。比如"私奔"，这个词可以是很实际的，也可以是超尘脱俗的；可以是狂放不羁的，也可以是心碎一地的。当年张学良与赵一荻相伴了 36个春秋之后，才有机会"恩同再造"。那种"相伴"无异于私奔。张爱玲两次在错误的时间选择了错误的人，她唯一做对的一件事就是让胡兰成去私奔，去承受在《今生今世》里都还不清的情债。而萧红的私奔则最为决绝，也最具"私奔"的姿态，然而命运无常，她是宿命似的冷冰冰地走完短暂的一生。她曾经在给友人的信里写道："当我死后，或许我的作品无人去看，但肯定的是，我的绯闻将永远流传。"所以，"私奔"这个词所隐含的无限的可能性，一直是"绝尘"的裂帛之响。它甚至只有一种纯粹的隐喻，那就是远方、真爱和自由。也许，会有不少人觉得"私奔"是一个充满妖魅的词，是生命"预算"外的节外生枝和累累伤痕。诗人潘维在那首《苏小小墓前》写道："年过四十/我放下责任/向美做一个交代/算是为灵魂押上韵脚。"有人评论说，这就是风月无边，就是"私奔"的节奏，因为是以出格的爱"为灵魂押上韵脚"。作为一个语词，可以肯定，"私奔"是许多人究其一生都难以"懂得"难以消解的。它有"实"处，也有"虚"处。实处就是如何去解决"私奔"后的相依为命和柴米油盐，虚处就是与秋水换色后的所谓"花好月圆"。语词的奥

269

妙，全在于那种"隔"与"不隔"之间，虚实相生，如同泥沙落底，浮物融化。偶遇、邂逅、擦肩、暂此……就像对草木俯首一般，蓦然回首，月迷津渡，湛湛而又朗朗。写到这里，隐隐感觉到"虚"与"实"原来竟也是十分微妙的，于是想起了在一本书里看到的一个对话。问："一直没弄清虚岁和周岁是什么意思。"答："虚岁是从爸爸的身体里出来的时间；周岁是从妈妈身体里出来的时间。"这难道就是对"虚"与"实"的最好的注解吗？倘若如此，那么，就借此作为这则短语的"暂此"吧。

2015. 5. 21

270

道法自然

人这一辈子，要想活得自然，活得洒脱，活得明明白白，并不是一件容易的事。别的不说，就说"道法自然"四个字，许多人穷尽一生都难以抵达。什么是"道法自然"？它没有文物标本，没有观念记忆，而只有鲜活的、允满生命力的思想。古代读书人有"不敢当"的文化传统，那是谦谦君子的自谦之意。王国维对于学生所提的问题，常用三句话回答："弗晓得""弗的确""不见得"，这其实就是"不敢当"的意思。启功对此感慨道："凡肯说或敢说自己有'不清楚''没懂得''待研究'的人，必定是一位伟大的鉴定家。"吴宓在西南联大时，以谢授《红楼梦》闻名，甚至有学生送他一个"妙玉"的绰号，他只是笑了笑："不敢当，不敢当。"钱钟书上大学时曾口出狂言，说清华大学没人能教得了他："叶公超太懒，吴宓太笨，陈福田太俗。"此话传入吴宓的耳朵，吴宓也只是淡淡地说："Mr. Qian 的狂，并非孔雀亮屏般的个体炫耀，只是文人骨子里的一种高尚的傲慢，这没啥。"足见吴宓的胸怀。某君某日与一群博士吃饭，有一博士当场说了几句此君的好话，此君连连挥手："没有，没有。"边上一女博士却指点他道："这里应该说谢谢，谢谢！"这究竟是让此君"敢当"还是"不敢当"呢？谦虚一直被视为中华民族的传统美德，然而不是还流传着一句话"过度谦虚就是骄傲"吗？所以，做人难，往往就难在这些细枝末节上，难在如何知进退、知分寸和知妥帖上。《东坡志林》里记载着一则南朝刘凝之和沈麟士的故事：刘凝之被人指认穿错了鞋，就把自己的鞋子给了那人。那人后来找回丢失的鞋子，把刘凝之的鞋子送回来，刘凝之却再也不肯要了。而沈麟士同样被邻居指认穿错了鞋，沈凝之毫不犹豫地把鞋给了邻居。邻居后来也找回自己的鞋子，就把沈麟士的鞋子送了回来。沈麟士笑着收下。苏东坡对此评论道："此非小事，然处世当如麟士，不当如凝之也。"沈麟士既没有去指责邻居会如此误会他，也没有像刘凝之那样嫌邻居穿过的鞋子不干净，他的"处事淡然"和"得失不计"，才是真正的"道法自然"，是一种明明白白地活着。人，不仅要懂得与社会相处、与自然相处，更重要的还要懂得与自己的内心相处。这才是人的真正的存在方式。做到了这一点，我们确乎就能够理解《老子》第二十五章里所说的："人法地，地法天，天法道，道法自然。"

2015. 6. 15

寂寞而伟大

谢冕评论福建的四位女诗人冰心、林徽因、郑敏和舒婷，末了引用了林徽因的诗句"菩提树下清荫则是去年"，有其深意。我一直琢磨着这一句诗，终于明白什么叫作"寂寞而伟大"，这注定是中国现代诗歌史的一种面相。有人曾经说过，胡适生逢其时，"在胡适归国前后，中国思想界有一段空白而恰好被他填上了"。我时常在中国文化究竟哪一段是属于轴心时代这个问题上犯困。这个问题太大了，我的确说不清楚。我想到的只能是这样一个词："尖峰时刻"。这个词现在多用来比喻上下班的车水马龙，我或许可以用它来比喻现在的诗坛。诗的"尖峰时刻"来临了吗？当代诗坛似乎就是一场变形记，词语的尸骨和感性的妖魅正在不断地撕裂诗歌的文本，甚至我们都来不及躲避它那闪电一般的炫目。我读诗，也读诗人，却总是无法忍受诗人生命的脆弱。在海子离世 25 年之后，一位原本比他还要年长的诗人，怀着中年的荒寒与悲凉，在彻悟中飞跃向黑暗的一刻。他就是陈超。他在当代诗歌的"尖峰时刻"远离了诗，远离了诗歌的精神现象学，从而成为一个敏感而无解的话题。再一次捧读陈超的《我看见转世的桃花五种》，我突然意识到他的修辞是那样精准和完美，如同他的那些刀锋般精准的诗学评论。"桃花刚刚整理好衣冠，就面临了死亡。/四月的歌手，血液如此浅淡。/但桃花的骨骸比泥沙高一些，/它死过之后，就不会再死。/古老东方的隐喻。这是意料之中的事。"只要读一读这几句，大概就可以看出生命中那种血的悲怆，正绽放在时光与历史的黑暗与恍惚之中。陈超以他的诗句，宿命般验证了不可躲避的悲剧意味，以及谶语一样不可思议的先验性。诗歌其实是很残酷的语言游戏，它可以残酷地让情感的伤口在闪电中飞翔，然后纵身下落；它可以在风和日丽的林间小蹊狠狠剜下一刀，然后冻结隐喻；它还可以让深秋退回阳春，让泥土跃上枝头，完成生命的一次轮回。我始终敬畏诗歌，敬畏诗人，敬畏诗是如何听从死亡与黑暗、创痛与伤悼的魔一般的吸力。但无论如何，诗还是诗，它不会失忆，不会以一块简单的灵魂拼图的七巧板形式锁住诗人的想象力。菩提树下的清荫尽管已经成为去年，成为昨天，却依然是诗人精神历险的完成式。

"尖峰时刻"——我们这个时代诗歌的精神肖像，既有从前诗人的热爱，也有当代诗人的欢愉。我们只要凭着一些词语，就可以将诗与生活的手握紧。

2015. 6. 16

叫你玩自拍

曾经写过一则《叫你说英文》的短语，这"叫你"二字似乎一直让我有意犹未尽的感觉。接下来该"叫你"什么呢？前些日子，有朋友送我一把手机自拍器，一端握在手里，一端插着手机，蓝牙一开，你的音容笑貌就囊括其中了。这大概就是"叫你玩自拍"吧。某日，在办公室想休息一下，装上自拍器正准备玩一通。举起手来，把自拍器的另一端——几可称之为"云端"——对准有点鹤发的自己，打开蓝牙，只听得"啪嗒"一声，我亲爱的苹果 6Plus 在我的瞠目结舌目瞪口呆的情形下，以极其优雅的弧线徐徐飘落在地了。脑子顿时"咚"了一下，两个字随之飘然而至：自残。平生第一次玩自拍，就玩出了这么个"神韵"，真无愧于那东东原来就被誉为"自拍神器"。心想，这下够你神气了吧。"叫你玩自拍"！悻悻地从地上把那只过于激动的家伙捡了起来，打开一看，居然毫发未损，不由得一阵窃喜。摸摸心脏，心动过速稍微缓和了下来。话说回来，时下玩自拍的手机一族不在少数。前几日，合福高铁通车，不少乘客站在大鼻子的车头前起劲地玩自拍，奇态百出。其实，从审美意义上说，自拍也是一种对于自身、对于个体美学的肯定，是一种审美行为的自洽。相对于对象化的审美行为，它具有"沉入自身"的某种艺术感觉。人什么时候是充满自信的呢？也许自拍的行为就是其中之一吧。

无论是握着自拍器，还是直接握着手机自拍，当"咔嚓"一声之后，主体对于自身的自信就进入了一种美学意义上的肯定。至于如我者之流玩不好自拍的，在自拍之前多少也有点自信满满，即使差点让那只可爱的尤物"自残"了，也会感觉到这如同一种神圣的礼仪。

写到这里，无意中翻到《读者》里有一则幽默：某日有某男士下班坐公交车回家，坐着坐着突然感觉鼻子里面有点痒，无奈车上人多，身为一名绅士，他觉得不能当众抠鼻屎，怎奈忍不住，于是拿出手机挡了一下自己的脸。这时坐在边上的一位大妈大声来了句："哟，小伙子，抠个鼻屎还要自拍呀！"笑话归笑话，说明了现在就连一位普通大妈都知道"自拍"这个词呢。既然如此，既然好玩者众，无论独乐乐还是众乐乐，从高处说是审美，从低处说是好玩。那就玩呗，我就不信玩自拍会"丧志"什么的。接下来，我真不知道该怎么说这句话了：叫你玩自拍！

2015. 7. 2

静　气

股市大跌，炒股的不炒股的心态各异。有人照样搬出一句：每临大事有静气。能静气得了吗？想想有时是普通的一句话，就可能让人一夜无眠，何况是大把大把的钞票血本无归。静气究竟是什么？我也说不清楚。不过倒是想起了棋语。棋有语言吗？比如围棋，它更是一种沉默无言的游戏。《世说新语·巧艺第二十一》中有这样的句子："王中郎以围棋为坐隐，支公以围棋为手谈。"说的都是无语的状态。"坐隐"与"手谈"，皆是因为围棋而忽略了外界的存在，偏于一隅，甚至离群索居，为的是如何将一枚棋子"啪"的一声点落到棋盘上。一切都无须发声，只有拈子落盘。黑子与白子，不断构成又不断破坏，其中隐藏着认知、想象、虚构和创造，所有深邃的人生棋理都潜伏在那里面。我想这便是静气，而且是一种平衡的静气。提出博弈论"纳什平衡"的诺贝尔经济学奖得主约翰·纳什，就是一位围棋爱好者。多年前看到一部影片《美丽心灵》，其中就有年轻的纳什下围棋的镜头。围棋给纳什带来了关于博弈论"平衡"的启示，说明静气的围棋的确是一场智慧的博弈。除此之外，我想到还有一种静气，不是不说话，而是怎么平心静气地去说。这往往需要一个强大而深刻的灵魂，去博弈一种场面。《红楼梦》里的王熙凤，不是人人都喜欢的。因为过于强大，就让人觉得既可爱又可恨。一次，贾母因为贾赦看上她的贴身丫鬟鸳鸯并想纳其为妾而非常生气，虽然探春过来解了围，气氛依然尴尬。这时凤姐说了："哎呀，老祖宗，这就是你的不是了！谁让你把鸳鸯调理得跟水葱似的。我要是男人，也想要呢！"贾母笑了起来："好啊，你就带了去，给琏儿得了。"凤姐回道："他可不配，只配我和平儿这一对烧糊了的卷子，和他混吧。"这就是凤姐，不唯唯诺诺，也绝不吃亏，她的智商和自信决定了她的底气和静气。这种静气，就这样让她在入主尘世时，"意悬悬半世心"，元气淋漓，能干大事也能干坏事，任性得够可以了。当然，凤姐的静气来自她的聪明和勇敢。这份聪明和勇敢，也成就了她的内在性情。凤姐不识字，却敢于参与众人联诗，居然冒出一句："一夜北风紧"，这句大白话的开头，倒是给后来的联诗者留下想象的余地。其实，在那种情形下，她竟然没有被击垮，完全出于她和大观园有一种天然的亲近，才会有那样的精神底气。她熟悉大观园的一草一木，熟悉那里的每个人，到了"众人联诗"的大事临头，她毫不胆怯，充满静气，最终成就了她的补天者形象。虽然那一句诗道出了她内心深处的忧虑，但她仍然是大观园的保护神。所以，人的静气要么是如同棋语那样的"坐隐"和"手谈"，要么是像凤姐那样的沉稳而富有底气。没有这两种功力，任何"静气"都只是虚无缥缈的幻影。

2015. 7. 9

黑　洞

昨日发了一则《静气》的短语，本与炒股无甚关系，没料想股市居然一路飘红。这确乎过于巧合。批判的武器不能代替武器的批判，股市还是股市，逆天的可能性会有吗？《国际歌》不是唱道："从来就没有什么救世主。"同样，从来也没有什么"救'市'主"。这些天来，"远离股市"的呼声不绝于耳，被蒸发后的"马后炮"再"轰隆隆"也无济于事。股市究竟是什么东西？这不是我所感兴趣也非我之所长。前一阵子把霍金的《时间简史》又拿出来翻了一下，似乎有些感触。对于这本销量超过 1000 万册却被称为"读不懂的畅销书"，我一直怀有敬畏。什么是宇宙？什么是黑洞？我似懂非懂。霍金是一座"轮椅上的图腾"，他只剩下右眼珠还能勉强转动，每分钟只能表达一个字母。这位科学巨人的体内却藏着一个巨大的黑洞，只有那些像逃逸的光子般的零星字母，在向人们揭开黑洞一角的秘密。无疑，黑洞是一口幽深的酷烈无情的井。难道股市真的也是这么个黑洞吗？为了描述黑洞理论，霍金曾经讲过一个故事：鲍勃和爱丽丝是一对情侣宇航员，在一次太空行走中，两人接近了一个黑洞。突然，爱丽丝的助推器失控了，她被黑洞的巨大吸力所吸引，飞向黑洞的边缘（视界）。越接近视界，时间流逝得越慢。这时，鲍勃看到，爱丽丝缓缓转过头，朝着他微笑。那笑容又慢慢凝固，定格成一张照片。此刻，爱丽丝又面临着另一番景象——在引力的作用下，她飞向黑洞的速度越来越快，终于被巨大的潮汐力（引力差）撕裂成基本粒子，消失在最深的黑暗中。霍金认为，这就是生死悖论，爱丽丝死了，可在鲍勃眼里，她永远活着。这个故事其实是很惨烈的，却被霍金说得极其悲壮。话说这一场股市，似乎同样是生死悖论。黑洞里有最深的黑暗，股市里也有；黑洞里有最彻底的绝望，股市里也有。呜呼！究竟是万劫不复，还是死里逃生？今天，我们这些可爱的善良的股民们，还能够像爱丽丝那样，转过头来，用尽气力去微笑吗？

2015. 7. 10

进　藏

　　我的朋友王坚此次携夫人进藏，单车、两人。路线由丙察察（"丙察察"是滇西进藏路线之一，也被称之为第七条进藏公路，以险著称，是进藏最为艰险的一条路线。起点为怒江州贡山独龙族怒族自治县丙中洛乡，经西藏察瓦龙乡至察隅县，因此被称为"丙察察"）进，川藏北线（317国道）回，历时44天，行程11211公里。这一壮举不禁令人咋舌。这位在福州开办重庆鸭肠王火锅城的中年汉子，30年前从一所艺术院校毕业后分配到我供职的部门当美编，后来却成为省直机关第一位下海的人员。他母亲是福州十八重溪旅游景点的开办者，我曾经为此写过一篇《蝴蝶》的散文，描述其母在十八重溪选址时，一只蝴蝶一直追随着她，直到某个目的地后就径自飞走了，她就在那个地方建造了景区，火热了许多年。夏日炎炎，王坚开办的这家重庆鸭肠王火锅城还火爆吗？我只是想到，这家伙为什么对诸如鸭肠和天险如此感兴趣呢？进藏的路有许多条，他偏偏选择了一条最难行的路，一条类似于鸭肠般崎岖不平的"天路"，他的冒险也许印证了他对"鸭肠王"的一种情怀。谁都喜欢"岁月静好"，但是好日子是无法定格的，这是人类永远无法克服的虚无。对王坚来说，无论自驾天路，还是钟情于鸭肠，都是他自身的宗教，都是他对人生"苦和乐"的迷执。鸭肠不过是曲折人生的一种隐喻，有日子滴在里面，有时间藏在其中。倘若那是一条长长的时光隧道，那么没有任何回头路的人生还能有机会让你踌躇和蹒跚吗？王坚进藏的种种历险，并非在寻求什么"挟飞仙以遨游，抱明月而长终"的仙术，而是在于对自身的磨炼和挑战。夹起一根鸭肠，有时候突然就有"一点残灯伴夜长"的感觉，那个前方就是断崖的时间之流。当年鲁迅以横站的身姿，抵御了无法抵御的虚无，今天我们还能做到吗？佛陀能够看空现世的虚无，我想我大概是不能的，因为我只是个凡人，的确没有修炼到家。王坚眼里的鸭肠以及他所经历过的天险，并不是虚妄的经验，一切都能够在他心中转换成趣味。这就是他的人生。也许，你如果有机会去那里坐坐，照样从火锅里夹起一根鸭肠，随着它的翻转和腾挪，你的思绪说不定也会被深深缠绕进去，从而去聆听内心传来的那一声追问。

2015. 7. 19

丝路知音

2015 年 6 月 30 日，福建三和茶业的"丝路知音"茶，在罗马成为中意建交 45 年的纪念茶。意大利总统塞尔焦·马塔雷拉从三和董事长吴荣山手里接过了这款纪念茶，总统顾问路易·哥达尔教授代表总统秘书处向吴荣山颁发了中意建交 45 周年纪念茶定制官方文书。这是三和继去年成功定制中法建交 50 周年纪念茶"莫逆之交"之后的又一杰作，"莫逆之交"茶也成为法国总统赠送给参加中法建交纪念活动的中国国家主席习近平的礼品。两年来，三和与三位国家元首的故事，让我产生一种好奇：三和的魅力何在？其实，三和的先声夺人之处，就是企业独特的文化想象。这种文化想象不是一些"无法消化"的东西，也不是企业文化所能简单概括的，它具有天赋的精神特质。一个企业的创始人和管理者，倘若缺少天赋的想象力，很难想象企业能够走出去。柏拉图在《理想国》中设想了一种人，"天赋具有良好的记性，敏于理解，豁达大度，温文尔雅，爱好和亲近真理、正义、勇敢和节制"，这样的人才能"把握永恒不变的事物"。在 17 世纪，被法国上流社会誉为"哲人王"的康熙与"太阳王"路易十四的交往，成为东西方文化相互想象的一段佳话。尽管他们没有正面的直接接触，但路易十四派出的传教团充当了很好的中介，促使他们之间的相互想象，从而开创了清代的康乾盛世。历史是最好的教科书。东西方族群之间有着不可隔断的文化想象，开明的企业领导者时时都在用文化想象力，不断更新自身的文化理念。我不止一次对吴荣山说，你是一个充满文化想象力的人，才能在欧洲刮起一阵又一阵的"三和旋风"。泉州是海丝文化的起点，不仅映射着"和、礼、义、信"等中华文化传统精髓，而且聚合了阿拉伯文化、南洋文化和欧洲文化的丰富内涵。三和走出国门，带出去的不仅仅是东亚文化的海洋经济、和谐共荣、多元共生、互惠互信理念，更重要的是在与欧洲文化的交往中，形成独特的"莫逆之交"和"丝路知音"的文化想象。这实际上是一个既熟悉又崭新的话题，是企业生存乃至发展的一种无名的能量。对于三和，我一直试图用"关系主义"的思考方式，去看待其所表达出来的"文化编码"。它其实就是企业成功的"中国经验"，至于其中的"中国故事"，自然是由这些"文化编码"借助文化想象演绎和创造出来的意味深长的叙事。

2015. 7. 23

再说乡愁

　　"乡愁"一词，颇具意味但是不容易触碰，因为它深含着生命的许多内容。忍不住寻思下来，发现诗人是最"乡愁"的。郑愁予的乡愁："我达达的马蹄是美丽的错误"；余光中那一枚"小小的邮票"，几乎成了"乡愁"的代名词。而作为小说家的阿城则在《威尼斯日记》里这样写道："所谓思乡，我观察了，基本是由于吃了异乡食物，不好消化，于是开始闹情绪。"阿城从亚利桑那州开车回洛杉矶，路上带了一袋四川榨菜，嚼过一根，家乡的"味道就回来了"。把榨菜腌成了故乡，情感就变成一种荣耀。每一次出国，都有朋友提示多带些榨菜，身在异地，只要榨菜在，那种熟悉的家园的味道就在。所以说，故乡不是别的什么，故乡就是一种味道、记忆和感觉。莫迪亚诺的小说《夜巡》里有一句对于巴黎的描述，一直触动着我："她是我的故乡。我的地狱。我年迈而脂粉满面的情妇。"思乡的情结无论多么坚韧，都是受雇于一个伟大的记忆。小时候生活在乡下，一到夏日傍晚，坐在溪边那一丛石崖上，给小伙伴们讲《三侠五义》，讲《水浒传》，始于一个故事的谜，结束于另一个谜，总是有一群热切的期待和守候。所有的未知和未明，不断地被更广阔的消逝和疑问所笼罩。离开故乡近 40 年了，我时时在捡回那些无法忘却的记忆的碎片。那是属于我的"达达的马蹄"，是属于我的"美丽的错误"。有时候想，面对故乡，我可能就是一只迷离的鹿，但在我的文字感觉里，我觉得又有一只鹰以及无尽的夜色在盘旋着。家乡对我一直是一种延宕，一种闪烁，无论追忆还是探寻，我都感到人与自然、人与历史正在发生一种巨大的断裂。我曾经为家乡那条变黑的溪流写过一首悼念的诗，那一丛石崖哪里去了？那些游动的鱼哪里去了？这还是我的"美丽的错误"吗？它最终成了我的忧伤和我的痛苦。人到中年，真的只是开始"关怀自身"了吗？我不断地跟家乡的土地和草木邂逅，追寻它们的漫漶和斑驳。其实，就像莫迪亚诺在他的另一部小说《暗店街》里所说的，我们都是"海滩人"，"沙子把我们的脚印只能保留几秒钟"。然而，我们所有的思乡说白了，就是追溯那些脚印。那么，"乡愁"中的历史会重演吗？或者说，有多少"乡愁"可以重来呢？这就是我的一点可怜的想象。我想起马克·吐温说过的一句话："历史不会重复自己，但会押着同样的韵脚。"也许，这就够了。

2015. 7. 28

小柳村

　　小柳村拆了，又有一条街巷被切除了。说不清在这里的多少个曾经：曾经骑着自行车载着女儿去附近的幼儿园时路过这里，曾经去省画院找画家谋哥聊天时踽踽独行过这里，曾经在夜晚散步时抄近路斜插过这里……曾经，曾经其实就是路过，无论在脚下还是在心里。此时，我突然就闻到昔日的某种气息，令我不由得有点心悸地打量了它一下。这里的一家理发店终于搬走了，不知搬到何处。从 20 世纪 80 年代初起，我数不清在这家理发店踯躅过多少时光。不能说对这里没有感情，街巷的历史顷刻就要擦肩而过，早晨的风不会再让人感受到它的更多的内容。2000 年时搬进更靠近它的一座楼居住，从楼上一眼望去，无规则的错落而显得杂乱的民房，从早到晚市声攘攘，不时在深夜会传来一声摔杯子的脆响，或是一两声奇怪的尖叫，时而还有犬吠和母猫叫春的哀嚎。滚滚红尘，风吹云散，我相信这一带的深巷是有记忆的。这个记忆让我在这座城市的这条街巷迂回了 30 多年，它的每一处轮廓都深刻着一种属于它们的乡愁。的确，不需要太多的历史事件的陈述，我都能触摸到它的某些有意思的局部。比如，我妹妹曾经在这里租住了几个月时间，每一次我去探望她，都会感觉到留存在这里的一些时间的空隙和事件的悬疑。当然，这并不是一个什么神秘地带，而是让人觉得可能存在着某些晦暗不明的东西，如同这个并不古老的街巷，在今天的最后一次负痛的挣扎。我移居闽江边也将近十年了，那里的深夜常常安静得只能听见自己的呼吸和心跳，于是有时就会回忆并怀念起小柳村的喧闹。如今，这里的一切正在一步步地隐退，它几乎连躯壳都不会留下。至于这里将会矗立起一种什么样的期待，坦率地说，我并没有太多的兴趣。不是因为我已经移居别处，也不是因为还有别的什么原因，而是缘于对这座城中村的历史乃至一条街巷的记忆和气息的追溯和回望。甚至，我会无端地在脑海里闪现出这样一幕：某日阳光灼热，一位高龄老婆婆佝偻着身子，坐在巷口的一张歪斜的石凳子上，呆望着匆匆来去的行人。这或许就是历史的某些黑黢黢的乡愁的节点抑或断点，密集地在我脑海里浮现。推土机正在亢奋地来回穿梭着，我看着它，看着这里的每一个暗角，想着我的这些小感慨其实是微不足道的。但是，我还是决定动手写下这则短语，记录下这个夏天的这些炽热的动静。

2015. 8. 17

288

对　联

　　余自小喜欢玩对联。少时夏日夜晚在屋场纳凉，常听邻居一老伯讲对子。其中有一对至今还记得："扇面画竹日日摇风叶不动，鞋头绣菊朝朝踏露蕊难开。"大学二年级寒假回家，恰巧一老同学结婚，便戏作一联送给他："含羞解扣羞解扣，带笑吹灯笑吹灯。"当时乡下没有电，只点煤油灯和蜡烛。此联一出，洞房花烛夜就名副其实了。几十年来，断断续续地玩了一些对联，以为乐趣。平时出差外地，有时走街串巷，总会注视各色门联，便一直觉得泉州街巷的门联多系自撰，且颇多创意。曾经在网络上看到一副对联，为它的工整和趣味激动了很久："鸟禁笼中望孔明，想张飞，怎奈关羽；人活世上如三藏，须八戒，还得悟空。"一副对联，把《三国演义》和《西游记》给说尽了，还悟出了人生哲理。几年前，应福州市晋安区之邀，为石都寿山国家矿山公园和石牌坊撰了三副对联："闽都福地无二境，天下灵石第一山"；"国石纳千山灵佑依凭日月，福地蕴万古精华道衍春秋"；"石蕴大道天然趣，寿接高峰一切山"。这后一对乃首尾嵌字联，合起来就是"石趣寿山"。后来，该区重修北峰状元岭登山古道，此乃古时候书生进京赶考必经之道，遂又受邀撰了一副联："三山新府万人及第，千载古驿一道登天。"玩对联，玩着玩着，有时候玩心大发，就寻思着去改造或"篡改"一些旧联。记得撰过这样一副："万木柏当尊，惊心不惊艳，惊艳从来无赤子；百花兰为贵，惊艳不惊心，惊心举世少完人。"这其实是从一副旧联演化而成的，旧联为："百行孝为先，论心不论事，论事贫家无孝子；万恶淫为首，论事不论心，论心终古少完人。"这种玩法说起来可能有点玩世不恭，但充满乐趣。曾经为周宁县的魏征纪念馆撰了几副对联，其中一副写道："以铜为镜以古为镜以人为镜三镜当防己过，择善而从择明而从择义而从百从必重公允。"自以为还能够表达一代诤臣辅佐修身忠谠献纳的济世情怀和淡泊意气。前几日，看到一朋友在晒永定土楼群中的振成楼对联，其中一副颇得我心："振乃家声，好就孝悌一边做去；成些事业，端从勤俭两字得来。"也是一副首字嵌字联，文字虽有些直白，但意蕴深刻，颇具匠心。说起来，对联是一种高雅的纯粹的文字游戏，雅俗共赏，贫富咸宜。每每读到一副好联，便会情不自禁去揣摩、领会之。末了，想留下一副至今我绞尽脑汁还没能对得上其下联的联："明月照窗纱，个个孔明诸葛亮。"孔明即诸葛亮，诸葛亮的谐音就是"逐个亮"。此联精巧，但要对得工整却很难。希望有同道或爱好者能够将其对出。

290   2015.8.25

天　凉

　　8 月的福州，居然出奇的凉爽。即便有台风肆虐或擦肩，使这座城市变得有些弯曲，但还是令人想起辛弃疾那一句"天凉好个秋"。今年的 6 月和 7 月暑气更盛，有些像犹太教徒科恩于 1974 年写的那首《谁罹于火》："谁罹于火？谁罹于水？谁在阳光下？谁在暗夜里……"一种远方的沉思和静默悄然袭来。那把土耳其乌得琴，如同吉他般的声响，以飞翔、曼妙的姿势哼出了这首歌，显示出民谣世界亘古如斯的暗夜。那年科恩 40 岁，他修过禅，其歌词里信仰与怀疑相互撞击。其实，他是个悲观主义者，总是担心着暴风雨就要来临，而他却早已被暴雨淋透。这个夏天台风一过，心里似乎就不设防，双脚似乎就再也迈不动江山，似乎就坐等虫声寂寥，随后就觉得语言都不再奔腾如初了。什么都变得游移，或左或右，将命定的一个"我"抛到九霄云外，茫然而不可知。这都是未名或不可名状吗？一直觉得"未名"是一个极好的词，北京大学的"未名湖"的确是非常好的名称。谢冕先生曾经给当时主政的北京大学校长写过信，提及："那天席间你还说到北大的校训，也是至今没有（北大这学校真怪，没有校歌，也没有校训，连湖也始终是未名）……"这也许就是北大的"独立之学术"和"自由之精神"，与其为"未名湖"起个什么名称，倒不如还是永远的"未名"。我们在许多时候，一定要给某某东西冠个名、戴个号，一番煞有介事，却未必让人深刻于心。校训之类，倘若不具个性不具特点，则完全可以不要。那些所谓"求实""创新"的不相关的陈词，硬要搬来作为校训，只能是拉大旗作虎皮之讥。鲁迅说过，世上本没有路，走的人多了，就有了路。这句话多年来总是

291

被人们不断地引用，变得耳熟能详。鲁迅当年说"北大是常为新的"，说的就是北大所走过的路。"常为新"比起那句几近泛滥的"创新"，的确是要创新出许多的。就像"未名湖"，一直闪烁在人们的记忆里。昨日，看到我的年轻朋友罗西兄在微信里发的文章"世界上本没有乳沟"，有人按照鲁迅的口吻调侃了一句："世上本没有乳沟，摸的人多了，就有了沟。"这些语言都是不设防的，才会如此奔腾。大概是气候凉爽了许多，也就有了这许多凉歪歪的语言冒出。何惧罹火？何惧罹水？只要"天凉好个秋"，便是什么鸟都可以飞出。近日秋季开学，马路狂堵。某日，有一女博士开车路上折腾一个多小时才赶到单位，遂在微信里模仿鲁迅写了句："世上本来有路，走的人多了，反而没路。"呜呼，这难道就是"未名"的鲁迅吗？

2015. 9. 2

江　湖

　　朋友潘君买了三本书：《叫魂——1768 年中国妖术大恐慌》《中国乞丐史》和《中国流氓史》，第一本是一位女博士推荐的，后两本是我推荐的。三本书也许可以构成中国的一部江湖之书，但不是那种侠客江湖。在一般的理解中，江湖本来是道家哲学，它跟河流、湖泊其实并无关系，而是指一种生存状态。人是江湖，恩怨是江湖。一把利剑，刻下自己的名字，做一名孤独剑客，侠骨魔心，杀气尘乱，千里不留行，万里任我行，为报仇可以十年面壁，直至最后喋血黄沙，这，就是江湖。虽是人在江湖，身不由己，却也铁马金戈，潇洒负剑，落叶横扫，一任快意恩仇。潘君的这三本书里，有乞丐，有流氓，还有妖术，它们其实都是这个世界的"生动的在场"，我甚至觉得这里面的某些人活着可能就比另一些人更真实，也更勇敢。当潘君在微信里晒出这几本书时，我写了一句评论："妖术不成，就耍流氓，耍流氓不成，只能当乞丐去了。"

　　活在这个世上，有人为信仰而生，有人为意义而生，还有更多的人是为生活而生。列夫·托尔斯泰说过，人生在世，最重要的就是"弄明白生活的意义"。但是，那些玩妖术、耍流氓、当乞丐的，他们难道就没有要弄明白的生活的内容吗？他们在彷徨、荒诞乃至绝望之中，难道就没有想过"生活在别处"的去路和归宿吗？潘君是大学老师，他想了解的中国的江湖，我想有这三本书也许就够了。我的朋友于建嵘教授写了一部小说《我的父亲是流氓》，出版时改名为《父亲的江湖》，可见无论真流氓还是假"流氓"，原来都是生存在江湖中的。中国的江湖自古至今都有两种含义，一是侠客江湖，一是流氓江湖。前者多出现在武侠小说里，后者却是一群不文不武之士。这个"士"大多是一群处于"严重的"或"危险的"时刻的灵魂，剩水残山，或仅是埋下内心的隐痛，或只能供其一死。在那里，没有谁的去处会更好，都不过是在守望一种生存的枯萎，然后在枯萎中飘摇着人间最后一根草木。我的另一位朋友周宁教授写过一本书《人间草木》，其中提撕出一句痛彻心扉的话："有谁在世间某处哭？"是的，几个妖士，一群流氓，一堆乞丐，他们的灵魂其实是"虽存犹殁"的，他们甚至只有"行动的生命"而没有"沉思的生命"。他们的存在，也许真的会让人怀疑"这个世界会好吗"？20世纪80年代，我就读过《中国乞丐史》，当时觉得那是一列"令人战栗的命运"，由此也对这个世界的另外一种负面的"存在"深感忧虑，并由此萌发写一部"新三言二拍"的想法。"新三言"即"谣言""谎言"和"流言"；"新二拍"即"拍马（屁）""拍卖（灵魂）"。后来因故放弃，改为写《中国梦文化史》了。这本书于1997年由福建教育出版社出版，今年将由社会科学文献出版社再版，书名改为《中国古代梦文化史》。我想，与潘君的那三本书一样，我的《中国古代梦文化史》也是一部严肃的学术著作，而并非"野狐禅"式的江湖野史。人在江湖，江湖滔滔，无论有多少险恶，总要有人去闯荡去触碰去探秘的。那种"相忘于江湖"，不过是一句自我放逐的弦外之音罢了。昨日，在微信里看到一位女博士带着她的爱犬在福州三坊七巷里闲逛，她的观察似乎很亲近，然而有些感觉像是在午夜的幽暗中醒来的。因为那里面可能就有一些过去了的"江湖"，它们存在于炽热与阴冷之间，或许只剩下一些飘零的旧影了。她写道："小巷很窄，爱很长……一堵残墙，当年这里庙会游神社戏灯会斗宝转三桥，甚至庙前传说可以治病救人的古藻井如今也踪迹全无。巷中一扇旧门，门上却有郑孝胥字，不大的木刻，很委婉……巷里人家，或彩灯照户，或蓬门挂草，却难料才俊，一定出自哪里！"一股焦虑的情怀跃然而出。

我觉得她的内心驮的一定是旧日的忧伤，体会到的一定是灵魂相望的那种感动。这些，难道不是那个曾经过去的世界留给我们的"江湖"吗？

2015. 9. 6

数字"3"

键盘右边是一列数字，随意一敲击，屏幕上跳出了个"3"。仿佛嗅到一种气息，这似乎是预料之中的数字，像一个神秘的光亮，持久地闪烁，让人持续地悬想。数字是什么？不过一堆符号而已。从1到9，究竟哪个数字会翩然而至呢？结果就是这个"3"。记得当年刚上大学时，宿舍里几位同学自印有"厦门大学"字样的背心，本来想挑个3号，结果被室友捷足先登了，只好选了个"5"。其实，没有什么缘由，"3"总是梦幻一般矗立在我的感觉世界里。也许是乱翻书的缘故，对于"3"竟然有如此深刻的印象：诸葛亮三顾茅庐，水浒里"三碗不过岗"，李清照《声声慢》里那一句"三杯两盏淡酒，怎敌他，晚来风急"……还有，"三足鼎立"，说的仅仅是周朝的鼎吗？"三部曲"确乎被视为一个比较完整的体系；"三套车"也才显得架势凌厉；"三人行，必有我师"，除了其所隐含的哲学意味外，是否还有更深的文化性格？的确，稍稍放纵一下想象，"3"无疑会被释放出许多种意思出来。老子《道德经》里说的："道生一，一生二，二生三，三生万物"，数千年来一直被排列出一个又一个哲学玄机，一不留神还可能触碰到一段烟熏火燎般的人生话语。注意一下日常，不时看到有人递出一根软"中华"，附带说了句"3字头的"，对方立马肃然起敬，仿佛享受的就是"首长特供"。"3"原来是如此的帅气，天地玄黄，洪荒宇宙，说不尽它可以敲出生活里的多少质感！为什么是"三生有幸"呢？生命的铁腕即使再坚硬，也不过是幸与不幸的节奏轮回。利来利往，熙熙攘攘，什么时候我们都需要返回大地，返回内心的每一寸土壤。某日，我所居住的这座城市去往大学城的一座桥暂时封闭施工，许多大学老师只好迂回出击，各奔东西。一位女教师从三环很顺利地绕到学校，她在微信里表达了自己的幸运："内啥，只几首歌的工夫就快到学校啦！啊，三环你比二环多一环。""三环你比二环多一环"——这一句话一直盘桓在我的脑际。为什么偏偏是"三环"呢？它不过就是比二环多了那么一环，但这位女教师却可以在语义上作出这样的表达，如同飞鸟出林般的自然。这不禁让我想起鲁迅说过的那句话："在我的后园，可以看见墙外有两株树，一株是枣树，还有一株也是枣树。"怀素和颜真卿当年谈论"屋漏痕"式的书法技巧，难道不也是如此的贴切？在我看来，"3"这个数字一定有着某种冥冥之中的奥秘。当我把这位女教师的话细细琢磨了一番之后，觉得它难道还需要时下所说的"重要的事说三遍"那样吗？

2015. 9. 17

吴荣山

今年连续往安溪跑了几趟。这是一座安静的小城，所有的植被都在一种温润中被茶香所熏染。除了茶，那条穿城而过的河流一直静静地流淌着，它承载的那些历史内容，正在被一段刚刚经历的事件补充着。前几日，三和茶业为纪念中意建交 45 周年，在安溪芹草洋成功地为意大利总统府专属定制了一座"丝路知音"高山茶园。意大利总统文化顾问路易斯·高塔特教授亲临安溪，三和茶业董事长吴荣山亲自为他颁发了茶山定制证书。海峡茶业协会创会会长张家坤在致辞中说："总统顾问此行的目的，不仅接续了今年的罗马故事，而且寻找到了中国茶特别是安溪铁观音的根和源头。这是一次寻根的壮举，也是一次重温古代海丝文化和丝路情缘的行程。中国茶企需要这样富于世界眼光的文化之旅，需要延续海丝文化的历史情缘。"吴荣山，我的年轻朋友，一位打开国门让清风和朋友进来的企业家。他是富有文化想象力的——我曾经在一则短语里这样评价过他。作为一位茶农的儿子，他是平凡的世界里平凡的人，身上流淌的是幽深的茶的骨血和汁液。他祥和而平静，即使是一个令人心悸的时刻不断地临近，他依然能够以一种平和的静气，俯下身子，闻一闻茶叶的气息。20 年前，他经营福州左海休闲茶艺居时，我在《福建日报》为他写了篇文章《毛头老板吴荣山》。我相信"毛头"的历史已经一步一步地悄悄退去，吴荣山拐入了历史的另一高处。他的文化想象力，除了将一片又一片茶叶编织出种种传奇，密集地浮现于世人之外，更让我惊讶的是，他竟然把茶山专属定制到了国外总统府，让洋人飞过来寻了一回中国茶的"根"。这种文化想象显然被深深植入吴荣山眼里那一片翠绿色的深意中了。也许若干年后，这位朴实无华的茶农之子再一次翻检他脑海里的历史记忆时，那些意味深长的故事就可能伫立于某个明晰的节点上。当我从高塔特教授的眼神里读出他对吴荣山的文化感觉时，我一直想稍稍放纵一下我的想象，这一座茶山，可以让吴荣山把一段美丽的乡愁种植到了国门之外，也可以让吴荣山开启无数种历史机遇的可能性空间。然而即便如此，吴荣山还是吴荣山，他的目光和脚步依然坚定。故事已经开场了，他不会永远定格在某个位置，他想对他书写的历史负责到底。我想起前些日子看到电视剧《平凡的世界》里，田晓霞评价孙少平的一句话："靠自己生活，灵魂才是安宁的。"吴荣山同样是安宁的，他永远是这样一位富有文化想象力的人，永远不会让机遇如同一个受惊的灵魂倏然遁去。那一个傍晚，我跟他在安溪县城东面河边漫步时，他那轻盈而坚定的脚步，让我意识到他的匆匆忙忙，他的来来往往，都将是一丛一丛不可擦肩而过的故事。

2015. 11. 4

一个人的……

诗人萧然有一首诗《一个人的立春》："不为万里江山，/我只为一个人立春/爱一个人，/就把她给爱了吧/就像骑马抢了别人的公主/或者王后，/我为剩下的二十三个节气/准备了一百场战事。"诗人在这里"隐忍"了其余的"二十三个节气"，为的是去化开那些还没融化的"雪"。我曾经在萧然诗集的序言里提到，诗人的情感之门不是呼啸而出的，而是用他一生的"隐忍"缓释出来，然后"一刀一刀去还一场宿债"。在诗人看来，情感的"宿债"如同"一场战争正在进行/枪林弹雨，血在流着/没有人，可以在尘世的战场/幸免"。《一个人的立春》并非一个俄狄浦斯式的古典悲剧，但它确乎是一个成熟男人的心灵秩序。一个人，为什么是一个人呢？我对此一直怀有一种莫名的好奇。"布克文学奖"的入围小说《一个人的朝圣》，英国剧作家蕾秋·乔伊斯所作。小说描写了一个曾经"被阉割"而难以成长为父亲的哈罗德·弗莱，他失败、懦弱、犬儒，最终成为一个偏执狂。这个"无法成长的男人"的故事，与萧然所刻画的"一个人在世上行走"，心里携带着"整个狼群"是完全不同的，虽然他们同样都有"一种不安的力量"在支配着。小说描述的是一种无法改变的历史和逃离，诗人表达的是不断成熟的存在空间。我无意将萧然的《一个人的立春》与乔伊斯的《一个人的朝圣》进行简单的类比，我只是试图说明这样一个理由：一个人有一个人的命运，无论是逃离还是隐忍，都是一种宗教，甚至都是一种拯救。海德格尔说过，危机出现在哪里，拯救就出现在哪里。一个人，无论是立春还是朝圣，都是对自己的指引和救赎。虽然可能在某一天，诗人转过脸来突然发现，他所"容忍"的一切已经离得很远了，变成了"一块石头"，但是，这"一个人"，他可以创造出他的全部历史，这就是他的"心灵秩序"，就是他的灵魂中的"历史"。我对我的朋友说了这么一句话："人生两条路：一条用来实践，一条用来遗憾。"人活在这个世界上，路有千万条，但最重要的也许就是这么两条。无论是"昨夜闲潭"，抑或是"花落无声"，在人生旅程上，随时都可能"偶因风雨惊花落"，这是遗憾；然而也有可能"再起楼台待月明"，这是实践。岁月可以咬噬人的肉体，但未能磨灭人的灵魂和记忆。"一个人的立春"，其实也就是"一个人的朝圣"，它要面对着的，依然是属于他自己的宗教。

2015. 11. 26

颜　值

一直想对"颜值"这个新词说点什么，恕我愚钝，很迟才知道它。网上流行一句话："明明可以靠脸吃饭，却非要去拼才华。"顾名思义，"颜值"应该指容颜的价值。

前些日子，为了出国签证需要，去单位附近一家很简陋的数码照相馆拍了张标准像，明明是戴着眼镜的，却被要求"脱镜"，于是想起了"出镜"这个词。为了"出境"，只好"出镜"。结果照出来颇具匪气，不免心有戚戚焉，一同事说我对自己颜值要求很高。天，我还有什么"颜值"！次日出差某地，下车伊始，第一件事就询问照相馆在哪里，朋友带我直奔过去，拍完立即洗印出来，觉得差强人意。我不知道"颜值"是否可以兑换为谋生的资本，在我这里无非就是一张"准入证"。

相貌肯定是有美学的，但它的美学价格究竟是多少呢？无论男人还是女人，拥有一副天生的好眉眼，总是要被众多目光消费的。过去人们谈论最多的是女色消费，随着宁泽涛获得自由泳一百米世界冠军，人们尤其是女性们期待的男色消费终于浮出了水面。亚洲第一"小鲜肉"的颜值，据说五年之内可以挣到五个亿。一位帅气的诗人在一位女博士写的诗歌评论中，被描述为"过于英俊"，结果诗集再版时，被改成了"好相貌"，令她对此耿耿于怀。

其实，"颜值"就是一种"被看"的文化，那么，谁有"刀锋一般的眼神"呢？广告中的女性形象时常被女权主义者当作"被看"的物体，比起女性来，男性对电影的性感镜头可能具有更强烈的视觉欲望。一位电影学女博士的博士论文题目居然是《论电影性爱场面的观看》，令不少男性导师刮目相看。1987 年，我应命带着一批刚走出校门的大学生到某贫困县扶贫支教，寒假回到省城过春节。节后回到山沟沟，我问他们有什么感受。得到的回答竟然是：省城美女太多了，街上走一遭，脖子都摇酸了。显然，他们已经在"看"了。"看"与"被看"，就是这样一个有趣的问题。"你看我干吗？"——这往往是公交车上的一场恶语相向。拒绝"被看"是拒绝对于"颜值"的认可吗？

写到这里，看到诗人正中兄发来他的诗歌新作《广而告之》："十字路口/一块广告牌居高临下/它高大又炫目……架在了人群头上/它独占街头/像是要落下某些风影/穿过斑马线，掀开裙裾与秀发"。我似乎在那里面找到了一种别样的"颜值"，它究竟是什么，我一下子又觉得无法说清楚。

2015. 12. 11

微信写作：另一种文学样式
——评《健民短语》

刘小新　陈舒劼

　　阅读杨健民先生的《健民短语》（编者按：本书 2015 年首版时名为《健民短语》，2023 年再版改名为《等等灵魂》），有一种令人神清气爽、智性摇荡的体验，这些精心淬炼的短语的诞生也可能进一步动摇专业人士对当下散文文体的判断，它们应该算是随笔，有几分小品的味道，也不乏读书笔记色彩，同时说它属于当下时兴的移动文学同样很有道理。这些篇幅长不过千余、短则刚满两百的文字究竟该放在哪个文体队列中？《健民短语》兼具议论和抒情、感悟与推理，其行文达意又恰如雪夜访戴，乘兴而起，兴尽而止。然而，描绘《健民短语》带来的文体疑惑，并非只是出于文学讨论的专业惯性，它关系到《健民短语》所处的文学生产的语境、条件以及文学观念的时代表述。

　　移动终端媒体的发展及其与传统数字媒体的功能融合，已经赋予文学表达更多的自由空间，这是数字时代区别于过往的独特之处。自由意味着形式的解放、接受的多元和主体特征的突显，数字时代对文学表达的宽容更加重了创作者对作品质量所应负的责任。如果考虑到散文自身所包含的反文类倾向，那么数字时代散文"表达了什么"的重量就更超过了散文"是什么"。伴随着数字空间的自由扩张和文字的疯狂繁殖，这个时代的文学常常鱼龙混杂、泥沙俱下。一些缺乏独特思想、感性、情怀和风骨乃至平庸粗劣的文字窃据了纸质载体和网络新媒体的空间，呆头笨脑的记事、矫揉造作的抒情、空洞无物的感悟、恶俗油滑的逗趣如野草蔓生。

《健民短语》所呈现的，显然是另一种文字，是一种性情和诚意的文字。《健民短语》"表达了什么"？至少可以列出一串彼此可能相距甚远的杂拌儿主题：道德、哲学、文人政治、花语、佛学、音乐、醉酒、足球、开会、爱情、宽恕，等等。这些涉及面颇广的文字或诞生于旅途之中、会议之后，或起因于一段音乐、某次邂逅。令人联想到厨川白村对于"随笔"概念的经典描绘："如果是冬天，便坐在暖炉旁边的安乐椅子上，倘在夏天，则披浴衣，啜苦茗，随随便便，和好友任心闲话，将这些话照样地移在纸上的东西，就是 essay。兴之所至，也说些不至于头痛为度的道理吧。也有冷嘲，也有警句吧。既有 humor（滑稽），也有 pathos（感愤）。所谈的题目，天下国家的大事不待言，还有市井的琐事，书籍的批评，相识者的消息，以及自己过去的追怀，想到什么就纵谈什么，而托于即兴之笔者，是这一类的文章。"（厨川白村《苦闷的象征》）《健民短语》所关涉的主题虽繁，但大多与读书有关，兴之所至，情之所动，围"圈"（微信朋友圈）而"谈"，邀友人分享阅读经验和日常生活中的所知所感所悟，不晦涩、不矫情、不做作，明白畅达，率性自然。思之所至，偶然所得，托于即兴之笔，《健民短语》淋漓尽致地展示了浓郁的书卷气息和属于作者个体独异的感性趣味，与数年前出版的《健民读书》保持了相似的文体风格，从这个意义上说《健民短语》与《健民读书》恰如姊妹篇。围绕着读书所产生的知识、思想、体验、感悟，构成了《健民短语》的主导内涵。现今流行的许多书话类文字，往往存在着趣胜于情、悟多于思的问题，而《健民短语》的写作恰恰拒绝了平庸的思想滑行和机械的知识复印。有意义的读书意味着阅读主体生命宽度的延展，饱含着阅读者对生存意义的深入思考，《健民短语》所力图呈现的，正是作者生存经验与读书体验之间的深度对话。在谈及刘亮程散文的乡村哲学时，《健民短语》没有仅仅停留在对乡村哲学所记录的生存焦虑和苦难记忆上，而是在此基础上进一步讨论了哲学与生活态度的内在关联性："哲学解释到最后，主要的不是关于哲学体系的内容，而是对哲学的态度。哲学在和生活态度相近的时候，生活态度本身也就更能清晰地对哲学做出解释。"（2013年9月26日短语）在解读传统的秋日审美心态时，"健民短语"从"伤春悲秋"谈到审美满足，再谈到悲剧内涵的深刻性以及对诗性的呵护，《红楼梦》与海德格尔之间的潜在对读构成了这次思想散步的开阔远景。

不难看出，《健民短语》往往从阅读感受和文化现象入手，自觉地追问这种阅读感受和文化现象得以产生的缘由或机制，此时，思考成为打通书本与生活的动力之源，而长期阅读形成的知识积累则是其思想掘进的可靠保障，思想撞击现实而产生的灵性感悟如同缤纷的火花。许多乐趣由此而生，许多体验也由此而来，思想、知识、感悟、体验在《健民短语》中形成了一个相互关联、相互生产、相互诠释的体系。这种特性将《健民短语》区隔于目下时兴的散文写作风格：譬如对历史知识嬉皮笑脸的通俗乃至戏说演绎，或者对文化典故长篇累牍的剪贴和堆积。在作者看来，思想、知识、感悟、体验之间的相互关联与生产，将有效引领读书人通向富有深度和广度的文化精神和人间情怀，这就是读书的"无用之用"，而《健民短语》所努力践行的目的正在于此。

对终极意义的询问，是《健民短语》表现其文化精神和人间情怀的典型面相。20世纪80年代后期，同一性的思想共同体已经难以为继，知识分子必须面对社会转型带来的价值迷惘和身份失落。时至今日，技术主义和消费主义的文化思潮仍然澎湃汹涌，许多文学叙述已经兴高采烈地宣称，自己乐于沉溺于声色犬马的温柔乡中。询问终极意义未必能保障文学叙述的纯熟或精致，但毫无疑问的是，真诚地询问终极意义始终是这个时代可贵的思想品质。或借他人之语，或出于自我笔端，《健民短语》反复表达了作者对个人生存终极意义的关注："人生在世，最重要的就是弄明白生活的意义。"（2013年10月7

日短语）"一个人，无论是伟大还是渺小，都有属于他自己的生命的意义，不管这种意义是向外寻取还是向内建立，都应该由精神去实现，都应该由我们主动去提出。"（2013年11月2日短语）"我们每个人都是命若琴弦，不过是活着，为了那种更有意义地活着。生命的进程注定必须充满着种种的不可预测和偶然，然而，人们总是执拗地找寻生命的必然，苦苦拷问生命存在的意义，挣扎出一条心灵和肉体的活路。"（2013年12月13日短语）肯定终极意义的存在，肯定"询问"这一姿态的价值，体现出《健民短语》的知识分子人文精神立场。《健民短语》指出："疾病是人的隐喻，灾难是人类的隐喻"，缺憾是人生无法摆脱的必然性存在。在此前提之下询问终极意义，不是为了企望寻找到没有缺憾的桃花源，也不是意图将缺憾划入否定性的价值序列，更不是悬挂出某个神性的理念以供公众膜拜，而是强调从必然性的缺憾中去感知、思索、体验人生的价值，选择自我的人生路径。"世间所有的选择，到最后其实就是五个字——你想要什么？"（2015年4月17日短语）这实在是不能再简要明白的表述了，然而这五个字的追问却有着直指人心的犀利。面对这样的询问，《健民短语》给出了自己的选择："人无论活多久走多远，内心深处有一种阳光是无限的。这就是'静谧的激情'。"歌德的悖论式短语，是杨健民先生在当下文化语境中对自我价值和生命状态的一种温暖描述，是对人文知识分子面在喧嚣时代如何进行自我定位的一种思考，也是作者诗性灵魂穿越时空朝向异国先哲的遥远致意。

《健民短语》所应引起重视的，还有其文体形式所包含的文化意味。《健民短语》是网络数字时代的产物，这并非仅指"短语"的思想内容，同时也是指它的产生途径和传播方式。据作者自述，《健民短语》是微信写作的产物："我用微信参与了我的思想的诞生。借助微信，对于人生、事物和现象的极度感觉，成为我的语言抵达我的内心的表达形式之一。于是，我的短语出现了。"（2013年12月12日短语）显然，《健民短语》是当代知识分子写作主动适应和介入网络数字时代的具体表现。在通常的刻板印象中，网络文学往往与大众消费和通俗文化联系在一起，玄幻、穿越、修真、言情、灵异、仙侠、耽美、青春是网络文学的主要表现形态，启蒙或批判之类稍显严肃的词汇似乎未曾得到网络空间的宠爱。当然，这也许是一种文化错觉。倚炉夜话、负暄闲谈、缓行漫步以及指尖接触数字设备，其实都可能是一种发言的姿态，一种思的姿势，稀见并不是缺席的理由，启蒙或批判理应以更灵活的姿态进入网络的公共文化空间。

《健民短语》之中，既有对林宥嘉的歌词和电视剧《武媚娘传奇》的"切胸剪辑"的反讽，也有启蒙意识或者说批判理念的追问和质疑，这种质疑和追问或发自于史，却对当下有着独到的启发。谈到甲午惨败之痛，史家往往着眼于追究人物、制度、军备、文化、地理等方面的原因，而《健民短语》看到的却是文人政治家热衷于清谈、疏于事务操办的政治性格；论及梭罗的《瓦尔登湖》，文艺青年每每将其捧为生态文学的圣经，而《健民短语》则通过揭示梭罗的矫情看到了坚持启蒙理性和思想勇气的重要性："瓦尔登湖是一个神话，一个具有理想意义的神话；梭罗是另一个神话，一个故作姿态的孤独者的神话。无论如何，它们将启示我们在读书中保持一种由书及人的警惕心理。"这些反问，以及对描写友人时的调侃等等一道勾勒出了《健民短语》丰富生动的文化性格。

某种意义上，《健民短语》是本开放性的书，处境之思，语短韵长。它的品性、它的特征、它的体例都是有力的保证。借用《健民短语》曾盛赞的钱镠的"陌上花开，可缓缓归"，读者自然也"可慢慢读"，慢慢感受，慢慢思想。

（刘小新，文学博士，福建社会科学院副院长、研究员；陈舒劼，文学博士，福建社会科学院文学研究所所长、研究员。）

一根会思想的芦苇

——评《健民短语》

袁勇麟

《健民短语》是著名学者、编辑家杨健民 2013 年至 2015 年两年多微信写作的集合。这既是一本新潮的书，也是一本传统的书。说它新潮，是因为迄今为止，还未见有其他微信写作的出版，说它传统，是因为虽然写作的载体新鲜，其所承载的内容却还是紧紧地抓住人文主义、终极关怀这样一些坚实而连贯的意义。它带给我们的是数字时代写作的新启示与新信心。

一

任何一种写作都邀请读者阅读并希望产生交流，而微信写作提供了这种阅读与交流的即时性与便捷性，从某种意义上来说，它是当代最敞开的写作。杨健民正是在这种意义上选择并使用微信写作。

杨健民浸淫于网络写作久矣。从早期的博客到后来的微博再到当今的微信，他最终发现："能够真正沟通的应该是这样的网络工具。"（《微信》）他认为微信写作，"就像即时与朋友们聊天或对话，有一种'静谧的激情'不断地从心底悄然释出"①。

确实，微信写作兼具博客写作与微博写作之长，既可以像博客一样不受字数限制之苦，又可以如微博一般随时刷新面对读者，进行"人与人之间最直接的感性冲击"（《微信》）。事实上，《健民短语》

---

① 杨健民：《健民短语》，海峡文艺出版社 2015 年版，第 348 页。

中的一些篇章正是产生于与读者的即时互动。例如短语《小草》就起因于朋友对其之前所写关于家里是花草世界短语的评论，《关于云》是对朋友穷追不舍其微信所作同题之诗的回应，而《圈子》一篇则生动地呈现了微信写作的读者阅读期待："几天没写短语，圈子里的朋友问我'去了哪儿'？"杨健民曾自述"微信写作不是一种密封式的写作"①，其实，微信写作何止是一种不密封的写作而已，它的敞开程度与吁请姿态都是至今其他写作载体所不能比拟的。因此，虽然杨健民说他的这些短语是如刘再复、赵奇等人的"独语"（《独语》），但显然杨健民要比他们幸运得多，刘再复只能"感到肉眼看不见的兄弟姐妹就在身边"②，杨健民则是真实地拥有了众多"情深义重的'微'友"（《微信》），他随时可以与他们展开"一次心事相通的精神遭遇"③。

《健民短语》说是短语，其实很多并不太短，大部分篇幅都在五百至八百字之间。作为一位出色的评论家，杨健民具有相当深刻的文体自觉，他并不需要我们对这些短语进行文体定义，他认为这些微信短语写作属于随笔（《炮制短语》），而随笔是他所喜爱的一种文体，也是他在当下这个时代很看好的一种文体。

杨健民曾在写于20世纪90年代末的《论随笔》一文中讨论过散文文体的变革与随笔的写作，他预言："在当代文体变革的情形下，随笔将是一种最为自由也最为活泼的文本形式。"④ 这不是一篇严谨的学术论文，自然无需对随笔产生与延绵的语境做严格的考证与论断，但杨健民却抓住了随笔最主要的文体特征——"闲聊性"，并认

---

① 杨健民：《健民短语》，海峡文艺出版社2015年版，349页。

② 刘再复：《独语天涯：一千零一夜不连贯的思索》，上海文艺出版社2001年版，第2页。

③ 杨健民：《健民短语》，海峡文艺出版社2015年版，第349页。

④ 杨健民：《健民读书》，中国社会科学出版社2006年版，第109页。

为"在一个需要闲聊的时代，随笔充当了读者最出色最亲近的闲聊对象"这样的说法不无道理①。

如果说20世纪90年代末已初显时间的破碎症状，那么在如今的微信时代，移动数字媒体最终割裂了我们的生活，时间在握着这些移动数字媒体的手中碎成了一个一个的微小片段，除了有生存压力的攻读学位者与专业的文学读者，长时间与大部头的阅读已变得不可能，而篇幅短小的随笔却正好用来填充这样的时间碎片。随笔与微信的遇合是时代使然。从这个层面上看，《健民短语》是一种因应时代的写作，"活在当代，懂得当代的某些事理，实践当代的一些工具理性"（《微信》）的确是必须的。

但另一个方面，我们必须意识到，随笔的"闲聊"不等于无聊的闲话，而时间的碎片化也不意味着意义必须断裂或丧失——虽然汹涌的后现代主义思潮一直在我们的耳边叨唠这就是当今时代的文化特征。杨健民显然也非常警惕这一点，在《健民短语》"后记"中他谈道："词语也许可以变化甚至'破碎'，然而意义不能断裂。意义一旦断裂，母语就将陷入内伤。——这是我时时警告自己的。"他亦曾刻意对随笔的"闲聊"进行过阐释："闲聊并不是庸常生活的一种简单的呼吸，它表明了人们为挣脱心灵的缠绕所作出的一个努力。闲聊的全部意义在于编织精神的童话，化解思想，以最轻松的形式去证实人类性灵的存在。"② 意义、思想、文化、精神这些宏大的题旨才是杨健民所最为关注的。短语自然无法进行宏大的叙事，但短语未必不能容下宏大的题旨。正是因为承载着众多的意义与思想纵深，使得对这本题为"短语"的作品的阅读并不因短而易，反而很多时候是艰涩的。而这也正是这些短语事实上并不太短的原因，若然太短，就难

① 杨健民：《健民读书》，中国社会科学出版社2006年版，第100页。
② 杨健民：《健民读书》，中国社会科学出版社2006年版，第100页。

以让思想厚重，让意义丰盈。

二

阅读《健民短语》，仿佛又让人回到充满热切思考的 20 世纪 80 年代。虽然近二百篇的《健民短语》大都来源于作者的随兴起意，并没有一个统一的主题，但我们还是可以强烈地感受到书中徘徊着的那颗勇敢而不安的灵魂。他的确处于不断思考当中："在每个语词深处，我用微信参与了我的思想的诞生。"（《微信》）在物质主义的当下，"思想"是一个十分奢侈的词语，然而杨健民却用这个词语坚定地显示了他的人文知识分子本色。

读书、行走、思考是杨健民基本的生活方式，而在其中他念兹在兹的是作为本体、作为维系一切关系与意义的"人"，他的一切思想都系于人的存在："人是第一重要的，没有了人，谈何'人物'？"（《人物》）"人"，这似乎是一个不成其为问题的问题，特别在物质丰盛的今天，我们拥有如此之多，难道还有生存的痛苦吗？殊不知，人生的痛苦从来都不是因为物质的匮乏，而更主要来自内在的空虚与恐慌。

《健民短语》一书再次提出人的生存困境、生命意义、生活方式、寂寞与孤独、悲悯与宽恕等等这样一些普遍性的命题。如果说 20 世纪 80 年代关于这些命题的思考带着刚刚遭逢的激情与天真，那么在三十年后似乎已走过一片浮华的今天，杨健民对它们的再思考就显得相对深刻而且意味深长。

生命在本质上是悲剧性的，人生毫无意义，杨健民十分无奈地体认到这一点。《健民短语》中多次对人类这一生存困境发出感慨："生命本来无所谓意义"（《放牛娃的向往》）、"人来到这个世上是一种偶然"（《园子》）、"人生来就具有悲剧性"（《背影》）、"荒谬是人与世界之间的唯一纽带"（《命若琴弦》）……《萨特的〈死无葬身之地〉》这则短语可以说最集中地体现了杨健民对生命的这一认识："人之生也柔弱，也许命运就是无常的，存在就是荒唐的，死亡就是孤独的。虽然这些都是人们不愿意触碰的，但我们最终会明白：人终归是孤独的，因为每个人都不属于彼此，都不过是个过客。"

不难看出，杨健民深受存在主义哲学的影响，《健民短语》中也多次显露出他对存在主义哲学阅读与思考的蛛丝马迹。而杨健民对待生命与把握生命的基调也正如存在主义哲学所指出的，虽然生命充满了虚无与荒谬，但人不可以悲观，反而应该更勇敢地担负起生命的重任："把整个世界的重量担在肩上：他对作为存在方式的世界和他本身是有责任的。"[①]

像鲁迅、史铁生这样一些勇于担负生命重担的人，是杨健民最为钦佩的。鲁迅最为虚无却也最为勇敢，虽然他的作品总是一片荒凉，然而杨健民却说阅读鲁迅一直是他汲取思想资源的重要方式，因为鲁迅的文章中总有一根不肯屈服命运的硬骨头（《一根骨头》）。史铁生的一生是一张被宿命吞噬的轮椅，但是他总是"企图在生之焦虑与死之绝望中获得精神的平衡，挣扎出一条心灵和肉体的活路"（《命若琴弦》），因此，杨健民说无论如何我们都应该像史铁生一样把生命当作琴弦，弹奏出最华美的乐章，他并将史铁生与《我的地坛》郑重推荐给女儿（《园子》）。他认为人无论活多久无论走多远，内心深处都必须保留有一种"静谧的激情"的阳光（《斜阳系缆》）。

杨健民对生命悲剧性的体认或许正如《锁》这则短语所谈到的"否定之否定的哲学"——正是因为看到了生命最阴暗的底色："一种无可奈何的心情，在这破败空虚的城墙上"（《孤意在眉》），他才可以反过来更加热爱生命。而正是出于对生命的热爱，他可以细心呵护一条小生命到眼睛"两个小时须臾不曾离开"（《爱煞》）；他可以

---

① 萨特著，陈宣良译：《存在与虚无》，生活·读书·新知三联书店 2007 年版，第 671 页。

切身体会到两亿日夜流亡于自己祖国却骨肉无斤两的农民工庞大的生之孤独（《草根诗人》）；他可以感动于美国弗吉尼亚大学对枪击案杀人者的宽恕，他反问"一个不爱人类的人，能够爱自己吗"（《宽恕》）；甚至于妖士、流氓与乞丐，都引起他深深的悲悯："他们的灵魂其实是'虽存犹殁'的，他们甚至只有'行动的生命'而没有'沉思的生命'。"（《江湖》）这些，都是杨健民否定之否定之后所秉持的人道主义情怀。

因此，从根本上来说，《健民短语》的写作是朗健的，虽然生命无奈，但我们在书中却读不出太多的忧伤，反而满眼所见坚忍与感动。他甚至于认为苦痛是人生的淬炼，正如他在《人凭什么活着》这则短语所谈到的：人活着就"凭着痛苦，凭着真实，凭着对人生绝唱的那一种坚忍而虔诚的守候"。所以，他会去品味咖啡的苦与涩，认为"咖啡真正的浓香正是从这苦涩中溢发出来的"（《阅读咖啡》），而他也坚持人必须品尝孤独，必须在"在寂寞中审视内心"（《人心念语》）。他多次谈到"静气"（《水仙》《静气》），谈到"沉默是风景的语言"（《命》），谈到"超脱需要静默"（《超脱与缺憾》）。必须指出的是，在这一方面，杨健民深受中国老庄哲学与佛教的影响。不过我以为，他接受的是其中相当积极的部分。他这里的"静"与"默"并非看空放空一切，反而是要在"静默"当中积蓄力量。正如他在评论夫人刘敏画作《蓝色》一文中所指出的，虽然蓝色是寂寞的、忧郁的、孤独的，但是却有"一种异质精神在画面上跳跃，继而在这块土地上激烈地燃烧"。

考察《健民短语》中的所呈现的阅读与思想轨迹，可以发现，他更多地回溯到 20 世纪 60 年代之前的欧洲哲学与文学。20 世纪 60 年代是现代与后现代断裂的时间点，杨健民的回溯是因为他发现，在当代/后现代"人与自然、人与历史正在发生一种巨大的断裂"（《再说乡愁》），因此，"回返"就成为一个必须的姿势，而这是他在书中多次谈到"慢生活"与"乡愁"的原因。当然,"回返"不是倒退,而是为了更好地前行,杨健民不是本雅明笔下"背对未来的天使",而是那个"戴着草帽追赶太阳的人"(《长假之思》),他永远充满着启蒙的激情。

三

作为一个出版过《艺术感觉论》专著的理论家,杨健民自然比一般的作家对艺术的发生与完成过程有更深刻的内省。因此,当看到他在《健民短语》中能够如此娴熟地运用各种笔墨,并不令人感到特别惊讶:《斗茶》一篇可算是非常出色的小品文,而《陈章汉先生》写得十分诙谐风趣,颇有"世说"的味道,《锁》是小巧精致的哲理散文,《"倒油漆"功夫》是标准的诗评,《叫你说英文》则颇得香港框框杂文的神韵。然而,要论《健民短语》最鲜明的艺术特色,还在于书中弥漫着的那股诗气。

杨健民具有十分浓郁的诗人情怀,他不仅读诗、写诗,他更将诗句散落在《健民短语》各个篇章当中。比如他形容莫扎特的音乐"像风的手指划过我的记忆"(《莫扎特的〈魔笛〉》),他写吉娃娃"跑进光里喊我,我觉得我的所有的语词一下子都弯了"(《和自己说话》),他描绘蓝色"也许是这一个秋天的全部真实,带着梦的温度和声响,带着无法逃离的救赎"(《蓝色》),而城市"其实是一堆碎片,无论是流动的还是流不动的,一切的生活经验都销蚀尽了,最后只留下沉静"(《秋雨》),其中的风"嘶哑了,像玻璃杯中的水,归于沉静"(《小巷》),而诗人"以一个守夜人的姿势,让诗的潮汛漫过她的每一重白色的孤独"(《"倒油漆"功夫》),并让"那些饱胀的诗的生命一句一句被搅活,被沉浮在'在咖啡'的咖啡里"(《阅读咖啡》)……

杨健民的诗思确实相当敏锐,若借用其短语《名字》中的"擦亮"这一意象，那么，可以这么形容，这些诗句甫一出现就瞬间"擦亮"了整个篇章，使得它们顿时熠熠生辉起来。

不过，如果仅仅将杨健民的诗句当成书写技艺的锻铸那就错了，诗或者说语言对杨健民来说不只是客体，更是本体，那是他的存在方式。他不是要用语言来建筑一座诗歌的宫殿，而是要用语言去抵达生命的本真。他曾经一再重复："诗若安好，便是存在。"（《诗若安好，便是存在》）

因此，杨健民特别欣赏那些将诗/语言当作存在的诗人。他在《健民短语》中多次提到德语诗人保罗·策兰和自杀于春暖花开时节的80年代诗人海子。他认为海子是中国诗歌的"未完成者"，他用诗歌守护了人类最纯真的梦想，却把自己陷入咬噬灵魂的阴暗之中无法自拔。而流亡于法国的德语诗人保罗·策兰无所皈依，只能用有指甲、有棱角、有花蕊、有刺、有手上的风的阴性诗歌去温暖自身。不过，令人悲伤的是，无论是策兰还是海子，他们都未能抵达存在，因为诗歌是无止境的，语言也是无止境的，而他们所触碰的那个诗歌的"伤口"——存在更是无止境的（《伤口》）。

而他亦总是从诗/语言是存在的角度去品评当代的诗歌创作。在《健民短语》中他赞赏萧然的诗歌"确实有着某种宗教，有一种他自己'最初的良心'与他的'最终的世界'的契合"（《再读萧然》）。他认为小衣的诗歌之所以质感凌厉，色彩明朗，想象力充满纯真而稍具痛感，是因为"她关注的是生命的形态"（《"倒油漆"的功夫》）。而陈超则是以他的诗句，"宿命般验证了不可躲避的悲剧意味，以及谶语一样不可思议的先验性"（《寂寞而伟大》）。

在《诗化哲学》一书中刘小枫曾借伏尔泰的话语指出，诗/语言的问题就是生活的问题，诗/语言的哲学就是生命的哲学。因此，软语呢喃未必是诗，哲学之思则必定满溢着诗气，而这样的思考在《健民短语》中俯拾即是。他既能够在私奔这一行为中领悟到人类捉弄自己的悼论（《私奔》），又可以从颜色中读出神性的光辉（《红色》），开会这种平常之事竟引起他对尼采、弗洛伊德、苏格拉底等人本能说的思考（《本能》），而堇花槐中隐藏的是物象审美与心智审美（《一抹绿色》），鸭肠竟然与鲁迅和佛陀的虚无有关系（《进藏》）……

是的，海德格尔说过："思就是诗，尽管并不就是诗歌意义的一种诗。存在之思是诗的源初方式……广义和狭义上的所有诗，从其根基来看就是思。思的诗化的本质维护着存在的真理的统辖，因为真理思地诗化。"① 如果从这个角度去解读，《健民短语》这部"借助语言，给予思想一个恰当的表达方式"② 的作品何尝不是一部广义上的诗歌？而他这种带着手机与母语流浪、用语词四处搏杀的短语写作行为又何尝不是诗意十足？因此，可以说，杨健民本质上是一个诗人，一个戴着草帽追赶太阳的诗人。

原载《香港文学》2016 年 3 月号

（袁勇麟，福建师范大学二级教授，文学院和闽台区域研究中心博士生导师，中国世界华文文学学会副会长。）

---

① 转引自刘小枫：《诗化哲学》，山东文艺出版社 1986 年版，第 235 页。
② 杨健民：《健民短语》，海峡文艺出版社 2015 年版，第 349 页。

《健民短语》后记

杨健民

《健民短语》就要出版了，我把校样重新看了一遍，觉得有话要说，却又不知从何说起。两年多来，不知不觉在手机里写下了十几万字的短语，连我自己都有点不大相信。短语其实不短，都是我的生命经验以及个人记忆。几乎是每天晚上靠在床上，捧着几本书或杂志，随意翻翻，便有些许念头闪出，用手机记录下来。我读书很杂，时常被书牵着脑袋，驮着一丛又一丛的理念，恍惚前行，时而遇到激烈的争辩，时而撞见温柔的呢喃。无论如何，这些都是思想和灵魂的相望，或者是望断。微信写作的便捷性，就像即时与朋友们聊天或对话，有一种"静谧的激情"不断地从心底悄然释出。

《健民短语》完全是心灵的产物，它碰出了一些人生感悟。凡是触碰个人心灵内容的东西都是不好写的，但是我常常就忍不住。生命的意义其实是很"严重"的，因为一旦弄不明白就庸俗了。所以，我一直不大赞成所谓"心灵鸡汤"式的东西，因为它只是对于人生的一种简单的调味，而不是解构。解构生命和灵魂需要走进内心，走进思想深处，需要个人想象和知识。我自知肤浅，甚至有些人生问题是始终弄不明白的，然而还是试图去探索它们。你见或不见，生活就在那里。所以，带着这一部手机，带着我的母语四处流浪。觉得只有这样，离灵感的归宿才会更近些。这些短语不是真理的拐杖，它不过是借助语言，给予思想一个恰当的表达方式。记得流亡法国的德语诗人保罗·策兰有一句诗写道："你也说，/最后一个说，/说出你的话。"策兰的诗是"一个世界疼痛的收获"，这个过程是很残酷的。

我会有什么样的"收获"呢？想了想，只能在短语里说出我的话了。

微信写作不是一种密封式的写作，所以，我尽量不使得意义在那里绷紧，同时不希望它们穿越一种狭窄之境。我试图让朋友圈的阅读成为一次心事相通的精神遭遇，而不是胁迫或杀戮母语。词语也许可以变化甚至"破碎"，然而意义不能断裂。意义一旦断裂，母语就将陷入内伤。——这是我时时警告自己的。

短语谈不上什么宏大叙事，它只是思想的一种适宜的望断，因为任何精神的闪光都是要断的。然而，它只是"断"，而不是断裂。断，是内在意蕴的一种深海浮光，它可能会有些震颤，最终还是归于默然无言。就像一把利刃眼看着在向我们逼拢而来，其实它是一个在空无里开花的声音。那么，你就耐着性子读下去吧，如果它们能在你的手心里刻下一道不太深的掌纹，我就很满足。

感谢刘小新和陈舒劼为短语写的评论，他们理解了短语，也理解了我。我的女儿杨扬写的序，血脉和情意相通，她毕竟是最了解我的。这些都是无始无终的阳光，照亮写作短语的那些午夜，让我从午夜的幽深中醒来。

2015 年 11 月 29 日午夜于福州

后　记

必须承认，这些年来，我总是漫不经心地写了一堆短语——号称"健民短语"——它竟然成为我最习惯也最为惬意的文体。自有微信以来，我就把一些感触感悟的、片羽片断的、幻思幻念的东西随时记录下来，一切仿佛在不经意之中被累积被寄寓。直至有一天，我突如其来产生一个想法——它可以编成一本书了。

于是，在海峡文艺出版社社长、总编辑林滨先生的全力支持下，2015 年，第一本《健民短语》诞生了。2019 年，第二本"健民短语"——《一个人的风》由中国社会科学出版社出版。2022 年，海峡书局出版了第三本"健民短语"——《江湖不急》。此次，在林滨社长的建议下，将第一本《健民短语》重印再版，更名为《等等灵魂》，收录进"'海岸线'美文典藏"。

阅读碎片化，已经不可遏止地来临。"健民短语"应运而生，成为一种具有活力与弹性、没有镣铐的文体——这正是我喜欢的。它不需要文体上的作茧自缚，也不陈陈相因，相反，它可以是自由的、宽容的、放纵的、快意的，甚至是天真的。苏轼曾经说过："吾文如万斛泉涌，不择地而出，在平地滔滔汩汩，虽一日千里无难。及其与山石曲折、随物赋形而不可知也。"我的短语称不上汪洋恣肆，也不是那种"思想的突围"，它不过是一摊泻地之水，完全没有固定的边界，随意赋形。

随意是我进入生活的一种状态，大隐隐于市，在粗头乱服中呼吸到人间的烟火气。由此延伸到短语写作，就是在闲常的逛荡中，发现自己内心的所思和所悟，目击道存。日常里遭遇到的一道目光，一次邂逅，一种对话，都可能是我记录下来的精神档案。所以，短语成为我的"独语天涯"，像一位独往独来的剑客。那里没有"老炮儿"，只有遭遇自己，遭遇别人，遭遇直击的快感。每个午夜，我与书本厮磨，和心灵对弈，尽管日子不断地退后，历史不断地擦肩而过，我依然会在每个词语的沉入之处，触碰到内心里湿漉漉的光亮，还有一些临水闪烁的不沉气息。

不能想象这些短语有什么"无限玄机"，它们不过是我对于世界，对于人生，对于生命的一些思考，这些思考面对的是生活的日常，是伴随我日日夜夜的书籍，是那些往事以及琐碎。我从学术理论拐弯到诗，拐弯到短语，人生和生命难免会如此拐弯，如此适应各种新的挑战——正如我们的生活日常正在被打破与重建，我们面临的每一个问题正走向意味深长，我们的阅读世界的某些部分也正在向"碎片化"展开。

第一本短语出版时，我直接用《健民短语》命名，多少显得有点寡趣。按我的理解，一则短语，可以在思想情感上对生活日常进行自由书写，但不一定要去做那种繁杂的谋篇布局，或者是逻辑推理式的冷隽分析——让自己的思想穿越理论常规而不拘一格地飞翔，让那些可爱的汉字活跃、飘拂起来，或许更能给人一种怡然自得、行于所当行的开放感——这就是我写作短语的初衷。

翻阅第一本"健民短语"，心中隐隐飘过了一种恋旧之意。日子匆匆，似水流年，似乎还是"从前慢"，多少心情多少事，都被攥在文字的手心。追问往昔，不过是保存日常生活的感悟、感慨和感想罢了。自己这一点秘密心得，本来算不了什么，然而，游谈无根，心智自如，就一定会在自己的网眼里看到某些世相。所以，今天我似乎找不到今天了，只有从前在告诉我：等等灵魂吧，不沉的，永远是那种很慢很慢的生活。

于是，我选择了《等等灵魂》这个书名，与你再度相遇。

2023 年 7 月 29 日